LES LECTRICES ONT AIMÉ !

« Un roman aussi surprenant que poignant. L'autrice entremêle à la perfection des thèmes qui ne sont pas forcément évidents à aborder, avec bienveillance et humour. »
Adélina, de @livrovore

« Entre les catastrophes qui s'enchaînent et l'omniprésence de la famille de Scarlett, l'ambiance est assez cocasse et en fera rire plus d'un. Une lecture agréable. »
Clémentine, de @helynna_

« Un cocktail explosif ponctué de rires et de bonne humeur. On se prend d'affection pour les personnages, qui ont chacun une personnalité assez atypique et font le charme à part entière du roman. »
Eline, de @meslivresdepoche

« J'ai adoré ce roman plein d'humour et de joie ! Une recette 100 % gagnante pour ce roman de Noël qui vous mettra le sourire aux lèvres à coup sûr ! »
Aurélie, de @seize__avril

« J'ai découvert avec plaisir cette jolie comédie roman-
tique. C'est drôle mai
Un roman pétillant e
Floriane, de @les_lect

« C'est un roman qui
bien. Je vous le recon
remontera le moral à c
Alexandra, de @mes_evasions_litteraires

« Cette comédie romantique de Noël est à mourir de rire ! L'autrice mélange romantisme et humour cinglant, ce qui donne un joyeux cocktail détonnant ! »
Chloé, de @lire_encore

« Lucie Castel parvient avec brio et humour à associer un mariage, des personnages caustiques et la plus féerique des fêtes de fin d'année. Un roman de Noël comme j'en ai rarement lu. »
Laura, de @_lesmotsdesautres_

« Pure comédie de Noël, tous les ingrédients sont là pour passer un bon moment. De l'humour à la Bridget Jones, des flocons, et la magie de Noël. »
Marine, de @toiledemots

« Chaque personnage trouve parfaitement sa place afin d'agrémenter l'histoire de sa touche personnelle et unique ! Une bouffée d'air frais. »
Marta, de @leslecturesdemissm

« Gros coup de cœur pour ce livre qui m'a fait mourir de rire tout du long et tiré quelques larmes sur les deux derniers chapitres. La lecture parfaite pour cette saison. »
Carol-Ann, de @bbtiz

« La comédie de Noël par excellence ! Tout y est : l'ambiance hivernale, les péripéties, les notes d'humour, les moments touchants et le tout à quelques jours de Noël. »
Tiphaine, de @je.lis.mes.envies

« Il y a des livres qui vous donnent le sourire quoi qu'il arrive dans votre vie… Celui-ci en fait partie, c'est un vrai concentré de bonne humeur. »
Christel, de @les__miscellanees_de_cookie

« Un roman drôle et cocasse à lire au coin du feu ! Une lecture agréable, de saison, avec beaucoup d'humour et d'attachement aux personnages. »
Leah, de @leahbookaddict

« Une comédie de Noël fraîche, légère, qui vous fera sourire, voire rire, agrémentée de personnages truculents ! Un livre à déposer sous le sapin pour les fans du genre ! »
Carole, de @lafilleaux1001lectures

« Un roman léger et drôle à en mourir de rire. Un véritable page-turner qui m'a donné envie de prendre mon plus beau plaid et de préparer mon meilleur chocolat chaud. »
Katia, de @pauselectures

Pour en savoir plus sur les Lectrices Charleston,
rendez-vous sur la page
www.editionscharleston.fr/lectrices-charleston

Lucie Castel

COMMENT BIEN RATER SON MARIAGE À NOËL

Roman

CHARLESTON
POCHE

De la même autrice

Aux éditions Harper Collins
La Guerre des papilles, 2019
Qu'est-ce qui fait pleurer les crocodiles ?, 2018
Pas si simple, 2017

Aux éditions Harlequin
Souviens-toi de cette nuit, 2018

Sous le nom de plume Oren Miller,
aux éditions de L'homme sans nom
Le Tyran des songes, 2019
Et Dieu se leva du pied gauche, 2018
À présent, vous pouvez enterrer la mariée, 2017
J'agonise fort bien, merci !, 2016
Le Roi sombre, 2015

Ce roman a été publié en autoédition sous le titre *Comment j'ai failli ne pas me marier à Noël*.

10, place des Cinq-Martyrs-du-Lycée-Buffon
75015 Paris – France
www.editionscharleston.fr

ISBN : 978-2-36812-719-3
Maquette : Patrick Leleux PAO

« Noël n'est pas un jour ni une saison,
c'est un état d'esprit. »
John Calvin Coolidge.

Prologue

Un 24 décembre dans la campagne du Surrey. Juste devant nous, une vache en travers de la route. Morte. Ou alors très bonne actrice. Et l'impression d'un très mauvais retour de karma.

— Dis-moi que tu sais faire un massage cardiaque, s'inquiète William, les mains aussi crispées sur le volant de l'utilitaire que les miennes sur le couvercle du bocal de transport de HMS Titanic, notre poisson rouge.

— Bien sûr, c'était un module obligatoire à l'école d'archi.

William se penche vers le pare-brise. La masse d'origine bovine gît en travers de la route enneigée, totalement inerte. Pourquoi cette pauvre créature a-t-elle choisi notre voiture pour mettre fin à une existence d'ennui mortel ?

— En fait, je pense qu'il nous faut plutôt un légiste, conclut-il avant d'ouvrir la portière.

Heurter une vache le jour du réveillon et qui plus est alors qu'on transporte les derniers cartons de notre déménagement – et un énorme sapin de Noël. Quel signe l'univers veut-il bien me faire passer ? Ma mère dit toujours : « Ignorer les signes, c'est tirer la langue à Dieu. Tu peux le faire, mais ne t'étonnes pas s'il finit par t'en coller une. » Ma mère a l'âme d'une poétesse.

Cette vache essaie-t-elle de me dire que c'est une mauvaise idée de m'installer avec William, un an tout juste après notre rencontre ? À moins que ce ne soient mes angoisses quant à toute forme d'attachement qui me font voir tout en noir ?

Pourtant, elle m'a tout l'air d'être parfaite cette relation outre-Manche. Je l'ai su dès l'instant où j'ai aperçu cette silhouette longiligne de dandy, avant de m'attarder sur ce visage aux joues creuses et piqué de deux yeux d'un noir absolu, aussi perçants que profonds. William possède ce supplément d'élégance qui le fait se mouvoir avec plus de grâce que le commun des mortels. Cet enthousiasme aurait dû m'alerter – dans la vraie vie, on ne s'emballe jamais aussi vite sans qu'il y ait anguille sous roche ! Ou, en l'occurrence, vache sur sentier enneigé.

— Je ne suis pas sûr qu'elle soit totalement morte, lance-t-il sur le ton d'un des experts de la série éponyme.

Je baisse la vitre.

— Pourquoi, elle vient de te l'annoncer elle-même ?

— Je te rappelle que le sarcasme est une de nos prérogatives, à nous les Britanniques. Ton hexagone et toi, vous avez tiré la carte de la mauvaise foi.

— Je t'ai dit de ne pas prendre cette route. Le GPS t'a dit de ne pas prendre cette route. Et toi, qu'as-tu fait ?

— Je n'ai tenu aucun compte du vote démocratique, répond-il en frottant sa barbe de quelques jours savamment entretenue.

Je pousse un grognement d'exaspération. William a ce don singulier de tirer sur mes nerfs quand ils sont le moins élastiques. Et pourtant, que j'aime cet homme ! Comment en suis-je sûre ? Eh bien, parce que je l'aime autant pour ses défauts que pour ses qualités. Je l'aime même quand je le déteste. Toutes les amoureuses savent exactement de quoi je parle, depuis aussi longtemps que le monde est monde.

Donc, en ce 24 décembre, nous avons un problème de vache. Normal. Quand j'y pense, William et moi sommes coutumiers des situations invraisemblables. Je ne sais pas si c'est le karma – le sien, car bien sûr les Anglais ont plus de choses à se reprocher – mais depuis notre rencontre, tout n'a été qu'une succession d'improbabilités. Il y a un an, à l'aéroport de Heathrow, alors qu'une tempête de neige historique avait cloué au sol tous les appareils l'avant-veille de Noël, je m'étais précipitée aux toilettes pour nettoyer le chai latte que je venais de me renverser dessus. Ce n'était pas les *bonnes* toilettes, elles appartenaient à l'équipe adverse, celle qui peut faire pipi debout et en éprouve un indéniable sentiment de supériorité. William s'y trouvait déjà. Nos reflets se sont croisés dans le miroir, il m'a dit que je m'étais trompée de destination, je lui ai fourni la pire des justifications, mauvaise foi oblige. Et de fil étrange en aiguille encore plus bizarre, ma sœur et moi nous sommes retrouvées à fêter Noël chez lui, à défaut de pouvoir rentrer à Saint-Malo le célébrer avec maman. J'ai mis une semaine à m'avouer les sentiments qui avaient pourtant éclos dès l'instant où mes yeux avaient rencontré les siens. Par pudeur, par peur d'avoir trop mal si ça ne durait pas, ou n'importe quelle autre excuse bidon qu'on se raconte dans l'espoir puéril de ne plus jamais souffrir. La faute à papa, mort bien trop tôt, bien trop vite, bien trop mal.

Du coup, un suicide de vache, la veille de Noël, ça ne devrait pas trop me surprendre. Et s'il y avait une chance que cette histoire de signes soit vraie ? Je suis amoureuse de William, mais est-ce suffisant pour m'installer dans un autre pays et y acheter une maison aussi vite ? Ou alors c'est parce que je me sens coupable de quitter la France et d'y abandonner ma sœur et ma mère, à peine un an après la mort de papa. Je suis censée être le nouveau pilier de la famille, et qu'est-ce que je trouve à faire ? Je me tire dans un autre pays…

Les signes, Scarlett, elle a raison !

Si ça se trouve, cette carcasse d'animal me dit que je suis en train de fuir le deuil. Que ça va trop vite. J'ai pourtant vraiment essayé d'y aller doucement avec William. Même quand il a été évident que ça devenait sérieux entre nous, j'ai tout fait pour ne rien officialiser. Mes affaires envahissaient chaque recoin de son appartement, mais je le faisais discrètement, et j'avais toujours la possibilité de tout fourrer dans des valises en un temps record. Preuve que notre histoire n'était pas gravée dans le marbre. Sauf que l'histoire a manifestement dérapé : voilà quelques semaines, nous avons acheté la maison de mes rêves à Shere dans le Surrey, à une heure de Londres. Un imposant cottage en pierres au milieu d'un immense jardin avec de vieux arbres aux troncs noueux. Un cliché *so british*, particulièrement à cette période de l'année où la neige transforme n'importe quel coin de la campagne anglaise en un village du Père Noël. Quand les choses ont-elles bien pu m'échapper à ce point ?

Et maintenant, l'univers me rattrape. Et maintenant, un cadavre de bovin nous barre la route et nous empêche de rejoindre ma mère et ma sœur qui, arrivées hier de France, nous attendent dans notre toute nouvelle maison. Le signe est clair, non ?

— J'appelle la police, m'annonce William en secouant quelques flocons accrochés à ses cheveux châtains légèrement gominés.

— Et un prêtre.

Au milieu des effluves boisés du sapin qui envahissent la voiture, je commence à m'énerver. C'est la veille de Noël, alors déménagement ou pas, vache suicidée ou pas, hors de question de louper le réveillon ou de le fêter sans tous ses accessoires. C'est comme ça dans ma famille, la fin de l'année est un rituel sacré. Papa en a toujours voulu ain…

Mon téléphone vibre.

Maman.

Dans un monde idéal, je pourrais l'ignorer. Mais, dans le monde réel, cela provoquerait un déchaînement de forces qui me dépasseraient, qui nous dépasseraient tous. Je ne veux pas endosser cette responsabilité. Elle et Mélie, ma sœur, doivent se demander ce qui nous prend autant de temps. Je la connais : si je ne décroche pas, elle pourrait forcer la France à envahir le Royaume-Uni pour me retrouver. Or, l'histoire l'a maintes fois prouvé, ce n'est pas le meilleur des scénarios. Je décroche.

— Allô, maman, ça va ? Quoi ? Non, il n'y a rien qui cloche dans ma voix. Maman, ce n'est pas parce que je te demande comment ça va qu'il y a forcément un truc qui cloche. C'est la plus élémentaire des politesses. Hein ? Non, ce n'est pas du sarcasme.

Elle est obsédée par le sarcasme. Pour elle, c'est la pire des perversions du langage – même si j'ai toujours pensé que c'était surtout par peur de ne pas le comprendre.

— Nous ne sommes pas très loin de Shere. On en a encore pour vingt… (je m'interromps en regardant William tapoter le flanc de la vache, comme si elle allait lui répondre « entrez ») non, quarante minutes. Oui, il y a beaucoup de monde sur la route. C'est la seule qui va à Shere, forcément, elle est encombrée.

Je sais, je mens à ma mère. Cependant, gardons à l'esprit que si quelqu'un a inventé l'expression « la fin justifie les moyens », c'est bien parce qu'en cas de force majeure, c'est-à-dire quand on est harcelée par sa génitrice au moment le moins opportun, on trouve toujours une échappatoire. Si j'avais parlé de l'incident de la vache, j'aurais provoqué un débat théologique auquel je ne suis clairement pas disposée. Ma mère est d'origine italienne, d'une famille très pieuse, du moins si on considère la foi comme un empilement de superstitions, dont, à trente-trois ans, je n'ai toujours pas fait le compte. Un accident impliquant un animal considéré comme sacré dans au moins un pays du globe signifiera forcément quelque chose de grave dans le panthéon des croyances de ma mère.

— Quoi ? Promis, on ne prend personne en autostop qui pourrait nous massacrer. Où as-tu encore entendu ça ? Il faut que tu arrêtes de regarder les émissions de faits divers. On est en Angleterre, on a plus de chances de rencontrer des ivrognes que des serial killers. Quoi, Jack l'Éventreur ? Maman… Non, je ne lève pas les yeux au ciel… Comment tu sais que je lève les yeux au ciel, d'abord ?

Je ne peux pas m'empêcher de regarder derrière mon épaule. Oui, c'est idiot.

Un gyrophare fait soudain clignoter la ligne d'horizon, et je soupire de soulagement : cette histoire va peut-être se terminer plus vite que je pensais.

— Bon, maman, il faut que je te laisse, la police est là…

Je stoppe net et retiens mon souffle.

Merde.

Paniquée, je hurle :

— Je… je ne t'entends plus ! Ça grésille, je te rappelle, à toute à l'heure, bisous, au revoir, à tout de sui…

Je raccroche et jette l'appareil sur le siège conducteur comme s'il me brûlait les doigts.

Ne craque pas, ne craque pas.

Je cale HMS Titanic sur le siège et sors de la voiture. Une fois dehors, je pourrai prétendre ne pas avoir entendu les 3 427 appels maternels qui vont suivre. Au bout de quelques minutes, la voiture de police s'arrête à proximité du cadavre. Un agent se présente à nous tout en fixant la masse au sol, et je vois bien à son visage que lui aussi pense que quelque chose s'est mal aligné dans le cosmos.

— Vous ne l'aviez pas vue ? demande-t-il sur un ton qui ne me plaît guère.

Si bien sûr, mais comme on n'a pas eu le temps d'acheter une dinde pour le réveillon, on s'est dit qu'on allait se faire un bon steak. C'est ça, du sarcasme, maman !

— Excusez-moi, mais comme vous pouvez le constater, nous sommes à la sortie d'un virage, la visibilité est quasi nulle. En plus, la route est couverte de neige. D'ailleurs, je m'interroge, pourquoi la route n'a-t-elle pas été déneigée ? C'est très dangereux, la preuve.

— Française, déclare le policier en jetant un regard plein de compassion à William.

De la compassion ? Sérieux ?

— Ça veut dire quoi ?

William tente de me calmer :

— Que tu es française, chérie, c'est factuel.

— Non, ce petit regard en coin n'a rien de factuel. Je suis française, donc je m'énerve et je râle, c'est ça ?

— Eh bien, vous *êtes* en train de râler, commente le policier.

Ses cheveux sont d'un roux naturellement flamboyant, là où le mien me coûte cent vingt euros tous les mois.

— Mais, la situation l'exige ! Cela n'a rien à voir avec mon ADN ou ma nationalité.

Ils me dévisagent.

— Le virage est en épingle. Bon sang, regardez !

Le policier plonge le nez dans un carnet qu'il vient de sortir de son blouson. Je déteste quand les

Britanniques jouent de leur condescendance insulaire. Eux aussi sont adeptes du pétage de plombs, et ce n'est pas parce qu'ils ne l'ont pas accessoirisé d'une ou deux guillotines qu'ils sont plus civilisés que nous.

— Donc, c'est vous qui conduisiez ? interroge-t-il en me jetant un coup d'œil oblique.

Là, c'est le comble !

— Non, ce n'était pas moi. Si j'avais été au volant, je n'aurais pas heurté la vache parce que j'aurais suivi les indications du GPS.

— Elle conduit très bien, c'est vrai, intervient William, sauf quand on l'énerve.

Je lève les bras au ciel. Il ne prend jamais rien au sérieux ! Nous ne savons pas combien de temps nous allons rester coincés sur cette route, ma mère a déjà dû téléphoner à l'Élysée et je vais devoir passer la soirée à la calmer. Je me détourne pour échapper à cet abus de flegme et m'absorbe dans la contemplation du champ rendu éblouissant par une couche de neige à peine froissée. Un petit bonhomme court sur pattes et large comme un tonneau marche droit vers nous. Un curieux, un témoin de la scène ? Ou peut-être… le propriétaire de la vache !

Quelques instants plus tard, l'inconnu nous rejoint. Il a l'air d'avoir une soixantaine d'années. Le policier lui demande de décliner son identité, et une bouillie inintelligible sort de sa bouche. Pourtant, William et le rouquin ont l'air de comprendre, car ils lui répondent tout naturellement. Comme le badaud s'incruste et qu'on le laisse faire, je suppose qu'il s'agit bien du fermier à qui appartient l'animal errant. Si c'est le cas, il fait bien de pointer le bout de son – très gros et très informe – nez.

Quand on a des bêtes dépressives, on met en place des mesures de prévention, de confinement, ou quelque chose du genre approuvé par un service vétérinaire. Éleveur, c'est un métier, il paraît ! L'échange entre les trois hommes se poursuit dans la plus grande courtoisie et je sens le désespoir me gagner. Demain, on y sera encore ! Je commence à piétiner en écrasant la neige qui crisse sous mes bottes. Il fait froid et humide, je vais attraper la tuberculose, c'est certain, et, en prime, des pensées irrationnelles commencent à germer dans ma tête. Des pensées qui, en temps normal et hors situation ubuesque, me paraîtraient ridicules.

N'empêche…

Peut-on parler de coïncidences quand chaque Noël depuis la mort de papa tourne à la catastrophe ? Noël, c'était son truc. Du coup, c'est devenu celui de toute la famille. Et depuis qu'il est parti, tout part en vrille.

Attention, Scarlett, tu en fais des caisses comme d'habitude.

Et si c'était le début d'une succession de drames ? Je délire, je le sens bien. Je me mets à sautiller sur place, autant d'impatience que de froid. Une route de campagne enneigée, une vache et trois Britanniques, combien de temps avant de régler le problème ? À mon avis, un paquet. Je me sens soudain observée.

Pourquoi me fixent-ils tous ?

— Quoi ?

Le paysan s'adresse à moi dans son charabia. Toutefois l'intonation montante à la fin m'indique qu'il s'agit d'une question.

— Je m'excuse, je n'ai rien compris de ce que vous venez de me dire.

— Il demande pourquoi vous n'aimez pas les vaches, décode le policier.

— Je n'ai jamais dit que je n'aimais pas les vaches !

Le rouquin traduit ma réponse, car nos accents respectifs empêchent toute communication entre nous. Le fermier me scanne de la tête aux pieds avant d'enchaîner.

— Il sent que vous ne les aimez pas, continue le représentant de l'ordre, vous vous tenez en retrait.

— C'est n'importe quoi.

— Il dit que vous dégagez de mauvaises ondes.

— Quel est le rapport avec le fait que sa vache se trouvait en plein milieu de la route et non dans son enclos ? William ?

Il ne réagit pas et je sais pourquoi. Il est mort de rire. Intérieurement, bien sûr, car il est génétiquement programmé pour dissimuler ses émotions. Mais j'ai appris à lire dans ses yeux noirs comme dans un livre ouvert. Intérieurement, il pleure de rire.

Super…

Je fais un aparté en français.

— Will, arrête de rire, s'il te plaît.

— Ça me peine beaucoup que tu penses que je me réjouis alors que cette pauvre vache est morte.

— Tu veux un mouchoir, peut-être ?

Je me retiens d'exploser. Je ne vais pas mentir, William sait comment épicer chacune de mes heures, et ça remplit mon cœur de joie autant que d'excitation. Oui, j'aime la finesse de son esprit et son impertinent sens de l'humour. La plupart du temps. Mais pas aujourd'hui. *Aujourd'hui*, il m'énerve. En fait, je remarque que la frontière est mince entre humour et agacement. Le premier désamorce les situations de crise alors que le second pourrait l'éloigner de moi. Sérieusement, comment peut-il plaisanter alors qu'on se les gèle, que le flic commence à me regarder comme si je savais qui a tué Kennedy, et que ce faux paysan reste planté là sans rien proposer pour virer sa foutue vache ?

— Tu ne prends rien au sérieux, parfois c'est lourd. Bon, comment comptez-vous déplacer l'animal pour qu'on puisse reprendre la route ? Parce que c'est le réveillon, et j'imagine que vous avez quelque chose de prévu ce soir, non ?

William donne un coup de coude au paysan qui n'a pas compris que ma question s'adressait principalement à lui. Le vieux bonhomme baragouine quelque chose qui tire un grand sourire à William. Je n'ai jamais été du genre paranoïaque, mais ces deux-là ont vraiment l'air de comploter contre moi. D'accord, je suis peut-être bien du genre paranoïaque.

— Il dit qu'il faut la rouler sur le côté, traduit le flic.

— La rouler sur le côté ? Bien sûr, elle est montée sur roues en plus, ça va être facile.

Et voilà que William et le fermier s'agenouillent à côté de la vache et échangent à nouveau des messes basses. À n'en pas douter, je passe pour la rabat-joie de service qui n'a aucune patience. N'empêche qu'ils feront moins les malins quand le *Charles de Gaulle*, diligenté par ma mère, se pointera sur les côtes britanniques. En plus, il fait horriblement froid, pourquoi suis-je la seule à en souffrir ?

— Bien, je constate que tout ceci vous amuse tous, c'est une attitude très mature. Quand vous aurez trouvé une solution, prévenez-moi, je me gèle !

Je tourne les talons en direction de la voiture.

— Attends ! s'exclame William. Ne t'en va pas.

— Oh, rassure-toi, je ne peux pas aller loin, je n'ai aucun sens de l'orientation et HSM Titanic et le sapin sont dans la voiture.

— Non, tu ne m'as pas compris. Je voulais dire : ne t'en va *jamais.*

Qu'est-ce qui lui prend ?

— Quoi ?

— Je… je pense que le moment est parfait.

— Pour faire quoi ?

— Eh bien, j'ai un genou à terre, il y a de la neige partout, et nous sommes tout près de Londres. Tu adores la neige, tu adores Londres. Et j'ai la prétention de croire que tu m'adores aussi.

Je manque d'air. Mes membres se paralysent. Je reste plantée là, raide comme un piquet, aussi réactive que l'infortuné bovidé.

Non, il… il ne va pas faire ça ?

— Épouse-moi, lâche-t-il, les mots voilés par l'émotion. Je devrais mieux te le dire… je n'ai rien préparé. Tout ce que je sais, c'est que je ne peux pas terminer cette journée sans avoir de réponse. Épouse-moi. C'est… c'est tout ce que je veux.

Je ne bouge toujours pas. Et puis, je finis par ouvrir la bouche. Ma voix, je le sens, vacille :

— Tu… tu es sérieux ? Maintenant, tu me demandes en mariage maintenant, ici ?

— Scarlett, je… tu es mon étincelle, sans toi le froid m'envahit. Quand tu râles, tu réchauffes mon cœur. Quand tu es de mauvaise foi, quand tu ris, quand tu soupires, tu enflammes ma vie. Et quand tu me regardes, je brûle vif. Je n'ai jamais été autant convaincu de mon amour pour toi qu'ici sur cette route, à genoux devant cette pauvre vache, à côté d'Irwin.

— Irwin ?

— Le propriétaire de la victime. Mais il préfère qu'on l'appelle Winnie. Il approuve la demande, d'ailleurs. Si ça peut plaider en ma faveur…

Sa voix redevient sérieuse.

— Épouse-moi, Scarlett, ne me laisse pas dans le froid.

Ma vie défile devant mes yeux. C'est une folie. Une pure folie. Ma voix s'envole :

— Oui !

Winnie baragouine. Je contourne la vache et me précipite dans les bras de William qui a à peine le temps de se relever et manque de trébucher au sol. Je m'en fiche. Nous nous embrassons comme il y a un an, à l'aéroport de Heathrow, quand il m'a demandé de tenter l'aventure, de faire le voyage, pour voir où ça nous mène. Je sens les flocons glisser sur mes joues. Quand je rouvre les yeux, je les vois scintiller autour de moi. Je *sais* qu'ils scintillent et je veux graver cette image dans mon esprit.

Nous y sommes. Le miracle de Noël fait descendre sur nous sa magie.

Un mugissement perce l'air. Le corps de la vache tressaille et après plusieurs contorsions énergiques, l'animal se remet sur ses pattes. Winnie laisse échapper un cri de joie et enlace son encolure. Même moi, j'ai envie de l'embrasser.

Nous sommes le 24 décembre.

C'est le réveillon.

Chapitre 1

Un an plus tard. À quelques jours près…
Vendredi 16 décembre

La météo annonce de la neige dans un avenir plus ou moins proche, elle ne saurait le dire. Le suspense, c'est son grand truc à la météo. Je prie très fort que le ciel gris et bas qu'on se traîne depuis quarante-trois jours ne se dégrade qu'après mon mariage. Même si la salle de réception ne se trouve pas loin de ma maison, j'imagine la galère s'il tombe quarante centimètres.

— Un flocon, annonce ma sœur Mélie.

— Hein ? Où ça ?

— Disparu. Tu sais, les flocons ont une durée de vie très brève. C'est ce qui fait leur préciosité.

La nervosité me gagne. Au contraire de Mélie : ma sœur est principalement constituée d'étrangeté et de bizarrerie, elle possède ses propres codes qui ne fonctionnent que dans son monde. Et parfois, quand il lui arrive de faire un petit tour dans le nôtre, personne ne comprend ce qu'elle dit. En fait, elle n'a pas toujours été si perchée. Mais un jour, quand elle avait sept ans, elle a voulu « goûter la cime des arbres », alors elle a grimpé, haut, tout en haut, et puis elle a glissé. Six mois de coma plus tard, elle revenait parmi nous, mais les médecins ont dit qu'elle n'était plus tout à fait comme avant, qu'elle ne le serait plus jamais. Ma mère les a corrigés : Mélie n'était pas revenue seule, elle avait réussi à retenir entre ses doigts des bouts d'ange qui la font briller d'une manière que tout le monde ne peut pas comprendre. Moi, je crois qu'elle a visité le multivers.

Allez, Scarlett, prends sur toi, tout va bien. Ce n'est que de la neige.

Nous entrons dans Londres. Le GPS indique que nous serons arrivés à destination dans quelques minutes à peine.

— C'est bizarre cette manie des Anglais de rouler dans le mauvais sens. On sait d'où ça vient ? demande ma mère (que je n'aurais jamais dû laisser monter dans cette voiture). Si presque tous les autres pays ont choisi l'inverse, c'est quand même bien parce que c'est une idée de merde, de rouler à gauche.

— C'est essentiellement pour nous faire remarquer, répond Thomas, mon futur beau-frère, à l'arrière du véhicule.

— Pour ça, vous avez déjà votre reine, non ? réplique ma mère.

Mes tempes se mettent à bourdonner. Il y a environ une semaine, ma sœur et ma mère sont arrivées pour m'aider aux derniers préparatifs de la cérémonie. Et depuis qu'il s'est fait plaquer par son petit ami, j'ai l'impression que Thomas vit aussi chez nous, bien que je n'en aie pas la preuve formelle. Il y a donc beaucoup trop de monde dans mon espace vital. Si j'ai réussi à tous les occuper jusque-là, aujourd'hui, je comptais rendre visite à mon *wedding planner* en centre-ville pour consacrer quelques heures à ma petite personne – et seulement à elle. Loupé.

— Je n'ai toujours pas compris pourquoi vous avez tenu à m'accompagner. C'est vraiment du détail, vous aviez mieux à faire que de vous taper le monde et les bouchons.

— Non ! répondent en chœur ma mère et le frère de William.

Ah oui, vu comme ça…

Mon *wedding planner*, Mauricio Keynes, m'attend à son bureau dans le nord de Londres, pour valider, entre autres, la composition des centres de table. J'aurais pu le faire par téléphone, mais sur le moment, j'ai imaginé pouvoir passer quelques instants seule dans les rues décorées et chatoyantes de Londres. Une petite balade en solitaire au pays de la magie des fêtes de Noël, avec ses vitrines aux marionnettes articulées et ses salons de thé croulant sous les guirlandes et les gâteaux au pain d'épices. Pendant ce temps, ma mère aurait refait toute la décoration de ma cuisine, Thomas aurait pleuré sur sa condition de célibataire dépressif et tout aurait été parfait. Était-ce trop demander ?

— Parce que je vais en avoir pour cinq minutes, en fait…

— J'ai l'impression que tu ne veux pas de l'aide de ta mère ni de ta sœur pour ton mariage ? C'est bien ce que tu sous-entends ?

Don't feed the Kraken.

— Ni même de ton futur beau-frère, déjà rejeté par tout le monde, ajoute Thomas avec mesure, comme à son habitude.

— Bien sûr que non. C'est juste que c'est un rendez-vous pour confirmer des ornements de tables, ce n'est pas non plus le choix de la robe. Et puis, je voulais en profiter pour faire du lèche-vitrine, voilà, et tu as horreur de ça, maman.

— J'ai horreur de ça à Saint-Malo, parce que je connais les magasins par cœur ! Mais ici, c'est un autre monde. En plus, il y a plein de belles décorations, comment tu peux croire que je n'aime pas ça ?

— Ta mère a raison, elle est un peu légère ton explication, commente Thomas, jamais le genre à souffler sur les braises.

— Un deuxième flocon.

— Mélie, s'il te plaît, arrête avec ton décompte, tu me stresses !

— Tiens, avale ça, ordonne ma mère en sortant de son sac un sachet en plastique contenant ce qui ressemble à des petits bonbons jaunes.

— Qu'est-ce que c'est que ce truc ?

— Tu n'as pas confiance en ta mère ?

Pour la médication ? Non.

— Si, j'aimerais juste savoir ce que j'avale.

— J'aurais dû me poser cette question plus souvent, soupire mon futur beau-frère.

Thomas et William n'ont rien en commun. Quand le second campe sur sa réserve et son cynisme britannique, le premier ne s'épanouit que dans la théâtralité et l'excès. Son petit ami, Moshe, officieusement depuis cinq ans, officiellement depuis un an et demi, vient de le quitter pour leur kiné. Depuis, il traîne son spleen dans toutes les pièces de notre maison.

Comme d'habitude, William s'est imposé le devoir de faire en sorte que son petit frère aille mieux. Je ne suis pas certaine qu'il soit le mieux placé pour ça, mais depuis leur plus tendre enfance, leur tandem fonctionne ainsi : William tire, Thomas se laisse traîner. William arrange, Thomas embrouille. Une relation que je me garderais de juger déséquilibrée. Pourtant, elle l'est, depuis ce fameux accident que William ne se pardonne pas. Trois gamins qui chahutent, une vitrine en verre qui dégringole, laissant Thomas quasi borgne, et William qui s'accuse pour éviter que son frère ne s'attire le courroux d'une mère tyrannique. Une histoire digne d'un roman de Dickens, et, vingt ans plus tard, on en est toujours là.

— C'est du yuzu confit, affirme ma mère, c'est antistress.

— N'importe quoi. Je n'ai jamais entendu dire que le yuzu était un calmant.

— D'accord, tu crois que je suis le genre de personne qui donnerait n'importe quoi à ses propres filles pour les soigner ?

Penses-tu !

Si Mélie et moi sommes encore en vie, c'est uniquement parce que notre système immunitaire a muté pour supporter les décoctions de sorcière ingurgitées durant nos jeunes années. Raison pour laquelle, d'ailleurs, elle et moi ferons don de notre corps à la science après notre mort. Ils vont halluciner sur les résultats des prélèvements, mais grâce à ça, l'humanité survivra peut-être à une apocalypse… J'ouvre la bouche et avale son morceau de fruit confit ou toute autre substance dont je suis priée de ne pas chercher l'origine.

— C'est… pas très bon.

— Sinon ce n'est pas efficace. Fais attention à la route, il neige.

— Je l'avais dit, intervient Mélie qui entoure Thomas de ses bras.

Lorsque ces deux-là se sont rencontrés il y a deux ans, ils ont eu un coup de foudre amical. Je suis partagée entre la reconnaissance envers Thomas pour aimer ma sœur sans faire cas de sa différence, et une certaine jalousie que j'ai du mal à assumer. Mélie et moi sommes fusionnelles, surtout depuis la chute qui l'a plongée dans le coma. À cette époque, j'avais envisagé de l'enfermer dans une jolie chambre en haut d'une tour inaccessible, avec un dragon pour la garder et un passage secret que j'aurais été seule à connaître. J'avais le sens de la mesure et des effets spéciaux en ce temps-là. Pourtant, un jour, quelqu'un la verra comme je la vois et l'éloignera sans doute de moi.

Non, je pourrai toujours me débarrasser de ce quelqu'un. Un petit jus de muguet dans le coca et le tour est joué.

Après dix minutes à tourner dans les rues aux alentours du grand magasin Westfield, je trouve enfin une place. Quand nous sortons du véhicule, les flocons volettent autour de nous, heureusement, ils ne semblent pas vouloir coller au bitume.

— Bon, on regarde les centres de table, on les valide, et après on fait un petit tour avant d'aller à l'aéroport.

Mes deux tantes et mon cousin débarquent de Corse dans la soirée et les faire venir ici est la pire idée que j'ai eue ces six derniers mois. Nous ne les avons pas vus depuis plus de dix ans, mais autant que je m'en souvienne, Giulia et Pietra sont du même modèle que ma mère, quelques options prises de tête en plus. Dans la famille Archer, nous ne faisons pas dans la demi-mesure, question de religion, et aussi parce que nous pensons que la terre s'ouvrirait en deux si on n'en faisait pas des tonnes. Donc, quand maman a rencontré papa et qu'il l'a convaincue de quitter l'île de beauté, et surtout ses sœurs, pour s'installer en Bretagne, il leur a déclaré la guerre. Au début, elles ont fait semblant de garder contact, mais il y a dix ans, une énième dispute, que personne n'a bien comprise, a définitivement coupé les liens. Enfin, jusqu'à la mort de papa. Le kidnappeur à peine mis en terre, mes tantes ont rappelé maman, comme si ces dix années n'avaient jamais existé. Ma famille est absolument cohérente dans son incohérence… Mélie et moi n'avons pas du tout cautionné ce rapprochement – tous les ponts ne méritent pas d'être reconstruits – mais comme notre mère se sentait très seule, on n'a rien dit. Quant à savoir pourquoi j'ai accepté de les inviter à mon mariage, nous sommes d'accord, cela demeure à ce jour un fait inexplicable.

— On ne discute pas avec ton… tu sais ? demande ma mère.

— Avec Mauricio ? De quoi veux-tu qu'on discute ?

— Je ne sais pas, imagine que les centres de table ne soient pas si jolis que tu le pensais.

— Maman, le mariage a lieu dans moins d'une semaine, nous n'avons plus le temps de changer quoi que ce soit. Les centres de table seront comme sur les photos : parfaits. Si ce n'est pas le cas, tu feras diversion pendant la cérémonie.

— Si tu le dis, soupire-t-elle.

— Tu vas finir par nous porter la poisse avec tes angoisses !

— Si nous appliquons la loi de l'attraction positive, c'est en prononçant le mot *poisse* que tu risques de la provoquer.

— Merci, Mélie, tu m'es d'un grand soutien.

— Je t'en prie, quand tu as un doute, tourne-toi vers la philosophie.

— Oui, enfin, elle est parfois un peu connasse ta philo, ajoute Thomas en rabattant son écharpe rouge devant son visage.

Je ferme les yeux et prends une longue inspiration. Ma mère ne sait pas courir, Mélie se refuse à le faire et Thomas déteste transpirer : si je me mets à piquer un sprint, maintenant, je peux tous les semer. Rien à faire des centres de table, rien à faire de mes tantes, il y a des priorités dans la vie, comme mon intégrité psychologique. Que cette idée est tentante !

Mélie me ramène à la dure réalité en me gratifiant d'un discret coup de coude. Nous remontons le long de devantures saturées de décorations, on voit bien que c'est la dernière ligne droite avant les fêtes. Parce que, oui, je me marie le jour du réveillon. Oh, j'adore Noël, mais l'idée n'est pas de moi. Non, c'est William qui l'a eue. D'après lui, ce serait le meilleur moyen d'honorer la mémoire de mon père qui vouait un culte à ce rituel, et de faire de chaque Noël un événement dont je me souviendrai avec émotion. Je l'épouse en partie pour cette raison. Et aussi pour la superbe robe que j'ai dénichée. Un mariage à Noël, pourquoi pas ? Ça aurait tellement plu à papa. *Tellement.*

Le bureau de Mauricio se situe dans un loft au deuxième étage d'un petit immeuble récent et de grand standing. Il m'a été conseillé par Thomas, dont le carnet d'adresses est d'une valeur inestimable pour quiconque souhaite organiser des fêtes inoubliables. Si on passe sur l'extravagance du personnage et son côté un peu diva, il faut bien reconnaître qu'il a beaucoup de goût. À chacune de nos rencontres, il venait avec des catalogues et des photos, fourmillant d'idées de décoration et d'accessoires plus chics et originaux les uns que les autres. Je n'ose pas trop le dire, de peur de me porter la poisse et de paraître prétentieuse, mais je crois bien que mon mariage sera le plus beau.

À peine ai-je effleuré la sonnette de l'interphone que l'une des nombreuses assistantes de Mauricio me demande qui je suis.

— Scarlett Archer, j'ai rendez-vous avec Mauricio.

— Madame Archer, je… oui… c'est vrai… je…

La fin de sa phrase devient inaudible.

— Elle a bu ? s'étonne ma mère.

La porte de l'immeuble s'ouvre. Nous montons les étages puis frappons à la porte de l'agence. Une jeune femme – baptisée assistante numéro quatre aux cheveux bruns – nous accueille. Son teint est vert, et ses cernes plus noirs que les cheveux de ma sœur. Je sens aussitôt une vague de panique me submerger.

Le fleuriste a oublié la commande des sets !

— Lyd… Jenn…

Pas moyen de me souvenir de son prénom ! J'enchaîne en espérant qu'elle ne s'en rendra pas compte.

— Que se passe-t-il, vous avez l'air…

— Plus morte que vive, termine ma sœur.

— Un yuzu confit ? intervient ma mère. C'est contre les coups de fatigue.

— Je… mais… vous n'êtes pas au courant ? balbutie-t-elle.

Le fleuriste a déposé le bilan. Une étrange douleur se met à palpiter dans ma poitrine.

— Au courant de quoi ?

— Que nous avons annulé tous nos rendez-vous de la semaine.

Le fleuriste est mort. Mon cœur fait n'importe quoi.

— Je m'excuse, mais je n'ai reçu aucun message de Mauricio.

— Bien sûr, c'est lui qui vous suivait en direct et… c'est… forcément, il ne déléguait rien et…

Elle fond soudain en larmes, nous laissant aussi désemparés que stupéfaits, et toujours sur le palier. Mélie entre dans le loft et pose les mains sur les épaules de l'assistante pour la guider vers une chaise.

— Je vous en prie, il faut vous asseoir. Laissez-vous aller, c'est important.

Qu'elle se laisse aller, c'est ça, mais pas trop, nous devons parler de mon fleuriste ! Les sanglots redoublent d'intensité sitôt que les fesses de la jeune femme touchent le siège.

— Prenez une profonde inspiration, puis bloquez en poumons pleins, un, deux, trois, quatre, expirez poumons vides, un, deux, trois, quatre, inspirez bloquez, expirez.

Cette putain de respiration carrée.

Chaque fois que j'ai un coup de panique, de colère, ou de n'importe quoi, Mélie me demande de faire la respiration carrée, mais ça n'a jamais eu le moindre effet chez moi. Elle dit que c'est parce que j'y mets de la mauvaise volonté, mais moi, je pense juste que si on était fait pour respirer selon une forme géométrique, on le ferait naturellement dès notre naissance.

— Merci, souffle l'assistante dont les pleurs ralentissent.

— Vous savez, rien ne devrait vous mettre dans cet état. Vous abîmez votre psyché avec un tel niveau d'angoisse. Ça laisse des marques en vous, comme de petites lacérations narcissiques.

Ma sœur est psychologue. Enfin, d'habitude, elle parle plutôt d'éjaculation précoce, de baisse de libido, ou encore de pratiques libertines. Ma sœur est psychologue sexothérapeute. La sexualité est étrangement son domaine de compétence. Étrangement, car je ne l'ai jamais connue intéressée par la bagatelle. Aux dires de notre voisine, qui, après l'avoir consultée a quitté mari et enfants pour rejoindre une secte pratiquant l'amour libre avec les arbres, il paraît qu'elle est extraordinairement douée dans son travail. Je ne saurais le dire, ma mère et moi avons convenu de rester dans le déni pour ce qui est de la carrière de Mélie. Ma sœur ne travaille pas. Elle vit d'air pur et d'eau fraîche. Fin de la discussion.

— Bon, alors, que se passe-t-il ?

— Scarlett, ne la brusque pas.

— Oui, pardon, je vous en prie, prenez votre temps pour répondre.

Je suis remplie de compassion. Si. C'est juste qu'à une semaine de mon mariage, la pleureuse a intérêt de se reprendre vite fait avant que je retourne les lieux pour trouver mes centres de table et Mauricio.

— Je t'entends la brusquer, commente Mélie.

J'oublie toujours qu'elle a comme une espèce de Wi-Fi cosmique qui, par je ne sais quelle aberration de son évolution, la fait entendre mes pensées.

— C'est Mauricio, chuchote la jeune femme.

— Eh bien ?

— Il… il… il est mort !

— Quoi ? Ce n'est pas possible ! Je lui ai parlé hier matin, il allait très bien, il devait se rendre à un enterrement de vie de garçon d'un client, et je vous garantis qu'il pétait le feu.

L'assistante se remet à pleurer, et tous les regards se braquent aussitôt sur moi comme si j'étais responsable.

— Qu'est-ce que j'ai dit ?

— L'enterrement de vie de…, renifle Jenny, c'est là que ça s'est passé.

— Qu'il s'est passé quoi ? demande Thomas, incrédule. Il a eu un accident de voiture en y allant ?

— Non, il s'est étouffé et on n'a pas pu le sauver.

La perplexité se lit sur nos visages.

— Comment s'est-il étouffé ? persiste Thomas, comme si ça avait une réelle importance à ce stade.

— Avec un… un…

Si ça continue, il va falloir aller lui chercher les informations directement dans la gorge. Ce suspense est ridicule. Elle finit par prendre la plus grande inspiration jamais prise et lâche d'une traite :

— Avec un des strass du string d'une des strip-teaseuses.

Pause.

— Pardon, mais je n'ai pas bien compris, intervient ma mère.

— Vous savez, ce sont ces strings qui se détachent à peine vous tirez dessus. Aux dires de Karl, c'est notre comptable, vous avez eu affaire à lui la dernière fois…

Ah, eh bien quand elle a décidé de parler, elle parle.

— On s'en fiche et donc ?

— Scarlett, tu la brusques encore, répète Mélie de sa voix monocorde.

Peut-être. N'empêche, on s'en fout de Karl, non ?

— Ils avaient tous beaucoup bu. D'après les témoins, il a voulu arracher le string avec les dents, et apparemment… un des strass est passé par le mauvais tuyau, quoi. Personne ne savait faire les gestes de premiers secours, il s'est effondré d'un coup. Oh mon Dieu, c'est si horrible ! On n'a pas encore trop réalisé.

— Vous êtes en train de nous dire qu'il a fait une fausse route avec le strass d'un string de strip-teaseuse ? résume Thomas.

— Évidemment dit comme ça, ça a l'air ridicule...

Tout en essayant de chasser les images qui me viennent à l'esprit (Mauricio, un string dans la bouche et les yeux révulsés), je me demande à partir de quel moment je peux revenir sur le sujet de mon mariage sans passer pour une horrible créature sans cœur.

— Ma petite, il ne faut pas vous mettre dans cet état, intervient ma mère. Les voies de Dieu sont impénétrables.

Pour le coup, je les trouve surtout très imaginatives, mais tout est une question de point de vue.

— Du coup, pour le mariage de ma fille, on fait quoi ? poursuit ma mère avec la délicatesse d'une charge d'infanterie que je salue.

— Je... je n'en sais rien. Comme je vous l'ai dit, Mauricio avait du mal à déléguer. Depuis ce matin, nous essayons de lister tous ses rendez-vous et ce qui lui restait à faire... En fait, c'est la panique, je ne vous le cache pas.

— Je suis désolée si ça vous paraît un peu brutal et sans cœur, mais dans une semaine, j'ai des invités et un mariage à coordonner, et c'est Mauricio qui a tout géré de A à Z.

— Oui, je comprends bien. Je vais faire mon possible pour vous trouver un remplaçant au plus vite et vous dire où en est l'organisation de votre cérémonie.

C'est la cata. J'avais déjà du mal à obtenir des informations précises de Mauricio vivant, alors mort, autant me mettre à prier pour un miracle. À cet instant, je donnerais dix ans de ma vie pour que ce soit juste un problème de fleuriste…

— C'est mauvais signe, ça, déclare ma mère, comme si le doute était encore permis. Un bien mauvais augure, je vous le dis.

Ma mère a un dictionnaire des superstitions bien fourni et elle prédit le jugement dernier chaque fois que le pain est posé à l'envers sur la table ou qu'un parapluie est ouvert dans la maison. Alors, un *wedding planner* qui meurt une semaine avant des noces, d'un strass mal avalé, ça doit au moins annoncer la fin des temps.

— Est-ce que vous pouvez déjà me donner les coordonnées des artisans et des commerçants avec qui il a passé des contrats ? Traiteur, fleuriste, magasin de robe de mariée et… je ne sais même pas qui il a contacté, c'est dingue, complètement dingue !

— Je vais essayer de vous trouver ça le plus vite possible, je vous promets.

— Parce que vous ne savez même pas où sont vos dossiers ?

— Mauricio ne travaillait pas comme ça.

— Et comment il travaillait ?

— Trop près des strip-teaseuses, visiblement, lâche Thomas.

— Laissez tomber !

C'est mort. Cette fois, c'est mort, je le sais. Je commence à faire les cent pas dans la pièce, quand j'entends la voix de ma mère.

— Bon, ma petite demoiselle, je comprends bien votre tristesse, encore que ce ne soit que votre patron, vous vous en remettrez. Ma fille se marie dans une semaine. Mauricio avait promis de s'occuper de tout. Elle a payé pour ce service, alors vous vous rassemblez, et vous lui trouvez la liste qu'elle demande avant demain soir. Sinon, vous aurez affaire à moi. Et vous ne voulez pas avoir affaire à moi.

Personne ne le veut.

Pour toute conclusion, ma mère tire Mélie dans le couloir, et Thomas et moi leur emboîtons le pas, mécaniquement. Quelques instants plus tard, nous nous retrouvons dans la rue. Un brin hébétés.

— Bon, pas de panique, déclare Thomas, on va s'en sortir. Nous allons établir un plan de bataille. Il nous reste une semaine, c'est bien assez pour reprendre l'organisation en main. Ne t'inquiète pas, Scarlett, nous allons gérer.

— Et si jamais elle ne retrouve pas les informations, hein ? Je ne me souviens même pas des noms des fournisseurs dont il m'a parlé ! Je signais juste les contrats en vérifiant surtout les prestations. Je lui faisais confiance…

— Eh bien, au pire, nous choisirons de nouveaux fournisseurs, et l'agence de Mauricio se débrouillera pour rembourser les autres.

— Si près de la cérémonie ? En pleines fêtes de fin d'année ?

— Tout se passera bien, me rassure Mélie en glissant ses doigts de mon front à ma tempe. Nous sommes ensemble, rien ne peut aller mal. C'est gravé comme ça dans l'univers.

La neige a finalement décidé de coller au bitume.

Maudits flocons, mauvais augure.

Chapitre 2

Après quelques secondes de réflexion intense, William s'éclaircit la gorge.

— On sait quelle partie du string l'a tué, ou pas ?

Parfois, je l'étranglerais avec un plaisir égal à celui que j'ai de l'embrasser.

— Je suis ravie que tout ceci t'amuse, mais pour ceux qui ne possèdent pas ton superpouvoir qui consiste à se foutre de tout, ça ressemble bien à une catastrophe.

Il m'enserre fort comme s'il voulait me soulever du sol. Je pose ma joue contre son épaule et me laisse bercer par sa chaleur. Dans la cuisine, les voix suraiguës de mes tantes, arrivées de Corse et ramenées de l'aéroport une heure plus tôt, font penser qu'on héberge une colonie de poules.

— Tu sais, murmure-t-il à mon oreille, il y a tant de gens qui ne demande qu'à mettre leur grain de sel dans notre mariage, que tu ne t'apercevras même pas de l'absence de Mauricio.

Ben voyons ! Je devrais l'abandonner une journée dans la fosse aux lions du rez-de-chaussée, et on verrait si après huit heures à supporter le concerto en complaintes majeures de ma mère et de Thomas, il se sentirait encore de faire de l'humour.

— Tu as le beau rôle toi ! Tu observes le manège derrière la vitrine de ta galerie d'art en prétextant un surplus d'activité. Génial. Mais moi, je reste là et, en plus de gérer l'intendance, je dois faire le grand écart entre ta famille et la mienne. Et je suis aussi souple que Joseph Staline.

— Je suis désolé, si j'avais pu prendre des congés, je te jure que je l'aurais fait. Mais cette exposition de janvier est capitale.

Ah ! La vieille excuse du « j'ai tellement de travail en ce moment », conçue, éprouvée et validée par des générations d'hommes, depuis que le premier hominidé a filé hors de la grotte familiale pour échapper aux tâches ménagères… D'accord, lorsque je l'ai rencontré, j'avoue avoir été impressionnée d'apprendre que William et Thomas étaient propriétaires d'une galerie d'art non loin d'Oxford Street. Je n'entends rien à la peinture, alors écouter William parler de son métier, forcément, ça me semblait sexy et exotique. Et c'est toujours le cas, cependant, le temps qu'il passe au milieu de ses œuvres et leurs artistes me rend jalouse de cette passion qui l'accapare quand elle ne devrait pas.

— Je sais, nous avons déjà eu cette conversation. Et je comprends, c'est juste que ça me ferait du bien si… tu paniquais au moins un peu.

— D'accord, je panique.

— Menteur !

Il a beau réussir à me remonter le moral malgré ma contrariété, l'échange fait ressurgir certaines inquiétudes. Je déteste cette petite voix qui jacasse dans ma tête de plus en plus souvent. Depuis quelques mois, William semble plus replié sur lui-même que d'habitude. Bien qu'il ne m'en ait rien dit, je soupçonne un problème avec la galerie. J'ai plusieurs fois tenté de mener l'enquête auprès de Thomas, en vain. Thomas s'occupe du réseau, il ignore tout des rouages de l'entreprise et aux dires de William, ça ne l'a jamais intéressé. J'ai essayé une fois d'aborder le sujet avec William, sauf qu'il n'y a pas plus fuyant qu'un Britannique qui ne veut pas parler. Aucun mot ne l'atteint, tout coule sur lui sans jamais s'accrocher à aucune aspérité, un truc que ces insulaires ont dû développer pour surmonter un taux de précipitation annuel colossal. Alors, puisque le brusquer serait également une erreur de stratégie, je n'ai d'autre choix que de patienter. En attendant, j'élabore des centaines d'hypothèses qui ne reposent sur rien de bien concret si ce n'est mes angoisses. Je fais les questions et les réponses, et je monte dans les tours. La fameuse *French touch.*

La sonnerie de l'entrée – un carillon de château dont j'ai exigé l'installation par pur caprice de petite fille – résonne dans le hall. Je regarde William, étonnée.

— On attend quelqu'un ?

— En principe le Père Noël, mais il serait en avance.

— Le Père Noël vient toujours à l'heure qui convient. Ne blasphème pas.

— Je m'en occupe ! hurle ma mère du rez-de-chaussée, sans doute depuis la cuisine.

Quand nous sommes revenus de Heathrow, mes tantes ont à peine déposé leur valise dans les chambres d'amis, que ma mère et elles se sont terrées dans la cuisine. Depuis, aucune n'en est sortie. Que font-elles là-dedans, alors que j'ai commandé l'équivalent d'une année de petits fours et de mignardises chez le traiteur ?

Comme aucun son ne parvient jusqu'à moi, je décide d'aller voir qui peut bien se présenter à une heure pareille. J'emprunte l'escalier qui mène au hall d'entrée, mais je m'arrête à mi-chemin quand j'aperçois le visiteur. Enfin, la visiteuse. William s'immobilise une marche plus haut, juste derrière moi.

— Bonjour Lena, déclare ma mère, aussi polie qu'une brique de lait.

— Bonjour Rosa, répond son interlocutrice avec guère plus de chaleur.

Il ne manquait plus qu'un face-à-face entre ma mère et ma future belle-mère pour terminer cette folle journée.

Ce serait mentir de déclarer que je m'entends bien avec Lena. Je ne suis pas certaine que quelqu'un soit capable de s'entendre avec elle – quelqu'un d'humain, bien sûr. Avec un robot, ça fonctionnerait peut-être ?

Ma mère et celle de William sont comme la Russie et les États-Unis : en désaccord sur tout, par principe. Leurs natures respectives sont si profondément à l'opposé l'une de l'autre que cela ne pouvait que poser problème. Néanmoins, ici nous sommes sur le territoire de Lena, nous sommes donc bien obligés de faire bonne figure.

Comme maman n'a manifestement pas l'intention de le faire, j'invite Lena à entrer. Celle-ci avance dans le hall comme si elle remontait la salle d'apparat vers son trône. Ai-je mentionné que la mère de William est une version plus âgée de Grace Kelly, le mépris de classe et la froideur anglaise en plus ?

— Je… c'est… quelle bonne surprise de vous voir.

Pour l'Oscar de la meilleure actrice, faudra repasser.

— Ma fille se demande ce que vous faites ici, traduit fort justement celle qui me connaît si bien.

— Je suis venue voir comment s'était passé votre rendez-vous chez Mauricio.

— Et vous avez perdu votre téléphone, renchérit ma mère.

— Maman, tu ne nous ferais pas un peu de café ?

Et une petite séance de relaxation.

— Je m'en occupe, répond-elle en s'éloignant en direction de la cuisine, où, postées en observatrices, mes tantes l'attendent.

Je me lance.

— Eh bien, à ce propos, c'est un peu compliqué…

— Tiens donc ? Comme je l'avais dit à Thomas, je n'ai eu que de mauvais échos concernant cet homme. Bien sûr, il n'en fait qu'à sa tête, achève-t-elle en me tendant son manteau en cachemire avec le dédain social dont elle fait preuve avec ses domestiques.

Je ne m'en suis jamais formalisée, car elle se comporterait sans doute de la même manière avec la reine d'Angleterre… William se décide enfin à nous rejoindre. Il salue sa mère avec une affection feinte. On ne peut pas vraiment dire qu'ils s'entendent. Pour être honnête, à un moment, j'ai eu l'espoir que ça s'arrange. Juste après notre rencontre, une violente dispute a éclaté à mon sujet : j'étais française, issue d'un milieu populaire, et la perspective que ça dure entre son fils aîné et moi a évidemment mis le feu aux poudres. Si bien qu'après des années d'hypocrisie, ils se sont enfin dit, ou plutôt jeté à la figure, les choses qui pesaient sur leurs cœurs. Pendant un temps, leur relation a semblé s'adoucir, mais ce n'était toujours que du protocole bourgeois. Ce soir n'est pas différent, car une fois le minimum syndical de mondanités effectué, William disparaît dans le salon.

C'est ça, laisse-moi, j'aime tellement gérer ta mère.

— Alors quel est le problème ? insiste Lena.

— Il a eu un accident, il est décédé hier soir.

— Parfait. Nous allons enfin pouvoir réparer les dégâts que cet original a pu causer en se croyant génial.

Précisons qu'à côté de Lena, Lucrèce Borgia passe pour une âme charitable et aimante. Mélie sort à cet instant de la cuisine, et se dirige droit vers ma belle-mère pour l'enlacer.

— Bonsoir, je suis heureuse de vous voir. Vous avez bien meilleure mine, ce soir.

Au contact de ma sœur, si la reine mère se raidit, elle ne se dégage pas pour autant. Personne ne peut lutter contre Mélie, pas même Lucrèce. C'est son pouvoir à elle.

— Merci de votre sollicitude.

— Scarlett, enchaîne ma sœur, je viens d'avoir Thomas au téléphone, il a réussi à récupérer quelques noms de fournisseurs, nous pourrons les appeler demain. Je t'ai fait une liste des prestataires qu'il nous manque, mais je pense qu'on trouvera une solution de remplacement.

— Je peux voir ? demande Lena.

Pardon, j'oublie à chaque fois que c'est son mariage à elle.

— Aucune contrariété, Lena, nous en avons déjà parlé, répond Mélie doctement, il faut ménager votre équilibre interne, sinon vous faites vieillir vos cellules prématurément.

— Mais…

Je m'engouffre dans la diversion involontaire provoquée par ma sœur.

— Je vais vous présenter mes tantes qui viennent d'arriver, dis-je.

Lorsque Lena et moi pénétrons dans la cuisine, je comprends l'ampleur du gouffre qui sépare nos deux familles. L'univers n'aurait pas pu faire se rencontrer puissances plus différentes. Malgré leur succès professionnel, mes tantes ont gardé cette gouaille, un tantinet agressive, des familles immigrantes pauvres qui ont dû abandonner le presque rien qu'elles possédaient. Lena, quant à elle, est un pur produit d'une vieille aristocratie arc-boutée sur sa supériorité sociale, marquée par un maniérisme qui définit l'écart entre ceux d'en haut et ceux d'en bas. Je ne peux pas dire que la scène me surprend, ce qui ne fait que renforcer la question qui me hante depuis que mes tantes sont arrivées : pourquoi ai-je cédé à la demande de ma mère ?

Je remarque soudain, dans le fond de la cuisine, assis face à face avec l'air de poissons qu'on vient de jeter sur le pont d'un bateau, mon cousin – un beau jeune homme de l'âge de Mélie – et sa fiancée. Je les avais presque oubliés ! Comment ai-je pu les embarquer dans le minibus à l'aéroport sans me souvenir d'eux ?

— Lena, voici Giulia et Pietra, mes tantes, Orlando mon cousin et… sa fiancée, qui viennent d'arriver de Corse.

— Caroline, précise la jeune femme.

— Enchantée de faire votre connaissance, articule ma future belle-mère, aussi guindée qu'un président américain s'adressant à son homologue russe devant la presse.

— De même, répond Pietra, avant de marmonner quelque chose en italien que personne ne comprend.

Je n'ai jamais beaucoup aimé mes tantes. Enfant, déjà, je trouvais Pietra particulièrement dure avec ma mère et sa sœur Giulia. En tant qu'aînée, endosser le rôle de chef de famille après la mort de leurs parents à leur arrivée en France, a dû lui paraître logique. Néanmoins, on peut être un guide sans être un tyran. La famille s'est installée en Corse, parce que c'était ce qui semblait le plus proche de leur Italie d'origine, et donc le plus tolérable. Cependant, le clan n'a jamais pardonné à ma mère d'avoir choisi un Breton et de l'avoir suivi à Saint-Malo, et malgré tous les efforts qu'elle déploie encore aujourd'hui, je vois bien qu'elle ne se débarrassera jamais tout à fait de son statut de traîtresse.

Un ange passe. Puis deux.

— Le secret, c'est la communication, intervient Mélie, donc Giulia a préparé des gâteaux. Lena apprécie le thé noir avec un nuage de lait. Orlando, les tasses se trouvent derrière toi, prends celles du fond, il faut qu'elles servent.

Parfois, en plus du reste, Mélie est aussi possédée par quelque chose de… *de pas d'ici.* Elle quitte la pièce, en ajoutant :

— Je dois appeler une cliente, une urgence. Quand vous parlez, pensez à la loi d'attraction positive.

Plus de positif et on risque de frôler l'explosion de bonheur… Mon cousin s'exécute et sort des tasses que je ne me souvenais même plus avoir. Giulia fixe Pietra en attente d'une réaction qui lui indiquerait quoi faire, mais ma mère coupe court à son hésitation en apportant les gâteaux sur la table.

— Alors, la stratégie c'est de rappeler tous les fournisseurs que Thomas a réussi à trouver ? me demande Lena en observant les gestes de ma mère.

— C'est ça. En espérant que ce soit le traiteur, le créateur de ma robe de mariée, le fleuriste et le coiffeur, pour qu'au pire, ce qu'il reste ne soit que de l'accessoire. Normalement, ça va aller.

— Normalement, répète ma mère.

— Je n'ai toujours pas compris pourquoi vous n'avez pas voulu vous marier à Porto-Vecchio, intervient Pietra. Nous avons des contacts avec les commerçants les plus réputés de l'île. Les Palazzo et les Castelli nous doivent plein de services, ils vous auraient concocté une pièce montée inoubliable à un prix défiant toute concurrence. Et notez que je ne parle pas du climat qui t'aurait permis de mettre une robe sans la cacher sous un manteau. Parce que, précise-t-elle à l'attention exclusive de Lena, chez nous, on peut mettre le nez dehors sans qu'il gèle !

— Sans doute parce que tout a brûlé pendant l'été, rétorque celle-ci en reniflant discrètement le thé.

— C'est vrai qu'à nos fiançailles, nous avons eu un repas exceptionnel, intervient la fiancée d'Orlando dont j'avais déjà oublié l'existence. Et les fleurs ! N'est-ce pas chéri ?

— Oui, mais c'était la bonne période aussi, en été. Ma nièce a choisi le réveillon de Noël pour se marier, poursuit Pietra. Ça, aussi, quelle idée !

— Nous aimons nous faire remarquer.

Pietra tord la bouche en une moue de réprobation que je feins d'ignorer. Je suis sur le point d'allumer la télé de la cuisine, histoire de fendiller la glace qui est en train de se former au-dessus de nos têtes, quand le bruit de la porte d'entrée qui s'ouvre et se referme rompt le silence.

— Hello tout le monde ! lance Thomas depuis le hall. Le fils prodigue est de retour à la maison.

Chouette, un nouveau joueur.

Je lui crie :

— Dans la cuisine !

Passant la tête dans l'embrasure, il arque un sourcil lorsqu'il aperçoit notre assemblée.

— Oh, quelqu'un d'autre est mort ?

— Je t'en prie, le reprend sa mère comme on le ferait avec un petit garçon qui se tient mal.

— Vous verriez vos têtes ! Vous avez l'air si solennel toutes… tous.

L'expression de Thomas change quand il aperçoit Orlando. Je n'arrive pas à savoir si c'est de la surprise ou de l'intérêt, et à vrai dire, je ne sais pas ce que je préférerais.

— Mélie t'a fait passer la liste des fournisseurs ? s'inquiète-t-il, si tu savais qui j'ai dû suc… ce que j'ai dû faire pour l'obtenir !

J'ouvre un tiroir pour en sortir un tube d'aspirine.

— Oui, je l'ai. Demain, à la première heure, je les appellerai tous. Heureusement que Mauricio ne s'occupait pas de la fête de demain soir. C'est déjà ça de moins à rattraper.

Mauricio m'avait suggéré d'organiser une soirée à quelques jours du mariage pour permettre aux deux familles et aux amis de se rencontrer, puisque la plupart arrivaient à Londres un peu avant la cérémonie. J'avais trouvé qu'occuper tout ce beau monde était une excellente idée, mais j'avais préféré prendre les choses en main pour ne pas risquer de surcharger mon *wedding planner.* Depuis, on m'a expliqué qu'un *wedding planner* doit être surchargé, sinon, ça ne sert à rien. Si ça se trouve, j'ai moi-même contrarié les forces de l'univers et provoqué la mort de ce pauvre homme.

Maman, sors de ma tête.

— Tu me présentes ? demande Thomas, parce que là, ça devient un peu embarrassant.

— Pardon, Pietra, Giulia, Orlando…

— Caroline, termine Caroline.

— Ravi de faire votre connaissance, les salue Thomas.

Orlando acquiesce timidement, et je remarque que le moindre de ses gestes est dans le même registre. Ça n'a pas dû être facile tous les jours avec Pietra.

— Bien, et où sont vos maris, mesdames ? Vous les avez semés dans les quartiers chauds de Londres ?

— Nous avons préféré les enterrer, réplique Pietra.

J'avale mon aspirine, soupire et explique :

— Elles sont veuves.

— Oh. Désolé. Sérieux, les deux ? murmure-t-il dans ma direction.

C'est le moment que choisit Mélie pour revenir dans la cuisine, portable collé à l'oreille. Elle enlace Thomas qui lui rend son étreinte avec une tendresse qu'il n'a pour personne d'autre.

— Lors d'un rapport avec plusieurs partenaires, explique-t-elle tout en repartant dans le salon, l'important n'est pas qui vous pénètre, mais qui vous laissez vous pénétrer…

Cette fois, j'allume vraiment la télé.

— Encore des gâteaux ? propose ma mère avec empressement. Ma chérie, demain, quand veux-tu que nous allions à la salle de réception pour préparer la fête ?

— Je crois que des gens sont payés pour faire ça, précise Lena en examinant les pâtisseries.

— Il vaut mieux vérifier deux fois qu'une. Et puis arrêtez de tergiverser et prenez-en une part, ça ne vous tuera pas.

— Sinon qu'est-ce qu'on mange ? Parce que je meurs de faim.

Je dévisage Thomas. Se rend-il compte des éléments qu'il vient de déchaîner ? Non, bien entendu, parce qu'il n'a pas été élevé par une famille italienne.

Lui croit poser une question anodine, en réalité, il actionne des puissances qui le dépassent. Mes tantes et ma mère sont soudain prises d'une frénésie qui me fait reculer de plusieurs pas. Elles ouvrent les placards, sortent des poêles, des casseroles et des ustensiles que j'ignorais posséder. Préciser que le frigo est plein à craquer de tout ce qu'il faut ne servirait plus à rien, maintenant que la machine est lancée. Je m'installe à côté de Lena, qui, en cet instant, me paraît mon meilleur soutien – c'est dire –, et je focalise mon attention sur l'écran de télévision. Un reportage local parle du retour de bactéries intestinales anciennes dans la région, et fait le récapitulatif des contaminations historiques, faute de réels faits divers à livrer à l'opinion publique.

Après tout, c'est la trêve de Noël, il ne se passe jamais rien qui fasse couler beaucoup d'encre.

Chapitre 3

Samedi 17 décembre

Beaucoup trop tôt, cette sonnerie de réveil ! Beaucoup trop. Qui a eu l'idée de le programmer à 8 heures ? Une fraction de seconde, j'espère qu'en ne bougeant pas, pas même un cil, il va se taire et je vais me rendormir jusqu'au mariage Et puis, je me souviens que ce n'est qu'un réveil, pas un super calculateur quantique doté d'une intelligence artificielle qui me serait utile. Je l'ai actionné hier soir et il fera son travail d'alarme jusqu'à la fin des temps, ou de sa batterie – ce qui suffira bien – à moins que je l'arrête. Je tâtonne dans le noir et je l'éteins sans même ouvrir un œil. Puis je me retourne. Tiens, la place à côté est vide.

Je me redresse pour vérifier, William n'est plus là. Sur son oreiller, il a laissé une feuille repliée en quatre. Je l'ouvre et prends connaissance de son contenu.

Problème à la galerie. J'ai programmé la cafetière pour 8 h, fait chauffer tes scones, tué l'une de tes tantes. Je garde la seconde pour demain, j'ai laissé dans le placard armes et munitions au cas où tu voudrais t'en charger.

Je fais au plus vite. Je t'aime.

Rien dans ce mot ne me rassure, excepté ce qui concerne ma tante. Je ne suis pas folle, quelque chose préoccupe William, mais quoi ? Il m'avait dit qu'il pourrait prendre quelques jours, car il avait assez d'avance concernant sa grosse exposition de janvier. Partir si tôt alors que ce n'était pas prévu ressemble à une urgence. Ou je fais encore les questions et les réponses ? Est-il heureux ? Avec moi ? D'accord, je fais les questions et les réponses. Je me retourne pour sortir du lit quand je pousse un cri. Mélie est assise sur une chaise à côté de ma table de nuit. Depuis quand est-elle là ? Pourquoi je me pose cette question ? La blancheur de son teint accentué par le jour blafard, typique du mois de décembre, la rend encore plus fantomatique que d'ordinaire.

— Tu m'as flanqué une de ces trouilles ! Qu'est-ce que tu fais là et depuis quand… non, laisse tomber pour le quand, je ne veux pas savoir.

— Tu as raison, William est troublé, mais cela n'a rien à voir avec toi. Il est heureux à tes côtés, ne doute pas de ça.

— Mélie… ce n'est pas un peu tôt pour une démonstration de télépathie ?

— Il est 8 heures.

Je retombe sur les coussins.

— Justement. Bien, toi qui sais tout, dis-moi ce qui ne va pas chez lui ? William a toujours été du genre secret, c'est vrai, mais là ça ressemble plus à de la fuite, non ? Ou alors c'est la future mariée hystérique qui parle, tu peux me le dire, je saurai encaisser. Suis-je devenue l'une de ces mariées impossibles à gérer et qui surinterprètent tout ?

— Non.

— Merci. Si tu avais dit oui, je l'aurais super mal pris.

— Tu es une future mariée paranoïaque. La paranoïa n'a rien à voir avec l'hystérie. Parfois si, mais pas tout le temps.

— Super, docteur Freud. Et, qu'est-ce que ma psychologue de petite sœur me conseillerait, alors ?

— Un orgasme.

— Mélie !

— L'orgasme libère deux neuropeptides : l'ocytocine et la prolactine, les deux provoquent une puissante sensation de bien-être. Et comme quelque chose tracasse William, il profitera aussi de leurs bienfaits.

— Mais bordel, pourquoi je t'écoute ?

— Parce que je suis une excellente psychologue sexothérapeute.

— D'accord, je vais y penser, mais arrête de me parler de ton travail ! Cela dit, je préfère encore tes remèdes à ceux de maman. D'ailleurs, est-ce qu'elle est réveillée ?

— Elle l'est.

— Genre, super réveillée ?

— Elle ne pourrait pas l'être plus.

La réponse achève de me sortir du lit. Je passe dans la salle de bains, me rafraîchis, et relève mes cheveux au blond vénitien impeccablement réussi par Gunter, mon coiffeur serbe, spécialiste des blonds et des assassinats politiques (du moins, j'aime à l'imaginer). J'enfile une tenue dans une taille que je n'ai faite que deux fois dans ma vie, la première, après une hospitalisation prolongée, la deuxième, après l'achat de la robe de mariée de mes rêves. À chaque repas, je me console en pensant à tout ce que je pourrai engloutir dès le lendemain de la cérémonie. Et comme j'ai pleinement conscience de subir un diktat patriarcal visant à réduire la beauté à un seul canon discriminant et oppressif, je suppose que ça me rachète un peu. Ce qui, bien sûr, est une belle connerie. Mais, je me rattraperai vis-à-vis de la cause féministe en élevant ma future fille en Hermione Granger.

Ma sœur n'a pas bougé de son siège. J'ai longtemps jalousé son look naturel de Blanche-Neige, maintenant, j'apprécie juste de la contempler. À vingt-six ans, elle a toujours l'air de la poupée de porcelaine qu'elle était à dix, même quand sa chute l'a brisée.

— Allez, donnons-nous du courage, une nouvelle journée marathon nous attend. Et tous les oiseaux de la région ne vont pas venir nous filer un coup de main comme à cette connasse de Cendrillon.

— De toute façon, les fenêtres sont fermées, ils ne pourraient pas rentrer.

Certes.

Nous descendons au rez-de-chaussée, et comme prévu, ma mère et mes tantes sont déjà aux fourneaux. Les ont-elles seulement quittés ? L'odeur du café fraîchement passé me tire un sourire.

— Pourquoi tu mets du lait là-dedans ? demande Pietra sur un ton de général en inspection.

— C'est meilleur avec, répond ma mère.

— N'importe quoi ! Maman ne nous l'a pas appris comme ça, souviens-toi.

— Comment veux-tu que je m'en souvienne ? Tu oublies que j'étais trop jeune. Giulia aussi.

— Eh bien, dans le Sud, ça ne se fait pas comme ça.

— En Bretagne, ils mettent du lait.

— Et on voit ce que ça donne.

— Que veux-tu…

— Bonjour tout le monde ! lancé-je pour couper court.

— Ma chérie, tu as bien dormi ? Tu as une petite mine.

— Ça va, maman. Et toi ?

— Rhett a fait un cauchemar, ça le perturbe, tout ce monde, du coup je n'ai pas fermé l'œil de la nuit.

Rhett troisième du nom, le carlin de la famille, fait toujours des cauchemars. Peut-être est-il possédé par les esprits des deux Rhett précédents ?

— Tu as aussi appelé ton chien comme le type dans le film *Autant en emporte le vent* ? s'étonne Giulia.

— Scarlett, Mélanie, Rhett, ça devient ridicule cette histoire, s'exclame Pietra en haussant les épaules.

— Au moins c'est original ! se défend ma mère.

Ça me fait mal au cœur de la voir jugée de la sorte. J'ai longtemps souffert du prénom qu'elle m'a donné. En primaire, ma génération n'était pas vraiment au fait de ce genre de cinéma. Pourtant quand on y pense, cet hommage au vieux Hollywood n'est pas plus idiot qu'une série de médiéval fantastique avec des dragons ou qu'une saga de science-fiction avec des chevaliers munis de sabres laser. Tout est toujours une question de référence.

— Cette histoire tournait déjà à l'obsession quand tu étais ado, insiste Pietra.

Je change de sujet :

— Où sont Orlando et… sa fiancée ?

— Ils sont allés faire un tour au village pour trouver du pain, répond-elle.

— Heu, tu sais que nous sommes en Angleterre.

— Et ? Ils n'ont pas de boulangerie, ici ?

— Ben, pas au sens français du terme.

— Comment font-ils avec la salade et le fromage et les soupes ?

— Ils ne font pas. Ce sont des barbares. Toutefois, nous sommes assez forts pour survivre à un manque de pain pendant quelques jours, non ?

Ma mère me sert un café et Giulia quelques pampadelles à la banane qui font remonter des souvenirs d'enfance comme de l'eau bouillante déborde d'une casserole.

— Au fait, annonce ma mère, j'ai croisé William tout à l'heure quand je rentrais Rhett, il m'a dit qu'il se rendait à la galerie. Tout va bien ?

— Oui, quand un client est intéressé par une œuvre, il faut s'adapter et réagir vite.

Je préfère mentir. Je sais, encore.

— Une galerie ? rebondit Pietra.

— William et son frère sont propriétaires d'une galerie d'art au centre de Londres. Je pourrais vous la montrer, si vous voulez, il y a de très jolies sanguines en ce moment.

— Je vois. Et ça rapporte ?

— Il n'a pas à se plaindre, même si c'est extrêmement prenant. C'est un excellent expert dans son domaine. Il sait dénicher les artistes de demain comme personne. L'exposition qu'il a montée l'été dernier a attiré tout Londres. C'était magnifique !

Comme toujours lorsque je parle du travail de William, je m'emballe. Sans doute parce que je n'y connais pas grand-chose et que mes goûts en matière de tableaux se limitent aux aquarelles du seigneur des anneaux faites par Alan Lee – certes, un spécialiste dans son genre, mais pas exactement un artiste d'avant-garde ! Grâce à William, j'ai découvert un univers fascinant, un microcosme de personnages hétéroclites, tous plus passionnants les uns que les autres. Et surtout, je ne me lasse pas de voir son regard briller lorsqu'il me montre les œuvres qu'il a choisi d'exposer. Dans ces moments-là, c'est comme si un halo de bonheur et d'excitation purs éclairait son visage. Même si j'adore mon travail d'architecte, je ne me rappelle pas avoir jamais explosé de bonheur devant mes plans d'un hôtel de luxe…

La porte d'entrée s'ouvre.

— Bonjour tout le monde ! lance Thomas en déboulant dans le hall. Je suis tombé sur deux brebis égarées que je vous ramène. Apparemment, on les a envoyées chercher du pain. Qui a voulu les bizuter ?

Orlando et sa fiancée pénètrent à sa suite dans la maison, et la fine couche blanche qui les recouvre tous m'interpelle aussitôt.

— Il neige beaucoup dehors ?

— Ça s'est arrêté, mais il y a déjà bien quinze centimètres, répond Orlando sur un ton très poli.

Oh non…

— Oui, mes bottes en daim sont ruinées, je crois, commente sa fiancée en les époussetant à l'aide de ses gants. Ça tache la neige ?

— Tu les as imperméabilisées ? demande ma mère.

— Imperméabilisées ? Des bottes ?

— Chérie, ici, entre la pluie et la neige, le daim on le laisse à la frontière ou dans un parc naturel.

Je me lève de table, tente d'accéder au lave-vaisselle, mais ma mère récupère ma tasse pour la nettoyer. Je ne sais pas si c'est parce que je n'ai pas très bien dormi ou si je trouve ce cocon familial déjà trop étouffant, mais les entendre jacasser dès le matin me colle un début de migraine. Comment vais-je survivre à cette journée ? D'autant que je suis censée jouer les guides touristiques avant la fête de ce soir…

Facile. Obliger quelqu'un d'autre à le faire à ta place et utiliser le chantage affectif pour y arriver.

Je me retourne vers ma cible.

— Thomas ? J'ai besoin de toi dans le salon, j'hésite entre deux rouges à lèvres que j'ai vus sur Internet.

— Les mariées ne portent pas de rouge à lèvres, assène Pietra dont je n'ai évidemment pas sollicité l'opinion.

— Attends, répond-il, ta mère me fait un chocolat.

— Maintenant !

Je lui attrape le bras et le traîne dans le salon.

— Du calme, ce n'est qu'un rouge à lèvres, tu n'es pas non plus Beyonce avant une conférence de presse !

— Tu vas emmener ma famille visiter Windsor.

Il me dévisage. Je me doutais que ce serait douloureux, je vais devoir rester ferme.

— Un samedi ? T'es complètement folle ?

— J'avais prévu de le faire, mais j'ai besoin de souffler.

— Tu m'étonnes.

— Donc tu leur fais faire un petit tour, tu leur racontes des histoires et tu ne reviens pas tant que tu n'as pas semé Pietra.

— Pourquoi tu me demandes à moi ? William n'est pas censé faire ce genre de trucs ?

— Il travaille.

— Moi aussi.

— Non, toi, tu glandes à la maison. Et William, je ne peux pas le faire chanter. Si tu ne me dépannes pas, j'appelle Lena et je lui annonce ta rupture avec Moshe.

Il recule d'un pas. Je ne cille pas. Ferme, on a dit.

— Tu ne ferais pas ça ?

— Oh que si. Et dans l'heure qui suit, et pour au moins les six mois, tu vas subir un lavage de cerveau si intense, qu'au Noël prochain, tu seras marié à une cousine éloignée et père de trois enfants.

Son visage se déforme d'une grimace. Le chantage, c'est moche.

— D'accord, mais je te préviens, je n'y prendrai aucun plaisir !

Mais efficace.

***

Quarante-cinq minutes plus tard, je regarde s'éloigner tout le clan Archer ainsi que Thomas entassés dans le minibus neuf places Mercedes de la galerie. Il fait assez doux. Les nuages se sont retirés, et à présent, les rayons du soleil frappent la blancheur scintillante du paysage enneigé. Lorsque William m'a demandé de vivre avec lui, il m'a piégée en m'emmenant dans le district de Guidlford. Il connaissait mes goûts par cœur et savait que je ne résisterais pas à ces cottages de pierre, dont certains sont de vrais prodiges architecturaux, ni à ses jardins magnifiques ou ses chemins verdoyants.

Mais tandis que le véhicule s'éloigne dans ce merveilleux paysage, cette poésie bucolique est le cadet de mes soucis. Je pousse un léger cri et entame une danse de la victoire.

— 'lut !

Je sursaute. Winnie me fait un grand signe en passant sur le petit chemin qui borde la maison. Il ne nous a pas tenu rigueur d'avoir failli écrabouiller sa vache, ni d'avoir remis en cause la qualité de son travail d'éleveur. Et d'ailleurs, une fois que nous nous sommes installés, il a été le premier à nous offrir son aide. Et quelle aide ! Winnie est un bricoleur de génie. Il transforme, réhabilite et répare tout ce qu'il touche. Une aubaine pour les deux intellos incapables de se servir de leurs dix doigts que nous sommes, William et moi. Quand nous lui avons annoncé notre intention de nous marier dans la région, il a tenu à s'occuper de notre véhicule, une Bentley 3 ½ litres Drophead coupé Park Ward des années trente. Je ne comprends toujours pas un traître mot de ce qu'il dit, mais nous avons établi une sorte de langage des signes qui nous est propre, et nous permet d'échanger l'essentiel quand William n'est pas là. Je lui retourne son salut avant de filer à l'intérieur de la maison.

Pas un bruit, pas un caquètement, pas une pique : le silence, le vide, le bonheur. Un moment plus tard, je reçois un message de William qui me demande si tout se passe bien. Je préfère ne pas entrer dans les détails de ma vile manœuvre, mais il me donne une excuse pour tendre une nouvelle perche :

Tout va bien, ici, personne n'est encore mort.
Et toi, de ton côté ? Tu m'as manqué ce matin.

Je crains que ce ne soit un peu trop subtil. Réponse :

Toi aussi. J'en profite pour voir un client
avant d'aller récupérer mon oncle et mon
cousin à l'aéroport. Force et honneur.
Et ce soir, il y aura de l'alcool.

Trop subtil, effectivement. Cela étant, nous sommes sur la même longueur d'onde concernant au moins un point : ce soir il y aura de l'alcool, ainsi que la quasi-totalité de nos deux familles réunies dans une même pièce.

Aspirine.

Chapitre 4

Pour mon mariage, l'amoureuse de l'architecture que je suis se trouve comblée à tous les niveaux. J'ai pu louer deux salles magnifiques, l'une pour la fête de ce soir – celle que nous avons nommée « mélangeons l'huile et l'eau » –, l'autre pour la cérémonie en elle-même. La première se situe à l'étage d'une de ces demeures de seigneur terrien, massive, en pierres, cachée au fond d'un immense jardin après une enfilade interminable d'arbres. Le bâtiment comporte une salle de réception au charme rustique, un restaurant couvert d'une verrière pyramidale art déco, un petit musée, et évidemment, une boutique de souvenirs.

La pièce de réception rectangulaire offre une parfaite combinaison de moderne, qui permet de placer le mobilier suivant toutes les configurations, et d'ancien, avec du bois massif partout, et de belles dalles foncées au sol. J'ai fait installer assez de guirlandes lumineuses au plafond et en cascades sur les murs pour nous contenter de cet éclairage féerique. La période, j'avoue, a grandement facilité la satisfaction de mon obsession pour ce type d'accessoires. J'ai opté pour un buffet chaud et froid, des tables rondes nappées de blanc et or ainsi qu'une playlist d'ambiance jazzy afin, je l'espère, d'adoucir les mœurs. Cette pré-réception est une idée de Mauricio. Selon lui, rien n'est plus efficace pour briser la glace entre les convives. Au vu des tensions entre nos deux familles depuis qu'elles se sont rencontrées voilà deux ans, je ne me sentais pas de le freiner dans ses élans diplomatiques, d'autant qu'ils pouvaient peut-être fonctionner. Dans un monde idéal, la qualité des mets et du vin réussirait à rapprocher les deux clans. Mais dans ce monde-ci, imparfait et chaotique, rien ne pourrait connecter ma mère à Lena, autrement que pour provoquer un court-circuit. Pourtant, je sens bien que si ça ne tenait qu'à mon futur beau-père ou à Lizzie, la grand-mère excentrique de William, il suffirait de trois fois rien pour que la fusion s'opère. En attendant, tant que le dragon au sommet de la tour soufflera sans faiblir sur les visiteurs, personne n'entrera dans le château. William m'assure que cela ne le touche plus et qu'il est fatigué des exigences de sa mère, mais aucun enfant ne gère sereinement la distance avec celle qui l'a mis au monde.

Toutefois, quand je pense à la réception de ce soir, ce n'est pas la froideur de Lena ou la passivité de son mari qui me préoccupent, mais plutôt ma propre parentèle. La branche corse pour être précise. Thomas a ramené tout le monde – on ne peut vraiment compter sur personne – deux heures auparavant. Il semblait plus vieux de cinq ans. Ma famille avait pourtant l'air d'avoir apprécié la visite. Giulia a néanmoins souligné que c'était un gâchis d'avoir une reine et de ne pas la montrer plus souvent, au moins aux touristes, et que si nous en avions une, nous en ferions un bien meilleur usage. Il a donc fallu lui rappeler qu'en guise de bon usage, nous avions décapité toute la noblesse française. Puis, Pietra a conclu par un « Versailles, quand même, ça a plus d'allure. » Le seul qui paraissait réellement heureux, c'est Orlando avec qui Thomas a pu échanger quelques propos cohérents.

Tandis que ma mère fait la chasse aux serveurs qui s'activent à lisser les nappes sur les tables et que mes tantes – que je n'ai, hélas, pu abandonner à la maison – critiquent jusqu'à l'air qu'elles respirent, je soudoie la belle jeune femme responsable de salle pour obtenir un thé réconfortant. J'aurais plutôt dû commander un Irish coffee, d'ailleurs, mais elle a déjà disparu. Je ne sais pas pourquoi elles éprouvent toutes le besoin de s'agiter et de bourdonner à ce point, alors qu'un coup d'œil suffit pour comprendre que tout est prêt et parfait dans cette salle.

— Oh, ma chérie, réserve ta jolie tête d'enterrement pour une vraie bonne occasion. Lena ne sera pas éternelle, patience ! déclare la grand-mère de William alors qu'elle pénètre dans la pièce.

— Lizzie ? Que faites-vous là ? dis-je, étonnée.

— Je mourais d'ennui, très chère. Or, comme je n'ai toujours pas fait de testament et que j'ai des gens à déshériter, j'ai décidé de vivre encore un peu et de venir te voir.

J'adore Lizzie. Elle est sans doute la personne la plus barrée que je connaisse, mais je ne la changerais pour rien au monde. Quand je l'ai rencontrée à Noël il y a deux ans, j'ai eu un coup de foudre pour cette petite femme dont la silhouette, et la légère rougeur permanente sur les joues, me font penser à une fraise. Lizzie est de ces personnages qui se fichent éperdument des règles et du système. Elle revendique de ne rentrer dans aucune case comme on revendique un droit à la révolution. Et peu importe qu'on la juge, ou qu'on la blesse, elle ne met rien au-dessus de sa liberté. Elle a ce pouvoir magique de dédramatiser toutes les situations en ne prenant jamais vraiment rien au sérieux, si ce n'est ses humeurs. Et ce qu'elle affectionne par-dessus tout, c'est de heurter les esprits et les pousser à bout, afin de voir de quelles ressources ils disposent. Sa technique est bien huilée : elle lâche une bombe quand personne ne s'y attend, et elle compte ensuite les débris éparpillés. Et dire que de ses flancs est née Lena…

— Tu semblais tellement dépitée, poursuit-elle en déposant sur mon front un baiser bruyant que j'accueille avec joie, de quoi as-tu peur ? Le toit est en place, j'ai croisé le traiteur dans la cuisine, il m'a l'air sobre, et nous avons du chauffage.

— Donc nous n'aurons pas du tout de pain ce soir ? s'exclame Pietra à l'autre bout de la salle.

Je jette un regard entendu à Lizzie qui comprend immédiatement l'origine de mon expression blasée.

— Oh… pour une fois que nos deux familles sont à égalité question difficultés ! Tes tantes, je suppose ?

J'acquiesce.

— J'ai cru que ça rendrait maman heureuse de renouer avec ses sœurs après des années d'éloignement, mais je n'ai pas l'impression que ça fonctionne vraiment.

— D'après mon expérience, ma petite, quand les gens cessent de se voir, c'est qu'ils n'ont rien de bien à faire ensemble. La plupart du temps, bien sûr, ils sont dans le déni et pataugent dans leur petite mare. Un conseil : reste à bonne distance pour ne pas te faire éclabousser.

Je souris.

— Où est ta sœur ? Elle est restée à la maison ?

— Non, elle est là-bas, près la fenêtre, comme toujours. Mélie !

Dès qu'elle nous rejoint, elle prend Lizzie dans ses bras et celle-ci la serre si fort qu'elle la décolle presque du sol.

— Ne peux-tu pas dire à ta grande sœur d'arrêter de s'inquiéter pour les autres ? demande Lizzie. Ça finira par la rendre malade.

— Scarlett croit qu'en faisant des trous dans son inconscient, ça l'aère, mais je n'arrête pas de lui répéter que ça l'abîme. Un inconscient troué…

— … fait faire d'horribles choses, je sais Mélie, tu ne cesses de me le dire…, soupiré-je.

— Parce que tu ne m'écoutes pas.

Si je l'écoute. Ou plutôt je l'entends. C'est presque pareil.

Sans cesser leur bavardage bruyant, mes tantes et ma mère se rapprochent de nous. La Sainte Inquisition en marche, j'ai presque envie de faire le signe de croix.

— … vraiment, je ne vois pas pourquoi tu n'as pas fait appel à nous pour le buffet ! Au moins pour le vin et le champagne, qu'est-ce que les Anglais connaissent au vin ? reproche Pietra.

— On ne voulait pas te déranger, répond ma mère sur un ton d'excuse qui m'agace. Et comment tu aurais fait venir tout ça jusqu'ici ?

— C'est la famille, Rosa, on ne se dérange jamais entre membres d'une même famille. Décidément, tu as vraiment tout oublié quand tu as quitté la Corse.

— Rassure-toi, tata, je suis sûre que maman aurait aussi largement préféré que je reste en France, dis-je, plus crispée que je ne voudrais. Mais heureusement, qu'on trouve aussi des traiteurs hors de l'Hexagone.

Avec un sens de l'à-propos qui ne lui ressemble pourtant guère, Thomas choisit ce moment de pur bonheur familial pour faire diversion avec Orlando et sa fiancée dont le nom m'échappe, chacun d'eux portant d'énormes bouquets de lys blancs.

— Livraison express ! lance-t-il.

— Qu'est-ce que c'est que tout ça ?

Je tends le visage en direction des pétales. Ce sont mes fleurs préférées, j'en achète régulièrement pour parfumer le salon.

— Des cadeaux que Caroline et Orlando ont bien voulu m'aider à sortir du minibus.

Caroline, c'est ça. Pourquoi ça ne veut pas rentrer ?

— Des cadeaux de qui ?

— Eh bien de moi, et aussi un peu de William. Mais surtout de moi. Je t'ai dit que ça venait de moi ?

Mon cœur se met à battre plus vite. Je suis une midinette affligeante. Je m'en fiche, mon futur époux fait dans le romantisme le plus cliché et j'adore ça.

— Comme c'est gentil à vous deux et à toi surtout ! Il ne fallait pas, il y a assez de décorations partout.

— Tu n'en penses pas un mot, déclare Thomas.

— Pas un seul. Il n'y a jamais assez de lys. Mettons-les au milieu du buffet.

Je prends un temps infini pour les installer, avant de lancer de façon aussi naturelle que possible :

— Tu sais si le rendez-vous client de William s'est bien passé ?

— Quoi ? Non, on a fermé la galerie tôt ce matin. Il ne devait pas aller chercher notre oncle et notre cousin ?

Si, mais en fin d'après-midi seulement. Le froid m'envahit à nouveau.

Scarlett, ne surinterprète pas. Ne surinterprète pas.

Je m'oblige à chasser les questions – et les réponses – qui se bousculent de façon anarchique dans ma tête et je fais le tour de la salle une dernière fois. Ma foi, l'ensemble est conforme à ce que j'avais imaginé. Près des tables du buffet, l'odeur puissante des lys a sur moi un effet apaisant. Je prends de profondes inspirations. Il est 18 heures, la nuit est tombée et les lumières suspendues me rappellent les décorations de Noël que papa disposait partout dans la maison ainsi qu'à l'extérieur. J'essaye de ne pas penser à lui trop souvent, ces derniers temps, car à mesure qu'approche la cérémonie se pose cette douloureuse question : « qui va me conduire à l'autel ? ». Jusque-là, j'ai éludé en déployant des trésors d'imagination pour changer de sujet quand mes proches l'abordaient. Toutefois, il faudra bien que je tranche. Et alors, quand je remonterai l'allée au bras de celui qui ne sera pas mon père, je crains de ne pouvoir contrôler l'émotion qui me submergera. Et qui pourrait bien me noyer.

Pourquoi faut-il qu'autant de belles choses m'arrivent quand tu n'es plus là ?

On parle de la douleur inguérissable des parents qui perdent leurs enfants, mais il me semble aussi insurmontable de se remettre de la mort de ceux qui nous ont choyés comme personne ne le fera jamais…

Je rapatrie tout le monde à la maison, qui heureusement se trouve à moins d'un quart d'heure des lieux. Quand je rentre, le silence qui m'accueille ne m'a jamais paru plus intense. Tout est pour le mieux, tout est comme je le désire, pas d'imprévu, pas de décès tragique, pas de strip-teaseuse, je devrais me sentir légère comme une île flottante, pourtant, un poids dont je n'identifie pas l'origine pèse sur ma poitrine. Je respire mal. Pourquoi je respire mal ?

Les membres de la maisonnée disparaissent dans les deux salles de bains du rez-de-chaussée, tandis que je me traîne dans celle qui jouxte notre chambre. J'enfile le joli tailleur-pantalon bleu de chez Ted Baker acheté pour l'occasion, mets du rouge sur mes lèvres, et travaille mes cheveux comme Gunter ne me l'a surtout pas appris. Un sautoir fin assorti à des boucles plongeantes en guise d'accessoires, et je redescends dans le hall une heure plus tard.

— Un pantalon ? s'inquiète Giulia en me voyant arriver.

— Oui, pourquoi ?

— Ça porte malheur pour la jeune mariée de porter ce genre de vêtement.

— Oui, mais c'était en 1754.

Giulia rougit.

— Pardon, tu as raison, je suis un peu vieux jeu. Les jeunes de maintenant, vous vous en fichez de nos vieilles superstitions. Et grand bien vous fasse.

Ma mère et Mélie nous rejoignent. Mon sourire s'élargit. Je les trouve si élégantes. Je saisis mon portable et les prends en photo sous toutes les coutures en ignorant les reproches de ma mère.

— Allez ! s'exclame Thomas, nous sommes tous des gens fort beaux, mais on va finir par être en retard et comme on amène la reine du bal, ça risque de poser problème.

***

Lorsque nous arrivons, quelques-uns de nos amis sont déjà là. La musique se diffuse dans l'air, les verres s'additionnent sur les tables et les serveurs sortent les bouteilles d'alcool.

— Ah ! L'alcool est là, on va pouvoir faire la fête, s'impatiente Thomas.

— En fait, je pensais qu'on pourrait attendre William. Il ne devrait plus tarder avec votre oncle et votre cousin.

— Crois-moi, quand tu les auras rencontrés, tu regretteras de ne pas avoir commencé à boire avant.

— Tant que ça ?

— Je t'assure qu'à côté d'eux, ma mère est un joyeux drille.

— Non, mais c'est quoi votre problème avec l'humour ?

— Ne me demande pas, j'ai été adopté.

J'éclate de rire, et au même moment, William fait son entrée.

Mon cœur s'emballe comme à chaque fois que je le vois, même si le poids est toujours là, quelque part sur ma poitrine. Je détaille son allure comme je l'ai fait à notre rencontre dans cet aéroport. La classe avec laquelle il porte le costume en toutes circonstances, cette aristocratie qui réveille mes pulsions révolutionnaires et son regard noir insondable me font toujours tourner la tête. Il me regarde aussi, tout en marchant vers moi, et lorsqu'il m'enlace, la salle de réception disparaît, ma famille disparaît, la sienne aussi, et ne restent plus que les lumières qui dansent et les battements de nos cœurs.

— D'accord, cette rencontre au sommet n'était peut-être pas l'idée du siècle, murmure-t-il dans mon cou. Mais on peut encore s'échapper, j'ai repéré un gros arbre près d'une fenêtre, si tu enlèves tes talons et moi ma cravate, on peut le faire.

— Je pensais plutôt te jeter dans la fosse pour faire diversion et aller me faire couler un bon bain.

— Torture à la française, j'adore, glisse-t-il alors que ses lèvres traînent dans mon cou.

— Et je ne suis pas encore à mon maximum.

William s'écarte et me dévisage de ses yeux sombres. Je serre mes doigts sur sa veste.

— Ton rendez-vous s'est bien passé, cet après-midi ?

— Pas trop mal.

— Thomas a l'air un peu largué sur les questions professionnelles, non ?

Pas hyper subtile.

— Tu n'as pas idée… Depuis sa rupture, c'est un poids mort, il me pousse à bout. Je lui ai même interdit la galerie depuis quinze jours.

Je crois que j'ai bien une idée, si. Je ne peux hélas pas dire à William qu'il récolte ce qu'il a semé depuis vingt ans. : on ne rend pas quelqu'un dépendant de soi pour ensuite lui reprocher de ne pas être assez autonome… Au moment où ses lèvres veulent défier les miennes, je distingue deux hommes tout près de lui, dont la vue me coupe toute envie romantique quelle qu'elle soit. Le premier, un gaillard roux et solide, sans doute un ancien sportif, d'une soixantaine d'années, me salue avec beaucoup de politesse. Un poil trop de chaleur pour un Hill. Le second a l'âge de William, et son expression, comme ses traits, sont d'une grande dureté. Je me réjouis que cette fête le rende à ce point heureux.

— Scarlett, je te présente Alistair, mon cousin, et mon oncle Edward, me lance William après s'être souvenu de leur présence à ses côtés.

— Enchantée, je suis ravie que vous soyez là.

Moi.

— Tout le plaisir est pour nous, répond l'oncle sous l'œil glacé et ouvertement condescendant de son fils. Nous sommes très contents de revenir ici, surtout, pour cette occasion. William m'a dit que votre famille venait des côtes bretonnes ? Je connais Dinard.

Comme tous les Britanniques de plus de cinquante ans.

— C'est exact, nous sommes de Saint-Malo, c'est très proche. La jolie brune vers la fenêtre, c'est ma sœur Mélie, ma mère Rosa se trouve là-bas à côté du serveur, probablement pour lui expliquer son métier. Et enfin, mes tantes venues de Corse, près du buffet. Voilà, c'est à peu près tout pour ma famille proche.

— Parfois, c'est bien assez, répond Edward avec un sourire doux.

— Vous n'êtes pas trop fatigués par votre voyage depuis New York ?

— Depuis quelque temps, nous multiplions les allers-retours. Question d'habitude, rétorque Alistair d'une voix totalement désincarnée.

C'est l'instant que choisit Mélie, qui s'est glissée jusqu'à nous sans que je m'en aperçoive, pour leur tendre deux flûtes à champagne, d'un air décidé.

— Buvez, les bulles réchauffent.

— C'est vrai, dehors il fait plutôt froid, répond l'oncle avec un sourire.

— C'est bien pire à New York, se croit obligé de préciser Alistair.

— Je ne parlais pas de la température extérieure, réplique Mélie sur un ton pénétrant, celui qu'elle prend quand elle plonge dans le fond de votre âme sans que vous l'y ayez invitée.

Le cousin de William lui lance un regard que je ne parviens pas à interpréter. Curiosité ou animosité ? Difficile de savoir avec ce visage pétrifié… en tout cas, c'est un début de réaction. Du coin de l'œil, j'observe le manège de Thomas qui essaye de nous éviter, en allant se servir au bar à champagne. Trop tard, William l'a vu et lui fait signe de s'approcher.

Je soupçonne, dans ce geste ouvertement autoritaire, un léger sadisme de la part de mon futur mari.

— Thomas, ça fait longtemps, peut-être cinq ans ? demande l'oncle Edward juste après l'avoir salué.

— Plutôt sept, répond-il d'un ton froid que je ne lui connais pas.

— Tu ne viens pas souvent nous rendre visite. Ça ferait pourtant plaisir à ta tante qui ne peut plus prendre l'avion, la pauvre. Alors, quoi de neuf depuis tout ce temps ?

— J'ai fait mon *coming out.*

Un ange, pas tout à fait dans son assiette, passe.

— Oui…, répond l'oncle Edward avec l'air de ne pas trop savoir si c'est une plaisanterie avant de poursuivre, mais où est ta mère ? Et James ?

— Elle ne devrait pas tarder, elle aime soigner ses entrées, tu la connais. Mon père sera comme toujours dans son sillage.

C'est rien de le dire. Les serveurs commencent à circuler entre nous, ce qui fait diversion. Ma mère les suit pas à pas comme si elle devait leur mettre la pression. Les invités arrivent encore par grappes, la plupart sont des amis, quelques collègues de travail pour moi, quelques clients pour William. Malgré les *desiderata* de Lena, nous avons tenu à nous entourer uniquement des gens dont on souhaitait vraiment la présence, à quelques rares obligations protocolaires près. Donc, il s'agit d'un petit mariage, une soixantaine de personnes tout au plus, quand sa mère en aurait voulu le double.

Dès que la politesse me le permet, j'abandonne William à son oncle et son cousin. Thomas me suit de si près que je sens son souffle sur ma nuque.

— C'est quoi le problème avec eux ? je lui demande.

— La consanguinité quelque part dans l'arbre généalogique ?

— Je veux parler du froid qu'il y a entre vous.

— C'est le frère de ma mère, ça t'étonne qu'il me tape sur les nerfs ?

— C'est plus que ça, non ? J'ai l'impression que tu lui reproches quelque chose.

Thomas marque un silence en croisant les bras sur son torse, en position défensive, puis il soupire.

— OK, mon père et lui sont à la tête d'une grosse boîte, mais genre une *très* grosse. Tu vois de quoi je parle ?

— La dernière fois que ton père a ouvert la bouche devant moi remonte à Pâques, je ne savais même pas que cet homme travaillait !

— Tu pensais qu'il faisait quoi de ces journées ?

— Qu'il respirait l'air recraché par ta mère, non ?

Un point pour moi. J'ai réussi à lui tirer un sourire.

— Oui, mais pas que. Bref, pour la faire courte, le train de vie et la réputation des Hill sont assurés par cette entreprise qui fabrique des pièces de moteur d'avions, pour l'aéronautique civile et militaire. Ils pensaient qu'après ses études d'ingénieur, William les rejoindrait pour travailler avec Alistair. Sauf que William a finalement décidé d'ouvrir une galerie, et ça a été un drame. Mon oncle a usé de tout un tas de stratagèmes pour obliger William à intégrer la société. Heureusement, ça n'a pas marché, mais lui et son croquemitaine de fils ont quand même failli foutre en l'air notre rêve à tous les deux. Donc, non, je peux pas les blairer.

— Votre famille, on dirait la saison quatre de *Dynastie* !

— *Dallas* plutôt. Enfin… bien sûr, à cause de toi, ça ne va pas s'arranger.

— Moi ?

— Depuis que tu es là, on se met tous à l'ouvrir et à dire ce qu'on pense. William envoie bouler maman, j'avoue que je suis gay, Lizzie balance qu'elle est bi, tu n'imagines pas le merdier que tu as fichu dans cette famille d'hypocrites.

— Désolée..

À mon avis, c'est plutôt de la faute de Mélie et de ses conseils en développement personnel à la con.

— Je plaisante, c'est la meilleure chose qui pouvait nous arriver. Dieu bénisse notre rencontre !

Thomas inflige à mon front un baiser sonore et un peu baveux, et j'étouffe un soupir. Si seulement il pouvait se montrer plus conscient de ses responsabilités, et du fait que son frère a besoin d'être épaulé à la galerie, surtout en ce moment. Mais Thomas a le pouvoir de se faire aimer et détester, chaque fois jamais bien longtemps et dans un perpétuel recommencement.

— Orlando et Char… sa fiancée me font de la peine, ils sont tous seuls, tu ne voudrais pas essayer de les intégrer ?

— Pas de problème ! Tu sais, ton cousin est vraiment un gentil garçon, tu devrais essayer de le connaître mieux. Par contre, sa copine, c'est une connasse.

— Thomas !

— Je ne sais plus ce que je dis, j'ai bu.

Il s'exécute de bonne grâce et rejoint le couple le plus mal assorti que je connaisse. Orlando et C.

sont visiblement soulagés que quelqu'un s'intéresse enfin à eux.

Où est ma mère ?

J'opte pour les cuisines. Toujours les cuisines. Tandis que je pose mon verre pour aller sauver le traiteur, je change d'avis. Face à moi, Lena fait son entrée, ou plutôt, met en scène une entrée théâtrale. Arborant un carré ondulé blond impeccable et une robe faite sur mesure vert sapin, on dirait la star d'un film de Hitchcock. À côté d'elle, on se sent comme…

Comme une merde.

Elle n'est pas venue seule. Une jeune femme l'accompagne, quelqu'un que je n'ai jamais vu. On dirait son clone en plus jeune. Comment font-elles pour que leurs boucles fassent exactement la même taille ? Gunter passe plus de deux heures sur mon *wavy*, et il faut moins de cinq minutes à l'humidité britannique pour le ruiner. Le tailleur de l'inconnue est parfait, ni trop coincé ni trop décontracté, et quelques bijoux savamment mis en valeur sont là pour rappeler à quelle classe sociale elle appartient. De là où je me trouve, je peux voir circuler son sang bleu dans ses veines. Lena et elle semblent se connaître intimement, car ma future belle-mère fait preuve avec elle d'une chaleur que je ne lui ai jamais vue.

Qui est cette fille ? La princesse de Galles ou quoi ?

Elle me frôle presque, bien qu'elle ne perçoive pas mon insignifiante existence, et se dirige droit vers mon fiancé. Je déteste ce que je lis sur le visage de William : de la joie spontanée juste après la surprise. William n'est jamais surpris, même lors d'une invasion extraterrestre, il mourrait sans la moindre émotion. Ils se saluent avec une accolade que je trouve disproportionnée. Ils échangent, rient, et quant à moi si je serre mon verre encore un peu plus fort, je risque de le briser.

Allez, ne fais pas l'enfant !

Je me reprends et décide de me comporter comme l'adulte que je suis.

Va marquer ton territoire, bon sang !

Je me glisse à côté de mon futur mari pour toute l'éternité, l'infini, et au-delà, et je souris aux deux retardataires de mes trente-deux dents.

— Bonsoir Lena.

— Bonsoir Scarlett, laisse-moi te présenter Abigail.

— Scarlett ? Comme c'est charmant, répond l'inconnue aux manières impeccables.

Abigail ? Elle est sérieuse ?

— Abi est une ancienne copine de fac, précise William. Nous nous sommes perdus de vue quand elle est partie s'installer à New York. (Il s'adresse à nouveau à elle.) Ça me fait plaisir de te revoir, tu es à Londres depuis quand ?

— Un petit moment. J'espère que je ne m'impose pas ?

Bien sûr que non, qui respecte les invitations officielles de nos jours ?

— J'ai appris que tu te mariais, et en rendant visite à mes parents, je suis tombée sur Lena qui m'a proposé de venir ce soir. C'était une occasion à ne pas manquer.

Lena, bien entendu. J'ai dû louper le mémo qu'elle m'a envoyé pour me dire qu'elle choisirait mes invités à ma place.

— Tu es évidemment la bienvenue, répond William, ça fait tellement longtemps. Comment vont tes parents et ton frère ?

— Tout le monde va bien, tu leur manques.

— Tu leur diras bonjour de ma part. En tout cas fais comme chez toi, il y a bien trop à manger et à boire. Tu trouveras Thomas collé au buffet ou à un serveur, si tu veux le voir.

Cette avalanche de mondanités me soulève le cœur. Je ne suis ni hystérique ni paranoïaque – ou guère plus que la moyenne – mais le sourire qu'elle lui sert est d'une nature qui ne m'échappe pas. C'est le genre de sourire dont les gens usent de manière stratégique, dans un but pas toujours clair pour celui qui le reçoit, mais toujours pour celui qui l'offre. J'ignore encore à quel point sa stratégie est aboutie, ce qui est sûr, c'est que cette femme se pense liée à William d'une façon spéciale. À moi de découvrir si mon futur époux éprouve la même chose. En cours de route, je n'oublierai pas de remercier Lena pour avoir introduit ce qui ressemble fort à un serpent dans mon joli jardin.

Personne n'a remarqué que le mari de Lena était lui aussi arrivé. Ou plutôt, seul un serveur l'a noté, et c'est son mouvement vers lui qui attire notre attention. William et moi l'accueillons, il prononce trois mots, comme toujours empreints de douceur et d'une profonde gentillesse. Mais très vite, le silence s'installe, et moi, je ne sais jamais bien quoi faire de lui. D'une petite pirouette polie, j'opère un retrait et laisse mon fiancé discuter ou plutôt ne pas discuter avec lui. William n'a jamais été très loquace à propos de sa relation avec son père. Je ne dis pas que je m'attendais à remplacer une figure paternelle par une autre, mais cette absence de contact me laisse un goût de rendez-vous manqué entre eux. En les quittant, je prends garde de ne pas me rapprocher de Lena et de sa nouvelle meilleure amie. Cependant, je les garde à l'œil. Elles affichent cette attitude chuchotante et complice qui habite les comploteurs mondains. Ça me tape sur le système. Ma sœur se glisse à mes côtés tandis que je les observe, sans doute pas le plus discrètement du monde.

— On ne l'aime pas, hein ? demande Mélie en me tendant une coupe de champagne.

— Non, on ne l'aime pas.

On m'a appris à détester les gens pour une bonne raison uniquement, et pas plus longtemps qu'il n'est nécessaire. Je m'en vais donc trouver cette fameuse raison.

Chapitre 5

Dimanche 18 décembre

La voix de William m'extrait difficilement du sommeil. J'ouvre un œil, une lumière argentée et agressive se glisse à travers la fente laissée par les rideaux occultants. Cette nuit, il a dû encore neiger pour que les rayons du soleil d'hiver irradient autant. Quand ils prennent de l'élan sur le matelas floconneux, ils explosent. J'ignore l'heure qu'il est, toutefois mon organisme me crie un « beaucoup trop tôt » tout à fait limpide. J'aurais dû m'arrêter après la cinquième flûte de champagne – on devrait toujours s'arrêter à ce moment-là. C'est bien pour cette raison qu'une bouteille n'en contient guère plus. Hier soir, j'ai cru que je possédais un superpouvoir, celui de gérer la gueule de bois avec grâce, fraîcheur et optimisme.

C'est faux, bien sûr. Du coup, je me comporte de façon minable, nauséeuse et tragique.

Je finis par comprendre que William ne s'adresse pas à moi mais qu'il parle au téléphone dans la salle de bains. À qui peut-il bien parler un dimanche matin, alors que nous avons quitté tous nos proches il y a à peine quelques heures ? Je tends l'oreille, mais il parle tout bas. À un moment, il se retourne et nos regards se croisent à travers la porte ouverte. Je l'entends couper court à la conversation par un rapide « je te rappelle ». Il me sourit et dépose un baiser tendre sur mes lèvres avant de se rallonger dans le lit, le visage près du mien. Quel genre de scène vient de se dérouler devant moi ? Est-ce que c'est ainsi que commencent les drames amoureux ou est-ce que je suis juste en train de cuver ?

Dans le doute, j'opte pour l'humour.

— Hum. Ta maîtresse est bien matinale.

— Tu sais, à seize ans, on est plein d'énergie, répond-il avec un sourire complice.

— Et nos organes se fichent encore de la gravité.

Il passe ses doigts dans mes cheveux, nos fronts se touchent.

— Non mais en vrai, tout va bien ?

— Oui, pourquoi cette question ?

— Je ne sais pas… tu parles tout bas au téléphone, dans la salle de bains, un dimanche matin, c'est un peu cliché non ?

— Justement, oui, je trouve ça un peu cliché, répond-il sur un ton plus froid.

Celui qu'il prend pour signifier qu'il n'ira pas loin sur ce terrain.

— Plaisanterie mise à part, William, j'ai l'impression que quelque chose te tracasse.

— Je ne suis pas sûr que tu plaisantais de toute façon.

— OK. On n'a qu'à dire qu'il est trop tôt pour la jalousie et l'humour.

— Je suis d'accord.

Je marque un silence avant de repartir à l'assaut.

— Je m'inquiète pour toi.

— Je suis désolé pour ça. Tu as déjà bien assez à faire avec le mariage, surtout avec la mort de Mauricio. Et moi, je suis débordé comme jamais et je ne trouve personne pour m'épauler. Cette nouvelle expo dont on a tant besoin ne pouvait pas tomber plus mal.

— Si tu en as tant besoin, elle tombe au contraire plutôt bien. Il n'y a rien qu'on ne puisse surmonter tant qu'on est tous les deux. Je voudrais pouvoir t'aider aussi à la galerie.

— Parfois, j'aimerais que tu sois mon frère, dit-il avec un sourire où pointe l'amertume. Et ne doute jamais du soutien que tu m'apportes. Tu es là, tu supervises les derniers préparatifs quand je dois courir partout ailleurs qu'ici. C'est moi qui ne fais pas les choses comme il faudrait…

Je m'empare de sa main et la marque d'un baiser. Après un long moment de silence, je me décide à poser la question qui me hante :

— Es-tu heureux ? Là, maintenant, dans ce lit, avec moi et ma mère qui rôde déjà sûrement dans le couloir. Es-tu *heureux* ?

Pour une fois, je lis de l'étonnement dans ses yeux. Il prend le temps de réfléchir à sa réponse, comme si les prochains mots allaient compter un peu plus que les autres, puis il inspire profondément.

— Chaque fois que je t'aperçois, je retiens mon souffle deux, peut-être trois secondes. Chaque fois. Je te l'ai déjà dit ?

— Non, jamais.

— C'est comme une sorte d'automatisme, je ne réussis pas à le contrôler. Quand je t'ai vue tout à l'heure de la salle de bains, ça me l'a encore fait. Je retiens mon souffle. C'est ça mon idée du bonheur avec toi : la sensation de flottement entre deux respirations. La même qu'il y a deux ans dans les toilettes pour hommes de l'aéroport, qu'il y a un an devant une vache quasi morte, et la même que maintenant. Dans ce lit avec toi et ta mère qui rôde déjà sûrement dans le couloir.

Mon cœur s'emballe. Je colle mon corps contre le sien.

— Je t'aime.

— Crois en ces secondes où je ne respire plus.

Notre étreinte se renforce et nos corps se nouent. Les muscles de son dos et de ses bras roulent contre ma peau, tandis que son impatience affole mes sens. Nos baisers s'emballent, ils s'accélèrent, ils nous dévorent. Nous nous débarrassons en un clin d'œil de nos quelques vêtements et nous faisons l'amour rapidement, comme deux adolescents angoissés à l'idée d'être surpris. La jouissance vient très vite, nous l'étouffons autant que nous pouvons, par un impératif de discrétion. Je sens qu'on se détend lui et moi. D'un seul coup, tel un fil qu'on coupe. Nous restons un moment affalés sur le lit, la respiration haletante et une sensation de vertige tournant nos têtes.

— Un orgasme. C'est exactement ce qu'il me fallait. Mélie avait raison. Encore. Évitons de le lui dire.

— Par expérience, je ne discute jamais de sexe avec ta sœur. Elle me fait un peu peur.

— Elle fait peur à tout le monde.

— Quel est le programme du jour ?

— En attendant de pouvoir appeler les fournisseurs, on va finir de préparer les dragées, et je voulais que mes tantes découvrent Covent Garden… Redis-moi pourquoi j'ai accepté qu'elles viennent si tôt avant le mariage, déjà ?

— Parce que tu aurais dû dire non à ta mère, sinon.

On frappe à la porte.

— Ma chérie ? Tu es réveillée ? Je sais que tu es réveillée, je t'ai préparé des pampadelles comme tu aimes. Descends vite, c'est meilleur quand c'est chaud.

Elle est comme les chats, elle sent quand on ne dort plus.

— Oui, on arrive !

Quelques instants plus tard, William se retourne dans le lit et semble vouloir poursuivre sa nuit. Je tique :

— Qu'est-ce que tu fais ?

— Elle a dit *ma chérie* et *descends vite.* Tout au féminin singulier. Je ne voudrais surtout pas m'imposer et troubler le tête-à-tête sacré entre une mère et sa fille.

— Je ne le crois pas !

— Tu me remercieras. Garde-moi une pampadelle.

— Dans tes rêves !

Je m'extirpe du lit et prends une douche éclair. J'attache mes cheveux en queue haute et enfile un jean slim et un large pull clair à col roulé avant de descendre. Dans la cuisine se trouvent déjà ma mère, mes deux tantes, et Thomas.

Thomas ?

— Ôte-moi d'un doute, tu n'as pas emménagé ici sans que je m'en rende compte ? demandé-je avant de m'asseoir.

— Je suis célibataire et malheureux comme les pierres, je squatte le canapé depuis deux jours, répond-il en fourrant un énorme morceau de pampadelle dans la bouche.

— Il faut en refaire, ordonne Pietra à ma mère.

— Non, ça ira je n'ai pas bien faim, une suffira.

— Et William ?

Il n'en mérite aucune.

— Bon, d'accord, peut-être une ou deux.

— Ma chérie, ce n'est pas parce qu'il est anglais que tu ne dois pas le nourrir, il reste un homme, explique maman le plus sérieusement.

— Tu ne cuisines pas ? demande Giulia.

— Je… eh bien… si des fois…

— Non, coupe celle qui m'a mise au monde mais n'a pourtant aucune pitié pour moi. Ce n'est pas qu'elle ne sait pas faire, c'est qu'elle est très occupée. Elle a un poste avec de nombreuses responsabilités. Elle construit des immeubles.

— Je dessine des hôtels de luxe, plutôt.

— Pour qu'ils soient construits ensuite !

— L'un n'empêche pas l'autre, avec un peu d'organisation, on peut tout faire, assène Pietra. Tu sais ce qu'on dit des hommes, on les tient par deux organes : l'estomac et…

— … ça va oui, j'ai compris.

— Ça marche pas chez les gays, nous, on est obsédés par notre ligne.

— Vraiment ? s'étonne ma mère.

— Ah oui, si on est gros, on ne peut pas coucher. Le marché de la séduction homo est impitoyable et je ne parle pas de…

— On a compris merci !

Après avoir avalé mon petit déjeuner en luttant contre les images traumatisantes qui assaillent mon cerveau, je tente d'accéder à l'évier, en vain. Six paires de mains m'en empêchent. J'abandonne et les laisse astiquer ma cuisine. Il y a des combats perdus d'avance. De l'autre côté du hall, mon salon est prolongé par une immense véranda qui s'ouvre sur des champs à perte de vue. C'est ce qui m'a convaincue de faire une offre lorsque nous avons visité la maison. Même en hiver, cette avancée donne l'impression d'être en partie à l'extérieur. Bien sûr, l'été la véranda est un sauna, mais en demi-saison et pendant les mois les plus froids, cet espace devient magique. Rien ne peut égaler ma béatitude quand je m'y installe afin de lire un livre face à la beauté de la nature colorée.

Les arbres alourdis de neige et le sol diamanté des chutes de cette nuit offrent aujourd'hui un paysage féerique. Sur la grande table de salon, j'ai disposé la veille tout le matériel nécessaire pour finir mes ballotins de dragées. J'aurais pu déléguer la tâche, mais je souhaitais quelque chose de plus personnel, et surtout, je voulais contrôler le nombre de bonbons à l'intérieur.

Thomas m'a emboîté le pas et s'est installé à un bout de la table, café dans une main, portable dans l'autre. C'est vrai qu'il a triste mine. Sous ses airs de ne rien prendre au sérieux, il aimait profondément Moshe. Sans doute, d'ailleurs, son premier grand amour. Je m'assieds à ses côtés et je lui tends les ballotins vides pour qu'il commence à les remplir.

— N'hésite pas à en mettre beaucoup. Il n'y en a jamais assez.

Au loin, j'entends les jacasseries de ma mère et mes tantes. Difficile de dire si elles s'insultent ou se disent des mots doux, elles parlent toujours très fort et très vite. Nous accomplissons les tâches à la chaîne, ouverture, remplissage et fermeture, dans un silence et une monotonie aliénants. Et puis, je me décide à parler :

— Je voulais te demander, William te paraît-il normal ?

— Normal ? Tu es sûre que tu veux aller sur ce terrain-là ? réplique-t-il en goûtant une dragée.

— Sérieusement, est-ce que quelque chose le préoccupe, en ce moment ? Au travail, par exemple ?

— Pas que je sache. C'est vrai qu'avec les deux expositions qu'on a enchaînées coup sur coup, ça n'a pas été une partie de plaisir. Et puis, il faut de plus en plus se battre pour dénicher des artistes qui feront la tendance. On a l'habitude, c'est le métier qui veut ça. Pourquoi tu demandes ?

— Pour rien. Une impression.

— Tu nous ferais pas une crise de parano aiguë typique de la future mariée ?

— Pas du tout ! Enfin, si peut-être un peu. D'ailleurs, vu que je suis en plein délire, qui est cette Abigail qui est venue avec ta mère, hier ?

— Une copine de fac de Sarah. Elles étaient très proches, et naturellement, quand William s'est mis à sortir avec Sarah, il a rencontré Abi. Ils étaient toujours fourrés ensemble, à tel point que j'ai cru qu'ils faisaient ménage à trois. Après le mariage, Sarah s'est un peu repliée dans sa famille, elle sortait moins... et Abigail, qui avait beaucoup d'ambition, a accepté un super poste à New York, et ils se sont perdus de vue. Je ne crois même pas qu'elle soit venue à l'enterrement de Sarah.

Une vague de compassion m'envahit et réchauffe mon cœur. Quand quelqu'un prononce le prénom de la première femme de William, ce qui est rare, ça me fait toujours cet effet. Sarah est morte prématurément d'un cancer des ovaires, la forme la plus agressive disponible sur le marché de ces horreurs et elle a été la première à compter dans le cœur de William. Elle n'avait pas trente-cinq ans au moment de son dernier souffle après seulement cinq années de mariage. William en parle peu, mais j'éprouve une réelle affection à l'évocation de son souvenir. En fait, je n'ai jamais perçu son fantôme comme un concurrent – ce serait idiot, personne ne peut gagner contre une morte : quand on meurt, on acquiert une auréole. Je la vois plutôt comme une alliée. Nous aimons le même homme, elle hier, moi aujourd'hui et demain, ça crée forcément un lien.

Mais si je ne crains pas son souvenir sanctifié, j'ai peur que William ne soit pas aussi heureux qu'avant le décès de Sarah. Comme si un tel drame abîmait tant l'âme qu'elle ne pouvait plus fonctionner correctement. Le deuil transforme parce qu'il vous fait traverser les ténèbres et qu'elles vous collent à la peau, même quand on réussit à s'en extraire. J'en sais quelque chose. Vous avez beau frotter, elles ne partent jamais vraiment.

— Tu n'as rien à craindre d'elle.

— Mais je n'ai pas peur d'elle !

— Ah non ? Elle est jolie, elle plaît à ma mère, elle ressemble à l'épouse d'un futur roi d'Angleterre... Moi, à ta place, je lui aurais déjà refait le portrait par prévention.

— J'ai une totale confiance en William.

— Oui, la confiance c'est génial comme concept, mais je vais la garder à l'œil quand même.

— Tu dis ça uniquement parce que tu meurs d'ennui en ce moment.

— C'est horrible comme Moshe me manque !

Je lui prends la main et la serre. La sonnerie de l'entrée retentit et couvre à peine les voix des membres de ma famille.

— Je m'en charge ! s'exclame Mélie dans l'escalier.

Je retiens un soupir.

— Cette maison est un vrai hall de gare !

— Ouais, va falloir penser à vérifier les billets des voyageurs, grommelle Thomas qui n'a jamais honte de rien.

Quelques secondes plus tard, Mélie entre dans le salon suivi de près par Alistair. De jour, cet homme a l'air encore plus coincé et froid que sous les loupiotes ocrées des guirlandes.

— Alistair vient chercher William, ils doivent aller ensemble récupérer la voiture chez Winnie et prendre le sapin, expose Mélie telle le J.A.R.V.I.S d'Iron Man.

— J'aurais pu le dire moi-même, observe Alistair.

— Non, réplique ma sœur, vous vous seriez contenté de patienter dans le hall d'entrée par crainte de devoir soutenir une conversation.

— Vous êtes bien sûre de vous pour quelqu'un qui ne me connaît pas.

— Je vous connais. Il suffit de regarder là (elle désigne son cœur), et on lit en vous comme dans un livre.

Un instant, il semble désarçonné. Puis, d'un ton encore plus neutre que toute sa personne :

— Si vous le dites.

Sauf qu'il en faut évidemment plus pour stopper ma sœur dans son élan.

— Testez-moi.

— Ne comptez pas sur moi pour vous demander à quoi je pense en ce moment !

— Vous êtes triste de revoir William, la plupart des gens ici vous agacent terriblement et vous me trouvez jolie, ce qui vous agace encore plus.

Eh oui, Alistair, personne ne peut lutter contre elle.

— Ah ? fait-il, l'air blasé. Vous n'avez aucun moyen de le prouver.

— Non. Mais, vous, vous savez que j'ai raison, conclut Mélie avec un de ses mystérieux sourires.

William apparaît derrière eux, rasé de près, un pantalon, un pull marron ajusté et une veste en tweed pour parfaire le look de *gentleman farmer*.

— Al, content de te voir, je suis prêt, on y va quand tu veux. Mélie te fait des misères ?

— Juste ce qu'il faut, répond-elle.

— Ne la fixe pas trop, elle est un peu magicienne, plaisante William.

Il n'oublie pas de m'embrasser avant de s'éloigner en direction du portemanteau.

— On n'en a pas pour longtemps, lance-t-il en s'emmitouflant.

— C'est ça, Winnie va encore vouloir sortir la gnôle qu'il distille dans sa cave, ou je ne sais quel breuvage prohibé dans au moins dix pays !

— Nous saurons rester forts, promis.

Alistair s'éclipse sans le moindre mot, à peine un regard indéchiffrable vers Mélie, à peine un mouvement d'air. Décidément, ce type est un mystère.

— C'est quoi son problème à ce garçon ?

— Il a trop lu *Orgueil et préjugés*, il se prend pour Darcy, réplique Thomas la bouche pleine de dragées. Fais pas attention, il se donne un genre. Quand ils étaient gosses, William et lui étaient les meilleurs potes du monde. Tu vois, tu peux me remercier, c'est grâce à moi que ton futur époux est l'homme cool et sympathique que tu connais.

J'évite de le contredire sur ce point, mais *cool* n'est pas le qualificatif auquel je pense en premier quand je parle de William. En fait, en ce moment, il y a plein d'autres adjectifs qui me viennent en tête, et aucun d'eux ne me satisfait. Je déteste être dans cet état d'inquiétude. J'ai l'impression de pédaler dans le vide, comme si je me cherchais une raison d'angoisser. Est-ce ce que je suis en train de faire ? Me convaincre du pire de peur que le bonheur ne s'envole ?

Arrête de pédaler, Scarlett.

Je me fatigue moi-même. Heureusement, à partir de demain, devoir gérer les fournisseurs à la place de Mauricio va me donner une excuse parfaite pour m'éloigner de ma famille. À côté du marathon émotionnel que celle-ci m'impose, courir après le traiteur ou le fleuriste sera une vraie partie de plaisir.

J'ai hâte.

Chapitre 6

Lundi 19 décembre

La fleuriste me dévisage avec la même expression que celle d'un lapin pris dans les phares d'une voiture. Ma tension grimpe *illico* de cinq points. À la première heure ce matin, j'ai identifié les noms de tous les fournisseurs figurant sur la liste récupérée par Thomas, et je me suis assigné la mission d'en faire le tour afin de m'assurer que tout irait bien, et pour récupérer ceux qu'il me manque. En priorité, se trouve le fleuriste, celui qui doit livrer non seulement mon bouquet, mais aussi toutes les décorations de tables. Mauricio a tenu à faire travailler les artisans de Shere, ce qui en matière de déplacement, me fait gagner un temps précieux. Sauf si tous ceux que je rencontre ne sont pas plus loquaces qu'un lapin pris dans les phares d'une voiture.

— Vous n'avez pas du tout entendu les informations ce week-end, madame ? demande-t-elle en se dandinant derrière le comptoir.

— En fait, j'ai été très occupée. Mais en quoi regarder les infos a-t-il un rapport avec ma commande ?

— Je comprends bien. Je ne pensais pas que j'allais devoir vous expliquer le rapport, soupire-t-elle. Remarquez, je ne fais que ça depuis une semaine, c'est une catastrophe…

— J'avoue que vous m'angoissez.

— En fait, la région est frappée d'une épidémie due à un empoisonnement à l'E. coli. Je m'étonne de retenir le nom, mais à force de le répéter, et surtout de l'entendre : ils n'arrêtent pas d'en parler à la télé. Notez que je n'ai toujours pas bien compris ce que c'était exactement.

— E quoi ?

— Alors, c'est une bactérie qu'on trouve dans les selles des animaux qui peuvent parfois contaminer l'eau, récite la jeune femme comme si elle avait appris une leçon par cœur. Enfin, il paraît qu'elles sont dans les intestins des vaches ou des moutons, ou des daims, mais on n'a pas trop de daims chez nous, encore qu'il y a un cirqu…

— Excusez-moi ? Quel rapport avec mon bouquet et mes centres de tables ?

— Eh bien, vous voyez, l'eau des stations d'épuration de la région a été contrôlée positive, et c'est ce qui explique l'épidémie de gastro à Shere. Enfin, ça ressemble à une gastro, mais c'est la bactérie. Tout le monde tombe malade ici. L'école primaire a même fermé vendredi, parce qu'il n'y avait pas assez d'instituteurs. Depuis mardi dernier, je suis toute seule au magasin. Et quand je vous dis malade, c'est un euphémisme. Vous voyez l'horrible scène dans le film *L'Exorciste* avec la gamine qui vomit des tonnes et des tonnes et…

— Oui merci, j'ai compris le concept. Donc, vous essayez de me dire quoi, exactement ?

— Qu'aucune commande n'a pu être honorée depuis mardi dernier, je suis désolée.

— Vous plaisantez ?

— Je voudrais bien, je ne fais que des remboursements depuis une semaine. C'est une catastrophe financière, je suis que vendeuse moi. Vous vous rendez compte, il paraît qu'il n'y a eu que trois cas historiques de contamination. Je vais vous dire, il est grand temps qu'on devienne tous végans !

Des petits points de lumière apparaissent dans mon champ de vision. Je crois que je suis en train de faire une crise cardiaque.

— Mon mariage a lieu samedi ! Vous êtes en train de me dire que je n'aurai ni mon bouquet, ni mes centres de table ?

— Sauf si le patron ou son apprenti reviennent d'ici jeudi, mais ce matin ils n'allaient pas fort. Moi, je serais vous, je trouverais une solution de rechange. D'ailleurs, est-ce que vous avez fait appel à d'autres commerçants du coin pour la cérémonie ? Parce que le principe d'une épidémie c'est qu'elle touche relativement beaucoup de monde…

Je me retourne vers Mélie qui a en main la liste de tous les prestataires. Elle hoche lentement – lugubrement je dirais, si je me laissais aller à la panique – la tête.

— Et comment suis-je censée me débrouiller moi ?

— Je peux vous donner des noms d'autres fleuristes qu'on connaît bien et qui pourront peut-être vous dépanner. Des mariages à la période de Noël, c'est plutôt rare. Par contre, pour le reste…

— Je veux bien pour les noms. Mais j'ai versé un acompte, est-ce que vous allez me rembourser ?

— Aucun problème, je fais que ça depuis une semaine. C'est sûr, si le patron continue de se vider de tous les côtés, il va mettre la clé sous la porte.

— Je suis désolée mais je manque un peu d'empathie là !

— Oui, on sait que les futures mariées sont sensibles au stress.

Je vais l'ouvrir en deux et faire du boudin avec son sang.

— Un peu sensible au stress ? Vous vous fichez de moi ? À quel moment, vous comptiez m'appeler pour me dire que je n'aurai pas mes fleurs ?

— On est lundi, je voulais le faire dans la journée ou demain, je vous jure. C'est que c'est un peu la panique ici.

— On ne saura jamais si vous l'auriez fait ou pas. Si ça se trouve samedi, je me serais pointée comme une fleur… oubliez, je me serais pointée tout court sans bouquet ! Et vous savez ce que c'est une mariée sans bouquet ? C'est…

Mélie me tire par le bras et se place entre la vendeuse et mes pulsions criminelles.

— La liste des fleuristes, exige Mélie.

La vendeuse s'exécute et quelques secondes plus tard, je me retrouve dans la rue, les pieds dans la neige à me demander quelles horribles choses j'ai bien pu faire dans une de mes vies antérieures. Mélie commence à passer des appels. Il m'a toujours été difficile – en fait impossible – de comprendre ma sœur. Elle garde sur le visage ce voile étrange qui la rend si indéchiffrable aux yeux des autres. J'ai beau l'observer, y chercher des expressions, je ne sais jamais quoi faire de ce que je lis sur son visage. Alors quand elle fait quelque chose, je me contente d'attendre. Mon téléphone sonne. Ma mère. Elle a dû calculer (par je ne sais quelle formule mathématique dont elle seule a le secret) le temps que nous devions mettre pour sortir de chez le fleuriste. Comme nous sommes évidemment en retard, ses alarmes se sont déclenchées. Je décroche pour désamorcer le drame.

— Maman ? Quoi, un problème ? Comment peux-tu savoir qu'il y a un problème, j'ai juste dit « maman » ? D'accord, il y en a un. Avec le fleuriste. Apparemment, il y a une épidémie d'une bactérie dans la région et les gens sont pris de gastro. Hein ? Comment connais-tu le nom de la bactérie ? Aux infos ? Tu ne pouvais pas me le dire ? Non, il ne peut pas faire le bouquet, il vomit tout le temps. Personne ne va travailler quand on a une gastro, rien à voir avec de la fainéantise. Attends, Mélie me parle en même temps. Quoi ?

— La coiffeuse est en arrêt pour la semaine et le pâtissier aussi.

— C'est une putain de blague ? Maman, non, je ne te dis pas *putain* à toi. Écoute je te rappelle parce que là, nous sommes face à une catastrophe. Quoi ? Mais Helena et ses remèdes de sorcières n'y feront rien. Maman, elle ne va pas me trouver un nouveau pâtissier en brûlant de la sauge dans sa salle de bains ! Je te rappelle.

Helena, la meilleure amie de ma mère, une grande femme à la tête chevaline, s'est convertie à la Wicca et autres trucs en rapport avec la magie depuis son veuvage, il y a trente ans. Si je l'écoutais, je ne devrais pas coucher dans un lit sans vérifier qu'on n'y a pas mis d'aiguilles, je devrais remercier les esprits quand j'entre dans un nouvel endroit, je devrais porter des gants dans les supermarchés pour éviter les poisons, et si je croise un homme avec un chapeau noir, je devrais réciter une prière. Helena n'a pas pu se libérer pour venir au mariage, gloire à Satan d'avoir préféré la garder à Saint-Malo.

— Tu veux dire que je n'ai plus rien ? Ni coiffure, ni bouquet, ni centres de tables, ni pièce montée ?

— Il te reste le vin d'honneur et le repas.

— C'est une catastrophe !

— Appelons Thomas, il aura sûrement des noms. Et comme a dit la fleuriste, les chances qu'ils gèrent un autre gâteau de mariage à cette époque sont minces. Par contre, la coiffure risque de poser problème.

— Je manque d'air… je manque d'air.

— Je m'en occupe, assure Mélie en composant un numéro sur son portable.

— C'est quoi les symptômes d'une crise cardiaque ? Je crois que je fais une crise cardiaque.

— Resp…

— Si tu me dis respire carré, je te jure que je hurle de toutes mes forces.

***

Une heure plus tard, Thomas, Mélie, ma mère et moi avons sauté dans la voiture, en route vers Richmond pour nous rendre dans une pâtisserie que Thomas a appelée à la seconde où nous sommes rentrés à la maison. Je dois dire que, pour une fois, il a fait preuve d'une grande réactivité. J'ai prévenu William par message, mais à cette heure-ci, je sais qu'il est avec son comptable.

Après nous être garés sur une place qui, je pense, est celle pour handicapés, nous marchons d'un pas pressé, voire militaire, en direction du magasin. Quand nous y pénétrons, je balaye les étagères du regard. Mon cœur manque plusieurs battements. Je bégaye :

— Tu… tu te… te fiches de moi ?

— Quoi ? répond Thomas.

— Tu as vu à quoi ressemblent les gâteaux qui se trouvent dans la vitrine ?

— Ce sont juste des commandes, ils peuvent faire ce que tu veux, se défend Thomas.

— Juste des commandes ? Il n'y a que ça partout ! Les brioches, les cupcakes, ils ont tous la même forme ! Pas très diversifiées les commandes ! À quel moment tu t'es dit que c'était une bonne idée de nous amener là ? Thomas, je pensais pouvoir compter sur toi !

— J'ai fait ce que j'ai pu, tu exiges une pièce montée énorme aussi, tout le monde n'accepterait pas, cinq jours avant les fêtes, alors qu'ils sont tous en train de faire des pâtisseries de Noël. Le patron me doit un service et il fait de très bonnes choses.

— Ça, ce ne sont pas du tout des pâtisseries de Noël, n'est-ce pas ?

— Dans certaines soirées, si.

— Ce qu'elle est rigolote cette tarte en forme de girafe, commente ma mère en détaillant la vitrine, ils font de chouettes trucs pour les enfants maintenant.

— C'est un pénis, corrige Mélie.

— Pardon ?

— Là, c'est la hampe et là l'extrémité. C'est jaune parce que le nappage est à la banane.

Si la situation n'était pas aussi dramatique, je saluerais le tour de force que vient de réussir Mélie : clouer le bec de notre génitrice.

— Et ça là, ce ne sont donc pas des choux en forme de fraises ?

— Non, ce ne sont pas des choux en forme de fraises.

— Scarlett ! s'écrie ma mère en panique.

— Je sais, maman ! Vois avec Thomas, c'est lui qui a eu cette brillante idée.

— On s'en fout de la forme, ce sont des gâteaux, ils feront ce qu'on leur demande de faire, c'est tout. Soyez un peu moins coincées. Et puis franchement, on *dirait* une girafe. De loin.

Un homme d'une cinquantaine d'années au physique de parrain de la mafia, mais aux cils allongés par du mascara, fait une entrée tonitruante dans le magasin. Il pousse un cri de joie en apercevant Thomas et le serre dans ses bras si fort qu'il le décolle du sol.

— Mon ami ! s'exclame-t-il. Je suis tellement content, ça fait combien de temps qu'on ne t'a pas vu chez J.J., tu nous manques !

— Oui, j'ai été un peu… pris.

— On a appris pour Moshe. Tu sais, on m'a dit qu'il faisait n'importe quoi depuis votre séparation. Et quand je te dis n'importe quoi, c'est genre tu vois quoi…

— Tu vois quoi, quoi ? demandé-je. Ah ne me regardez pas comme ça, on est là, et vous en avez trop dit.

— Il s'est laissé tenter par le plat de moules du menu imposé, chérie. Et ça, c'est mauvais. Sa famille va nous le briser.

— Les juifs ne peuvent pas manger de moules ? s'étonne ma mère. Je ne comprends rien.

— Il couche avec des femmes, maman, traduit Mélie qui est en train de compter le nombre de framboises sur une composition dont je me refuse à identifier la forme.

— C'est douloureux pour toi parce que tu dois gérer la séparation, mais crois-moi, ce garçon n'assumera jamais qui il est, avec sa famille. Là, il est à l'âge où il doit rentrer dans le rang et faire des bébés. Il t'aurait brisé le cœur tôt ou tard.

— Je sais, mais il me manque, soupire Thomas.

Il est grand temps de couper court :

— À nous aussi, et donc pour ma pièce montée ?

— Oui, bien sûr ! Oh ma pauvre petite, Thomas m'a raconté ce qu'il vous arrive. Quelle horreur, cette épidémie. Hier soir aux infos, je vous jure que j'ai failli vomir par solidarité pour tous ces malheureux. Il paraît que c'est historique une telle contamination.

Je n'éteindrai plus jamais la télé, j'ai compris le message que l'univers m'envoie.

— Voilà, donc nous sommes dans une situation un peu désespérée.

— Tu m'étonnes, à votre place, j'aurais déjà piqué trois crises de nerfs, acquiesce le patron. Bon, je suis charrette comme vous vous en doutez, vu la période, mais je viens juste de recruter un petit apprenti qui sort de l'école, c'est un vrai génie. Je peux le mettre sur votre projet, il sera ravi de se faire un peu plus d'argent avec des heures sup.

— Attendez, vous dites apprenti, est-ce qu'il a déjà fait des commandes pour des mariages ?

— Pas que je sache. Ce sera une bonne expérience.

Je manque à nouveau d'air.

— Vous êtes toute pâle, ma jolie. Venez là, asseyez-vous, il y a plein de microbes qui circulent en ce moment, n'allez pas attraper une cochonnerie.

Je me laisse installer sur un siège près de la baie vitrée qui donne sur une ruelle, à l'abri des regards du tout-venant. Et pour cause.

— Jim ! tonne le patron, amène-nous un petit remontant, s'il te plaît. Bon, alors vous aviez quoi, dans l'idée ?

Je fais un signe à Mélie. Celle-ci dégaine son téléphone et montre la photo du modèle de pièce montée que j'avais transmise à mon pâtissier d'origine.

— Eh ben, chérie, c'est hyper gros et hyper ringard.

Je le foudroie du regard.

— Ce n'est pas ringard, c'est classique et intemporel.

— Classique et intemporel sont des synonymes de ringard.

— Pas du tout.

— C'est le genre de truc qu'on sert à la *tea party* annuelle de la reine.

— Je lui avais dit de faire une pyramide de choux à la crème, intervient ma mère. Les choux, tout le monde aime et ça a un côté festif.

— Elle a raison, les choux c'est toujours marrant, commente le patron.

— Je déteste la pâte à choux ! Ça ne vous embête pas que je me fasse plaisir et que je mange ce que je veux à mon propre mariage ?

— Ma jolie, si vous pouvez manger le jour de votre mariage, c'est que vous portez la mauvaise robe dans la mauvaise taille.

— Bon, on peut essayer de revenir à mon problème ?

— D'accord, alors on part sur un cinq étages, une base chocolat, vanille, fruits de la passion et fraise ?

— Oui voilà. Tout blanc et or. Et quelques petites décorations très sobres.

— Et ringardes, renchérit Thomas.

— Je ne sais pas pourquoi mais je le sens mal.

Face à leurs regards vides, je finis par pousser un gémissement de lassitude avant de reprendre :

— Entendu, si vraiment vous trouvez ça ennuyeux, je ne suis pas contre rajouter quelques éléments.

Les yeux du patron s'illuminent. Un frisson d'effroi parcourt ma nuque. Sans doute le même que celui de Pandore après qu'elle a ouvert cette foutue boîte.

— Ça va être génial, vous ne serez pas déçue !

— OK, on ne s'emballe pas, vous ne faites rien de… enfin de… vous voyez ?

— Non.

— Rien de sexuel, traduit encore Mélie.

— Ha, mais moi je fais ce que vous voulez…

— Tu vois, triomphe Thomas.

Je lui lance un regard noir, ce dont il ne tient pas du tout compte.

— N'empêche que mes créations originales déridant une soirée, poursuit l'homme, je dis ça…

— Vous êtes sûr que vous êtes anglais ? demandé-je.

— Écossais.

— Ah, ceci explique cela ! Donc, non, je m'en fiche que mes invités se dérident, je ne veux aucune métaphore sexuelle sur mon gâteau de mariage.

— Je fais des vulves aussi. Comme des fleurs. On ne fait aucune discrimination, c'est important.

— Pas tant qu'il me restera un souffle de vie !

— Entendu. Il faut vous détendre ma jolie, vous allez nous faire une crise cardiaque, à force.

— Ton apprenti pourra-t-il nous envoyer quelques photos des étapes, ça la rassurerait, demande Thomas. Donne-lui mon numéro.

— Je lui transmets mais vu les délais, je ne promets pas qu'il aura le temps. Tu devrais le rencontrer, il est canon ce gamin.

— Donc on ne prend pas de choux ? demande ma mère.

— Non, maman, on ne prend toujours pas de choux.

— Pietra va faire des réflexions, c'est sûr.

— Mais Pietra fait des réflexions sur tout, de toute façon.

— Ne parle pas d'elle comme ça, il s'agit de ta tante.

— Justement, pas vraiment. On ne l'a pas vue depuis des années, et moi, je trouve qu'elle y va un peu fort avec toi.

— C'est la seule famille qu'il nous reste, Scarlett. Je vieillis, et ta sœur et toi, vous êtes loin. On te demande juste de faire un effort.

Ma mère me rabroue sur un ton qui indique clairement que la discussion est close. Je n'insiste pas, mais je sais qu'elle sait que j'ai raison. Je signe le bon de commande, verse un nouvel acompte, et tout en remplissant le document, je n'arrive pas à déterminer si je suis soulagée, heureuse, paniquée ou terrorisée. Je pense à William, j'ai besoin de son soutien. Je compose le numéro et tombe sur son répondeur. J'hésite, toutefois, vu l'imbroglio de l'affaire, et finis par me contenter d'un « rappelle-moi dès que tu peux » lapidaire.

Il est peu probable que je parvienne à trouver le sommeil, les jours à venir, et si c'est le cas, je ne doute pas que mon subconscient m'inflige des cauchemars qui tous auront pour thème d'horribles et tendancieuses pièces montées. Brusquement, une pensée me vient. Une pensée plus réconfortante que les autres. J'imagine le visage de Lena découvrant pareille œuvre. Et l'espace d'une fraction de seconde, je souris.

— Le pénis à la banane, vous le faites en petite portion ? Je voudrais le goûter, demande Mélie.

— Je le fais dans tous les formats, Blanche-Neige, il en faut pour tous les gabarits.

Je vais rentrer, me coucher, et mourir.

Chapitre 7

Ma super équipe et moi avons eu moins de chance pour ce qui est des coiffeurs. Demander un chignon de mariage à quelques jours de Noël et penser que ça va passer, c'est comme parler de l'Union européenne à un Britannique et penser que ça va passer. Absurde.

J'étais prête à payer le voyage à Gunter, mais il a une famille, et il paraît qu'elle souhaite sa présence pour les fêtes de fin d'année. En femme moderne accro des réseaux sociaux et des tutoriels YouTube, je sais en théorie me coiffer, mais en pratique, rien qui ressemblerait à une coiffure de mariage. Je sais, c'est superficiel. Si mes invités ont de quoi manger dans leurs assiettes et de quoi danser, je pourrais estimer avoir limité la casse. Personne ne trouverait à redire sur ma coupe du moment que mes cheveux sont attachés et sous un voile. Je focalise sur des détails, je m'en rends bien compte.

Je prends pourtant sur moi afin de ne pas ajouter au stress de ma mère qui est une véritable éponge émotionnelle. Tout ce que ses filles ressentent, elle l'éprouve de façon exponentielle. Donc, j'essaye de plaisanter, mes blagues font un flop – je ne suis pas très douée dans ce domaine – je fais donc diversion en proposant d'aller manger un *fish and chips* dans un joli petit pub.

— Bon, les noms donnés par ta fleuriste n'offrent rien qui pourrait nous convenir pour samedi, déclare Thomas.

— Je n'aurai pas de bouquet. Ce n'est pas grave, c'est… un détail.

— Attends, je sais que Moshe passe toujours par un super fleuriste pour les cadeaux de sa mère. Je vais lui demander.

— C'est une très mauvaise idée de reprendre contact avec son ex, déclare ma mère. Vous prenez le risque de replonger et de ressortir avec lui.

— Ce ne serait pas la première fois que ça arrive, soupire Thomas.

— Et que s'est-il passé ?

— Ça n'a pas duré.

— Exactement. Vous savez pourquoi ?

— Non.

— Parce que sortir avec un ex, c'est comme ravaler son propre vomi. C'est ce qu'on dit toujours chez nous. Je vous laisse méditer là-dessus.

— Maman, *personne* ne dit jamais ça, ni chez nous, ni ailleurs !

— Si, tu n'écoutes pas, c'est tout. Tu n'écoutes jamais ce qu'on te dit. Je vais prendre une bière. Ils font des bières un peu fortes ici ?

Je secoue la tête pour effacer les images qui m'assaillent, puis je me tourne vers Thomas.

— Il est hors de question que tu contactes Moshe. Je suis sérieuse. Je vais appeler William et je vais lui demander de s'en occuper. C'est important de l'entraîner lui aussi dans cette galère.

Mélie glisse sa main dans mon dos et me câline avec tendresse.

— Ça va aller, tu as l'essentiel, et pour le reste, on se débrouillera, dit-elle d'une voix apaisante.

— Je sais, c'est juste que… j'imaginais que cette semaine serait plus féerique, plus insouciante. Comme on voit dans les films. C'est stupide. J'ai l'impression que dès que c'est moi qui organise les choses, tout foire ! Plus je tente de trouver des solutions, plus ça tourne mal.

— Tu as raison, répond Mélie. C'est stupide.

— Allons, ma chérie, reprends-toi. Je n'ai pas élevé mes filles dans l'apitoiement. Ton mariage sera parfait parce que le premier qui dit le contraire, il aura affaire à moi.

— Y'a deux ou trois noms qui me viennent à l'esprit.

— En parlant de cul qui devrait être botté, je vous rappelle qu'on est tous convoqués chez ma mère pour un *afternoon tea* à 16 heures, lance Thomas, non sans ironie.

J'avais complètement oublié l'invitation de la reine mère. Invitation que j'ai dû accepter parce que sur le moment, je n'ai pas trouvé d'excuse suffisamment crédible. Mon esprit a occulté cette information, car je sais d'avance comment tout ceci va tourner, et ça sera douloureux. Lena va se moquer de la spontanéité de ma famille, qu'elle regarde comme la pire caricature du prolétariat français, et elle va noter sur ses tablettes sacrées toutes les réflexions que mes tantes vont faire. J'en ai des sueurs froides rien que d'y penser. Je n'ai jamais eu honte de mes origines modestes, mais je vis très mal le jugement condescendant d'une certaine bourgeoisie, pour qui l'accession aux bonnes manières et aux règles du savoir-vivre est une évidence. Toutefois, à moins d'une invasion extraterrestre façon *Guerre des mondes,* aucune chance que je puisse revenir en arrière maintenant…

Nous rentrons à la maison vers 15 heures. Une odeur qui ne m'est pas familière me saute au visage dès que je passe la porte. J'ignore ce que mes tantes ont bien pu cuisiner. C'est comme si leurs habitudes de vie avaient remplacé les miennes et comme si ce n'était plus vraiment mon chez-moi, mon cocon douillet.

William sort du salon et me prend dans ses bras. Je le serre de toutes mes forces.

— J'ai eu ton message sur mon répondeur, j'étais en réunion. Que se passe-t-il ?

Je lui résume l'affaire de manière aussi imagée et claire que possible.

— Un gâteau pénis à la banane ? répète-t-il.

— C'est tout ce que tu as retenu de ce que je viens de dire ?

— Excellent, d'ailleurs, précise Mélie en se débattant avec sa longue écharpe. Ce qui est une bonne nouvelle pour la pièce montée.

— Ta sœur a raison. Ne t'en fais pas pour le fleuriste, je m'en charge. Envoie-moi la photo du modèle de ton bouquet et pour les centres de tables, on va tricher avec de jolis bouquets de lys.

— Ce sera blanc, imposant, classe, tout va bien, plaisante Thomas en allant saluer Orlando et sa fiancée.

William se penche vers moi.

— Ça te dit de t'éclipser un petit moment ? chuchote-t-il à mon oreille. Il faut que je te parle de quelque chose.

Si sa voix est douce et sensuelle, comme toujours, son expression me paraît grave. Je lui emboîte le pas et manque de percuter Alistair dont je ne remarque que maintenant la présence dans mon hall. Que fait-il ici ? Je ne rêve pas, il est bien rentré à l'hôtel hier ? Je préfère éluder cette question.

Nous nous réfugions dans la véranda et prenons place sur deux sièges en rotin, témoignage de mon amour pour le style colonial – lequel aurait été parfait en Inde en 1842, mais qui, je le sens bien, détonne au milieu de la campagne anglaise.

— Tu vas m'annoncer que tu es gay ? demandé-je pour alléger l'atmosphère que je trouve un peu trop tendue pour moi.

— Je suis Britannique, on l'est tous un peu.

— Ce n'est pas faux.

— Écoute, j'ai un énorme un problème à la galerie. En fait, il s'agit d'un de nos artistes phares. Évidemment, celui qui vend le plus.

— Tu parles du gars qui fait les gros papillons en bronze ?

— C'est ça. Il est en pleine crise existentielle, il ne fait plus rien depuis plus d'un mois, et il me l'a avoué aujourd'hui. Il pense qu'il ne pourra pas livrer ce qu'on a commandé pour l'exposition début janvier. Ce serait vraiment une catastrophe, car il représente 70 % des œuvres présentées et que sa collection a déjà été annoncée.

Une ombre voile la lumière de son regard.

— William, que se passe-t-il ? Ce n'est pas la première fois qu'un artiste vit une période de doutes, j'ai l'impression que ça te touche plus que d'habitude.

— Les ventes n'ont pas été mirobolantes cette année, c'est un phénomène global dans le milieu de l'art. Je compte beaucoup sur la renommée de cet artiste pour démarrer la nouvelle année avec un peu d'avance de trésorerie.

— Bien sûr, je comprends.

— Tout ça pour te dire que je vais aller le voir et tâcher de le remotiver. En fait, il *faut* que je le remotive. C'est une diva. Je pense pouvoir le débloquer. Malheureusement, il vit à Elgin, c'est dans le nord de l'Écosse, donc je vais devoir passer la nuit là-bas.

— Quand est-ce que tu pars ?

— Je voudrais partir demain pour être de retour rapidement et m'occuper de la salle pour que tu puisses te consacrer à toi.

— Oh je vois, cette semaine.

J'essaye de ne pas montrer ma contrariété. Je reprends :

— J'imagine que ça ne peut pas attendre.

— Si je veux avoir une chance qu'il produise la majorité des œuvres prévues, j'ai peur que non. Mais je ne reste qu'une nuit, je te promets.

J'acquiesce mais mes muscles se tendent. Comme si j'allais l'empêcher de partir et ficher en l'air l'avenir de sa galerie. Les hommes restent toujours des petits garçons qui ont peur de se faire engueuler. Je ressens à nouveau un poids sur ma poitrine. Quelque chose dans sa voix sonne bizarrement, une note inhabituelle. Je ne doute pas de son amour, mais je suis convaincue qu'il me cache quelque chose. J'ai beau me raisonner, je ne parviens pas à m'enlever cette idée de l'esprit. Elle s'est plantée profondément en moi, elle pousse et déploie ses racines.

— Tu es sûr que…

— Il est l'heure, Scarlett, indique Mélie en passant une tête dans la pièce.

La reine mère.

— Je vais régler ça très vite, et j'aurai mon portable collé à la main, tu peux m'appeler quand tu veux.

Ça va m'être d'une grande utilité, à l'autre bout du pays.

Il dépose sur mes lèvres un baiser d'une tendresse qui me chavire. Je voudrais le retenir entre mes bras, qu'on disparaisse sous la couette pour n'émerger que le jour du mariage. Hélas, ça ne dure qu'une fraction de seconde.

— Allons faire la révérence, sourit-il en passant les doigts sur mon front.

— Je maintiens que la guillotine est plus fun.

— Tu es jalouse parce que vous n'avez plus de nobles à décapiter en France.

En cherchant bien, on peut encore en trouver…

Nous répartissons tout le monde entre le minibus et la berline de location d'Alistair, et nous prenons la route pour Primerose Hill, un quartier chic du district de Camden. Non loin du très huppé Regent's Park, plus magnifique que jamais sous la neige, la belle demeure bourgeoise de la famille de William trône au sommet de la colline. Avec sa façade sombre et ses fenêtres plus longues que larges sur trois étages, la maison affiche une élégance austère, presque rugueuse. Cependant, la décoration intérieure bien plus flamboyante plonge les pièces dans une atmosphère baroque, pour laquelle j'ai une certaine fascination – même si je ne l'avouerai jamais.

Sur le seuil de la porte, ma mère me prend le bras.

— Bon, on ne va pas se mentir, je ne peux pas saquer cette femme, mais c'est ta future belle-mère et tu as choisi de t'installer près de chez elle. Alors quoi qu'il arrive, on fait bonne figure et on évite un drame diplomatique à quelques jours de la cérémonie.

— Maman, je suis impressionnée par ton nouveau côté raisonnable.

— J'ai demandé à Helena de lui concocter une année particulièrement intéressante du point de vue du transit.

Si cette femme pouvait réussir au moins une fois une de ses incantations...

Lizzie nous accueille avec un grand sourire. Elle me prend dans ses bras et me serre avec chaleur. Elle réitère avec Mélie et William, puis nous pénétrons dans l'immense salle à manger du premier. Sur l'interminable table rectangulaire sont disposés de nombreux présentoirs à trois étages surchargés de cupcakes, de scones et autres petits délices typiques des *afternoon tea.* À moins que Lena ait invité tous les membres du parlement britannique, je ne sais pas à qui est destinée toute cette nourriture… Il y a des bouquets de roses baccarats jaunes un peu partout dans la pièce, et je ne parviens pas à compter le nombre de tasses et de verres. Ma mère lève les yeux au ciel. La maîtresse des lieux glisse avec élégance comme si elle n'éprouvait pas le besoin de fouler le même sol que les pauvres mortels que nous sommes.

— Bonjour, vous êtes presque à l'heure, lance-t-elle en guise de bienvenue avec un sourire discret, venez vous installer sur les fauteuils.

Une femme un peu âgée d'origine indienne nous débarrasse de nos manteaux. Depuis que je connais William et que je viens chez Lena, je n'ai jamais vu deux fois la même personne à son service. J'imagine qu'elle entasse les corps à la cave.

— Bonjour tout le monde.

Je fais volte-face. Je n'ai pas beaucoup entendu cette voix, mais assez pour m'en souvenir.

— Abigail, quelle bonne surprise.

J'essaye de desserrer les dents, sans grand succès.

— Lena a eu la gentillesse de m'inviter à la dernière minute, ça ne vous dérange pas ?

— Bien sûr que non, répond Lena. Tu es une amie chère à la famille.

Très chère.

William la salue amicalement puis nous prenons tous place autour d'une table basse.

— C'est une bien belle maison, déclare Pietra. Dans le Sud, on préfère les couleurs plus claires et plus modernes. Mais c'est un style.

— Ma fille n'a jamais été très progressiste en matière de décoration, indique Lizzie, ni en matière de rien, d'ailleurs.

On a tous une mère, même Lena, ça fait plaisir.

— Si je devais écouter Lizzie, elle repeindrait tout en violet et mettrait des haricots en plastique en guise de chaise, réplique Lena en faisant signe à la domestique de s'activer.

— Et on ne s'en porterait pas plus mal. Alors, dernière ligne droite pour la cérémonie, tout va comme vous voulez ?

— Oui, juste quelques petits couacs, comme pour tous les mariages.

Je n'ai aucune envie de leur confier mes déboires et surtout pas d'entendre leurs conseils.

— Est-ce que vous avez un peu visité Londres ? demande Abigail à mes tantes.

— Oui, c'est joli mais quand même très pollué. Et très gris, répond Pietra. C'est le problème de toutes les grandes villes. Et alors, quel monde ! Moi, plus je vieillis, moins j'aime les gens. Je les fuis.

— Du coup, la Corse, c'est beaucoup moins fréquenté, dis-je, le nez dans mon verre d'eau.

— Il n'y a pas des touristes toute l'année heureusement et puis on a beau dire, le climat joue beaucoup sur le moral. Dans le Sud, on le voit, tout le monde sourit. Dès qu'on passe Valence, les gens sont tristes. Une histoire de lumière et de biologie.

— Je vous comprends, acquiesce Abigail, je suis originaire d'Écosse, d'Elgin exactement. C'est au bord de la mer. Grands espaces et beaucoup de verdure, mais hélas, pas assez de soleil. D'ailleurs j'y retourne dès ce soir. Histoire de me ressourcer pendant les fêtes de Noël.

Je me crispe. Est-ce que je peux réussir à croire à une coïncidence ?

J'éclaircis ma voix.

— Elgin ?

— Oui, vous connaissez ?

— Non.

Le visage de William n'exprime rien de particulier, il est en pleine discussion avec Alistair.

Empêche ton esprit de tricoter. Les faits, rien que les faits. Putain de faits.

Bon, au moins Lena ne risque pas de m'imposer cette fille le jour de mon mariage. Pour le reste, je préfère ne pas laisser mes angoisses me submerger. Au bout d'un moment, nous remarquons la présence du père de William. Depuis quand cet homme se trouve-t-il dans la salle à manger ? Il nous salue très poliment, prend une tasse de thé, et quelques instants plus tard, je note qu'il s'est éclipsé. Sans bruit et avec discrétion. Quel dommage que la personnalité envahissante de sa femme empêche toute passerelle entre lui et le reste des humains. Si seulement j'avais pu nouer un début de relation avec lui, il aurait sans doute adouci mes rapports avec ma belle-mère.

— Nous sommes allées dans un joli petit village, aussi, déclare Giulia qui doit en être à son cinquième scone qu'elle nappe abondamment de *lemon curd*, comment s'appelait-il, déjà ? Il y avait un gros château au milieu.

— Windsor, dit Thomas.

— C'est ça, mais nous n'avons pas vu votre reine, c'est dommage. Je l'ai d'ailleurs dit à Scarlett.

Si nous en avions une, je crois qu'on l'exhiberait tout le temps.

— Vous voulez dire tête et corps ensemble ? relève Lena.

Voilà.

Un sourire aussi courtois que méprisant se dessine sur les lèvres de Lena. Elle est clairement contente de sa plaisanterie. Quand cette mascarade sociale va-t-elle se terminer ? Je me souviens, dès notre première rencontre, avoir senti cette condescendance dans chacun de ses gestes et de ses propos. Quelle que soit votre éducation, votre niveau de vie ou vos bonnes manières, ça n'est jamais assez. Lena doit posséder une sorte de détecteur d'ADN bourgeois, et si vous ne bipez pas, alors vous êtes un des nombreux maillons rouillés du tiers état. Cette femme réveillerait des instincts jacobins chez le plus centriste des Français ! Lizzie est tout l'inverse, pourtant dans la famille, l'argent vient essentiellement de son côté à elle. Elle m'a raconté que Lena est le seul enfant de la fratrie à s'être inventé une parenté à sang bleu, pour se donner un genre, pour exister. J'ai du mal à imaginer qu'une femme comme elle ait pu se sentir suffisamment complexée et incomprise pour se créer cet *alter ego* plus protocolaire que sa propre souveraine. Apparemment, un chagrin d'amour épouvantable, alors qu'elle avait à peine vingt ans, aurait achevé d'inscrire en elle cette dureté de classe. De quoi verrouiller cette forteresse imprenable dans laquelle elle s'est claquemurée et qui l'a tant éloignée de William et Thomas.

Les familles sont toutes malheureuses à leur façon…

Je jette un œil à ma montre. Déjà deux heures ont passé et je suis surprise de constater qu'aucun incident majeur n'a troublé l'*afternoon tea*. L'ambiance est glacée, certes, mais chacun fait comme si ça ne le touchait pas. La bonne humeur d'Abigail y fait beaucoup. Son impeccable politesse adoucit les sourires crispés de chacun et les desserre un poil. Ça m'énerve de le reconnaître, mais elle fait ce dont ma fatigue et mon mauvais esprit du moment sont incapables pour l'instant. Bref, chacun joue son rôle : mes tantes en font des tonnes tout en restant dans les limites de l'acceptable, William use de son charme, Thomas plaisante, Mélie plane sur Mars, Lena juge en silence, et Lizzie tacle. Je n'ai aucune idée de ce qu'essaye de faire Alistair. Je me détends et je passerais presque un bon moment. Quand soudain, tout bascule.

— Alors quel est le programme pour demain ? demande Abigail de façon anodine, sans se douter de ce qu'elle est en train de provoquer.

— Les tantes de Scarlett vont visiter Westminster, et nous, nous allons assister au dernier essayage de la robe de Scarlett, répond Lizzie sans réfléchir.

Elle se fige au moment où elle réalise ce qu'elle vient de dire.

— Oh, ça va être un moment merveilleux, j'en suis sûre, déclare Abigail tout en fixant Lena.

— Je n'y serai pas, mais je suppose que ça le sera.

Les conversations s'interrompent. Pourquoi s'interrompent-elles ? J'ai la sensation de devenir la méchante de l'histoire parce que je n'ai pas convié ma future belle-mère. Mais elle et moi n'avons aucun rapport et il est hors de question qu'elle contamine de sa froideur de princesse contrariée la magie de mon essayage !

— Oh, lâche Abigail de façon un peu trop appuyée à mon goût.

Bien sûr, toi, tu l'aurais invitée parce que toi, tu t'entends à merveille avec elle. Facile.

— Vous devriez venir, propose brusquement ma mère.

Thomas avale de travers et se met à tousser. William me dévisage – comme si j'avais jamais eu le moindre contrôle sur ce que dit ma mère.

— Pardon ? hoquette Lena en battant des cils.

— Oui, si jamais vous n'avez rien de prévu, je trouve que ce serait bien que vous partagiez ce moment avec nous.

L'assemblée retient son souffle. Même Abigail, alors qu'elle ne doit pas tout comprendre.

— Je… Eh bien…

Lena qui bafouille ? Lena a-t-elle jamais bafouillé de sa vie ?

— D'accord, j'en serais ravie.

— Parfait, nous passerons vous prendre demain, le rendez-vous est à 15 heures, déclare ma mère dont je finis par penser qu'elle est totalement possédée.

William continue de me fixer et je continue de penser que je n'ai aucun contrôle sur la situation. Une demi-heure plus tard, il sonne la fin des réjouissances. Nous nous levons et récupérons nos manteaux. Lizzie me fait signe de la suivre dans la cuisine. Elle me tend une boîte de gâteaux.

— Je suis désolée ma petite chérie, je n'ai pas réfléchi. Ne t'inquiète pas pour demain. Ma fille a tous les défauts de la Terre, mais elle sait se tenir.

— Je n'en doute pas, c'est juste que je voulais qu'on s'amuse et qu'on passe un bon moment. Sans vouloir être insultante, votre fille, ce n'est pas une rigolote.

— Parfois si, mais toujours un peu malgré elle. Ne t'inquiète pas, nous serons en majorité. Nous ferons comme si elle n'était pas là. En attendant, je t'ai préparé des brownies. Je sais que tu aimes ça.

— Merci, c'est gentil, un peu de chocolat ne me fera pas de mal.

— C'est pour toi et William uniquement, précise-t-elle d'un air entendu.

— D'accord.

— J'y ai ajouté un petit ingrédient magique. Et je pense que vous en avez besoin.

— Un ingrédient magique ?

Elle opine de la tête et ses yeux brillent de malice. Ce n'est pas vraiment pour me rassurer… Et je comprends d'un coup :

— Non ! Lizzie, ne me dites pas que… ne me dites pas que ce sont des *space cakes* ? C'est ça ? Vous avez mis de la marijuana dans ces brownies ?

J'aimerais être étonnée, mais je ne le suis pas.

— Oui. Un soir, William et toi, vous en mangerez un peu et ça vous détendra.

— Lizzie…

— Quoi ? C'est bon pour la santé, j'en donne aux membres de mon club de lecture tous les mercredis, ça rend les œuvres de Shakespeare infiniment plus drôles.

Je récupère la boîte et me dirige dans le hall. Je n'ai jamais osé questionner Lizzie sur son passé de modèle d'artistes, cependant ça me démange souvent. Et à chaque fois, je me fais la même réflexion : Lena a été adoptée. Forcément.

Les au revoir restent distants, toutefois ils me semblent un peu moins artificiels que les bonjours, près de trois heures plus tôt. Une fois dans la voiture, je patiente jusqu'à ce que nous soyons sortis de la propriété avant de hausser le ton.

— Maman, je peux savoir ce qui t'a pris d'inviter Lena à mon essayage ?

— C'est ta future belle-mère, il faut que tu fasses un effort pour William.

— Je n'en ai rien à faire, répond celui-ci. D'ailleurs, je ne fais moi-même aucun effort avec elle.

— Oui, mais, un jour tu le regretteras. Quand vous aurez des enfants, elle sera grand-mère. Je sais que c'est une pimbêche arrogante, mais c'est un être humain. Au moins, tu n'auras rien à te reprocher. Et puis, demain on sera assez nombreux pour que sa mauvaise humeur passe inaperçue.

— Elle a été très touchée, commente Mélie.

— Je crois plutôt qu'elle ne pouvait pas décliner devant tout le monde, répond William.

— Non, elle était touchée. Ses yeux se sont même humidifiés et sa lèvre inférieure a légèrement tremblé. Elle a probablement initié cet *afternoon tea* dans l'espoir que son geste en appellerait un autre de notre part.

— Tu vois de la lumière là où il n'y en a pas toujours, Mélie.

— Ne contrarie pas ta sœur, elle voit des choses, tu sais bien, intervient ma mère. Enfin, là, elle se trompe peut-être…

Mélie a surtout tendance à projeter sa vision du monde rose bonbon sur les autres.

De retour, mes tantes s'activent pour préparer un repas léger, une sorte d'apéritif dînatoire qui n'a en réalité rien de léger ni d'un apéritif. Je planque la boîte de gâteau dans un placard en hauteur après avoir hésité à en monter un dans notre chambre.

Si c'est légal dans certains pays, c'est que ça ne doit pas être si terrible.

Chapitre 8

Mardi 20 décembre

William ouvre la porte de la cabine de douche et passe la tête à l'extérieur.

— Des *space cakes.*

— Je te jure.

— Ils sont où ?

— Planqués.

— Tu attends que je rentre pour les goûter, ordonne-t-il de façon implacable.

Je minaude.

— Alors, rentre vite, ça ne se conserve pas longtemps.

— Je n'ai pas l'intention de m'éterniser, dit-il avec un sourire avant de disparaître sous le jet.

Adossée au lavabo, je profite du spectacle tout en me brossant les dents. Même après deux ans, il m'arrive d'être surprise par le corps de William.

Longiligne, nerveux, ciselé. Exactement ce que j'aime, comme s'il avait été fait pour moi. L'amour rend romantique, et quand même un peu con, aussi. William plairait à n'importe qui, pas seulement à moi.

— Tu ne fais que regarder ou tu veux toucher ? demande-t-il sans se retourner.

— J'hésite. Et si l'annonce était mensongère…

— L'annonce dit satisfait ou remboursé, répond-il en dégainant le pommeau de douche pour diriger le jet dans ma direction.

Je pousse un petit cri, rince ma bouche en vitesse et me débarrasse de mon pyjama avant d'entrer dans la cabine que nous avons heureusement conçue spacieuse et à l'italienne.

— Tu crois qu'un jour Lizzie a donné un de ces gâteaux à Lena ?

— À elle, je ne sais pas, mais à mon grand-père, je suis presque sûr, répond William, ses mains suivant le chemin de l'eau sur mes reins et mes fesses.

— À nous deux, on a vraiment une famille de cinglés.

Je sens ses doigts effleurer l'intérieur de mes cuisses. Les battements de mon cœur s'accélèrent, je presse ma poitrine contre son torse.

— Je n'ai aucune envie d'aborder le sujet maintenant.

Il me colle contre le carrelage froid de la paroi, et le contraste de température me fait sursauter. Je remonte une de mes jambes le long des siennes. Nos baisers se multiplient, puis il me retourne et me plaque contre le mur. Je me cambre et prie de toutes mes forces que ma mère ne vienne pas nous reparler de ses pampadelles ou autre pain perdu. L'étreinte est plus brutale que d'habitude, et c'est moi qui en impose le rythme. La perspective de le voir partir deux jours dans le fief d'Abigail n'est sans doute pas étrangère à cette urgence. Le jour où les femmes cesseront de se considérer comme des concurrentes, le féminisme aura fait un énorme pas en avant... Mes états d'âme puérils semblent cependant faire un heureux. Les assauts de William sont passionnés et j'ai du mal à me cramponner à la paroi. Lorsque nous sommes enfin repus l'un de l'autre, mes jambes tremblent légèrement. Ce n'est pas l'endroit le plus confortable, mais je m'en fiche. William éclate de rire.

— Si j'avais su qu'un thé chez ma mère te mettrait dans cet état, tu y aurais eu droit tous les week-ends.

— Très drôle. C'est toi qui as commencé, je n'ai fait que répondre. File te préparer, tu vas rater ton avion !

William sort de la douche, se rase et s'habille en vitesse, et moins d'une demi-heure plus tard, je le regarde s'engouffrer dans son taxi depuis la fenêtre de notre chambre. Alors que je m'efforce de repousser la tristesse sur le point de m'envahir, je saisis mon lisseur et mon courage à deux mains. Il faut que je m'apprête avec soin, car aujourd'hui Thomas va prendre des photos de mon essayage pour l'album de mariage. J'applique à la lettre les conseils de Gunter, qui a développé une méthode de brushing pour celles qui ont plus de chance de s'électrocuter avec un fer à lisser que réussir un *wavy* parfait. Et je comprends très vite à quel point mes problèmes de cheveux vont être épineux à régler sans coiffeur.

Laisse couler, laisse couler.

***

Il est 13 heures, et mes tantes viennent de quitter la maison pour se rendre à Londres, avec une de mes amies qui a accepté de jouer les guides. J'aurais pu leur proposer d'assister à l'essayage, mais j'ai encore moins envie qu'elles viennent que Lena. C'est fou à quel point, une fois mes tantes parties, l'atmosphère se détend d'un coup. J'ai l'impression de respirer plus profondément. Assise dans la véranda, je savoure enfin le calme.

Pas pour longtemps. Thomas entre sans attendre d'y être invité. Il devait rencontrer un fleuriste qui, d'après lui, aurait pu remplacer le nôtre au pied levé. Je le passe au grill.

— Alors ?

— Ce n'est pas encore ça, soupire-t-il. Mais William m'a laissé trois autres adresses. Après l'essayage, j'irai voir les deux autres.

— Tu as perdu Orlando ?

— Non, je l'ai laissé à Londres, il rejoindra les autres pour la visite à Westminster. D'ailleurs, je voulais encore te remercier de me permettre d'assister à tes essayages. Je sais que ce n'est pas uniquement parce que je prends de belles photos et donc... je... enfin.

— Oui, t'inquiète, je sais.

Et pour couper court à d'autres effusions, je sonne le rappel des troupes. Il ne s'agirait pas d'arriver en retard à ce rendez-vous essentiel ! Quand ma sœur et ma mère me rejoignent, je sens que ça ne va pas être simple.

— Maman, c'est quoi cet énorme panier ?

— Trois fois rien.

— Il a pourtant l'air de peser une tonne.

— Ça va, j'ai juste glissé une bouteille de champagne et des petites choses à grignoter.

— On va essayer ma robe, on ne part pas en pique-nique dans l'orangerie de Versailles. Et puis, le champagne est déjà prévu à la boutique.

— Tu parles, une flûte par personne ! Les Archer ne sont pas des radins. Et puis, le champagne se sert avec des gâteaux, notamment.

— Et du fromage, ajoute Mélie.

— Ta sœur a raison, estime-toi heureuse que mon panier ne contienne ni munster ni saint-félicien.

Je suis au comble de la joie.

Maman, Mélie, Thomas et moi embarquons dans le minibus en direction de Primerose Hill afin d'y récupérer Lizzie et de, peut-être, y oublier Lena. Au détour du premier virage, je manque de percuter Winnie. Je descends la vitre de la voiture et après l'avoir salué, je lui demande s'il n'a pas d'intentions suicidaires, à se promener au milieu de la route. Il me répond – du moins c'est ce que je déduis – que la neige est vraiment molle et difficile à traverser dans les champs. Je préfère ne pas épiloguer et lui donne rendez-vous jeudi pour superviser la décoration de la salle de réception. Si Winnie est le pire fermier de la Création, il reste un génie de la débrouille. Veuf depuis dix ans, il comble son vide affectif en transformant ce qui est inutile, cassé ou rouillé, en objets merveilleux à qui il trouve la parfaite mission. Sa maison est remplie d'œuvres étonnantes que William aimerait exposer. En fait, Winnie fait partie de ces personnes qui voient le monde d'une manière différente et qui lui donnent un sens qui échappe à la plupart. Mélie et lui ont beaucoup de points communs. Je suis toujours admirative, et un peu jalouse, de cette grâce divine dont certains semblent être les dépositaires. Mon père était de ces élus et je suis convaincue que c'est lui, plus que sa chute, qui a transmis cet héritage rare à ma sœur.

Il a cessé de neiger depuis hier et le soleil règne seul au-dessus de la campagne. C'est un de ces temps d'hiver magiques où le froid devient sec et vivifiant et la lumière donne un avant-goût du printemps à venir. La route est dégagée, peu fréquentée à cette heure-ci, et nous atteignons vite la demeure familiale des Hill. Nous récupérons Lena et Lizzie, puis nous filons en direction de Notting Hill Gate.

— Quelqu'un veut des gâteaux ? demande ma mère après à peine dix minutes de trajet. Y'a un peu de tout, des cookies, des sablés…

J'entends tout le monde piocher dans le panier à provisions. À une exception près.

— Non, merci, répond poliment Lena.

— Ah, arrête et prends du sucre, ordonne Lizzie en lui fourrant une pâtisserie dans la main. Tu n'en as plus mangé depuis 1989, ça te rappellera des souvenirs.

— La chute du mur de Berlin, c'est ça ? demande Mélie. Les événements historiques marquants peuvent générer des troubles alimentaires à long terme.

— Sans déconner ? demande Thomas avec un réel intérêt.

— Thomas, surveille ton langage !

— Maman, mange ton gâteau, il va refroidir, réplique-t-il dans la foulée.

— C'est un sablé.

— L'être humain est un animal historique et social, répond ma sœur de son ton professoral. Par exemple, depuis les événements de Tian'anmen, je n'ai plus jamais pu manger d'agrumes.

— Tu te rends bien compte que ce que tu dis n'a aucun sens, Mélie ? dis-je en déclinant un gâteau.

— Moi, je pense que si.

— J'ai du champagne aussi, précise ma mère.

— Dieu merci, murmure Lena, assez fort pour que je l'entende juste derrière mon siège.

Nous arrivons à la boutique avec un peu de retard. Heureusement, à cette période de l'année, il n'y a pas foule de fiancées pour leurs derniers essayages. Lizzie et ma mère ont failli s'entre-tuer pour savoir laquelle allait régler la note de ma robe. Leur débat a duré trois mois, et finalement, un soir d'été au bout du septième verre de rosé, elles ont convenu que chacune en payerait la moitié. Si j'avais su, je les aurais gavées d'alcool bien avant. J'ai donc eu la chance de choisir le modèle de mes rêves sans avoir à me soucier du prix, ni de la susceptibilité maternelle de ne pouvoir assumer seule le financement de ce rêve.

Le magasin compte deux étages. Les essayages se font en salon privé au premier. La décoration est claire et sobre. Je n'ai jamais vu de moquette plus immaculée. De confortables fauteuils chesterfield couleur crème accueillent la sororité, plus un mâle, et une jolie vendeuse shootée à l'endorphine apporte immédiatement un plateau de coupes de champagne.

— Prenez un gâteau ma jolie, propose ma mère, aujourd'hui, c'est un grand jour.

— Maman, c'est une boutique qui vend des robes de mariées, leur quotidien n'est fait que de *grands jours.*

— Ma fille a tout le temps mauvais esprit, ne faites pas attention.

— Trop d'orgasmes, pas assez de tendresse, précise Mélie.

Je lève les yeux au ciel.

— Où se trouve la cabine, s'il vous plaît ?

— Peu de clients nous offrent des pâtisseries, c'est très gentil, remercie la vendeuse d'une voix d'enfant de huit ans. Nous préparons votre robe, nous avons reçu le voile et les accessoires il y a à peine une heure. Installez-vous confortablement en attendant.

— Tu es sûre que tu ne veux rien ? demande Lizzie.

— Hors de question que je mange avant l'essayage. Je mets un point d'honneur à respecter cette oppression patriarcale. Et en plus, il y a un corset.

— Les rideaux sont super blancs, non ? remarque Thomas en mitraillant autour de nous.

Le bouchon de champagne « pope » et les bulles pétillent dans les verres. Je scrute chaque visage et je les trouve tous étonnamment détendus. Se pourrait-il qu'une simple robe ait le même pouvoir que celui d'un traité de paix, ou au moins celui d'une trêve ? C'est peut-être cela le vrai sens du symbole. Je ne boude pas ma part d'alcool au motif, stupide, qu'un liquide, bien que calorique, s'élimine plus vite qu'un aliment solide. Mes invités, en revanche, sont en train de faire exploser leur taux de glycémie. Qu'ont-ils fait pour avoir aussi faim ?

Au bout d'une bonne demi-heure, une autre vendeuse fait une entrée théâtrale.

— Mesdames, oh pardon, mesdames et monsieur…

— Je suis gay ! Ne vous embêtez pas pour moi !

— Heu… d'accord, bafouille-t-elle sans savoir si c'est du lard ou du cochon. Alors je vais vous demander de fermer les yeux le temps que j'apporte la robe à la future mariée dans la cabine.

Je suis la vendeuse et prends place dans la belle alcôve circulaire qui sert aux essayages. J'entends que ça glousse déjà de l'autre côté de l'épais rideau.

— Quand je ferme les yeux je vois vachement de mouches, ça vous le fait aussi ? questionne Thomas.

— Il faut manger plus de lentilles, conseille Mélie.

— Je déteste ça, déclare Lena.

— Et ça n'a rien à voir avec le goût, précise Lizzie. Ma fille a des tocs.

— Pas du tout, maman, se défend ma belle-mère.

— Bien sûr que si, tu penses que ce sont des poux.

— Parce que c'est ce que tu me répétais quand j'étais gamine. Ça m'est resté depuis. Rien à voir avec un toc.

— C'est quand même une réaction bizarre, ton père avait compris, lui.

— Parce que c'était un adulte.

— C'est ça quand on adopte des enfants, on se retrouve avec des vices cachés qu'on n'explique pas.

— Lena a été adoptée ? s'étonne ma mère.

— Non, mais elle aurait pu, répond Lizzie le plus sérieusement du monde.

J'interromps la discussion en m'exclamant derrière le rideau :

— C'est possible d'y aller mollo sur le champagne ? Je sens que ça commence à être pas mal déjà.

— Je trouve ça plutôt cohérent, la forme est quasi la même, analyse Mélie, il manque juste des pattes.

— Attention, la mariée arrive, fermez les yeux, chantonne la vendeuse.

— Chouette ! Je vais revoir les mouches, indique Thomas.

Génial, tout le monde est déjà bourré, ils vont être super objectifs.

Moi aussi, j'aurais dû continuer à boire. Je sors avec précaution et m'installe sur la petite estrade circulaire. Quand la peau entre en contact avec un tissu aussi précieux, et coupé à la perfection par des mains habiles, elle frissonne toujours. Mon épiderme grésille. Corsetée et couverte de cristaux de Swarovski des hanches jusqu'au cou, je me sens une autre.

Aurait-il aimé ce modèle ? M'aurait-il trouvée belle ?

Chasse cette pensée, chasse cette pensée.

Si l'image de mon père s'attarde trop, les larmes vont me submerger. Je redoutais ce moment, dès l'instant où j'ai cherché ma robe. Je savais que son fantôme me rendrait visite et me ferait du mal. Ce n'est pas de sa faute, c'est dans la nature des défunts de rappeler aux vivants ce qu'ils ont perdu.

— Ouvrez les yeux ! clame la vendeuse.

Les visages se décomposent. Mon cœur s'arrête. Ma mère et ma sœur sont les seules à avoir déjà vu la robe mais pas portée et avec tous les accessoires.

Que leur arrive-t-il à tous ? Ils ont tous planté ou quoi ?

Personne ne bouge, personne ne réagit. Puis ma mère éclate d'un rire tonitruant suivi de Lizzie et de Thomas entraînés par cette brusque hilarité. J'essaye de mesurer ma réaction.

— Maman ?

— Oh ma chérie, pardon, c'est trop d'émotion ! Je… tu es tellement belle, tellement !

— Et ça te fait rire ?

— Non, t'inquiète, je sens les pleurs arriver, ça vient, répond-elle en s'approchant de moi pour mieux contempler la robe.

L'expression de son visage se transforme en une grimace et elle se met soudain à pleurer à chaudes larmes, comme si une vanne s'était ouverte.

— Elle n'est pas belle, ma fille ? demande-t-elle.

— Si ! s'exclame Lizzie en sanglotant à son tour et alors qu'elle vient me serrer dans ses bras. Si j'avais rêvé d'une petite fille, je ne l'aurais pas imaginée plus belle.

— Il vous faut un diadème, apportez-en un tout de suite ! ordonne Lena en essayant de dissimuler qu'elle se mouche. Et pas un diadème de princesse à la con, un diadème de reine !

À la con ? Je n'en reviens pas qu'une telle expression sorte de la bouche de ma belle-mère. Je ne reviens pas de leur réaction à tous. Combien de bouteilles ont-ils descendues pendant que j'étais dans la cabine ?

— Lena…

Mélie vient aussi m'enlacer et approche ses lèvres de mon oreille pour murmurer :

— Je ne pleure pas parce que moi je sais bien que tu as toujours été belle. Une robe ne fait qu'habiller l'âme pour qu'elle ne prenne pas froid, elle ne la définit pas.

Seule Mélie demeure égale à elle-même. Je la retiens dans mes bras.

— Merci, est-ce que tu peux planquer le champagne s'il en reste ?

Thomas me saute dessus et me serre si fort que je crains pour l'intégrité de mes côtes.

— Et moi, je suis tellement content de m'être rappelé comment rouvrir les yeux ! J'ai eu peur de ne plus jamais voir autre chose que des lentilles.

Mais enfin…

Et brusquement, je me fige. Je réussis à écarter Thomas et jette un œil au contenu du panier apporté par ma mère. Un hoquet de terreur me fait reculer.

— Maman ? Où as-tu pris ces gâteaux ?

— Je les ai faits, répond-elle en frottant une tache invisible sur ma traîne.

— Je parle de ceux qui se trouvaient dans cette boîte, c'était des brownies. Tu ne les as pas faits ceux-là.

— Ah, eux ? Non, j'ai vu que tu en avais préparé, ça sèche vite ces gâteaux, faut pas les laisser traîner.

— Je les avais cachés au fin fond d'un placard, comment as-tu…

— … Pourquoi voudrais-tu cacher des brownies ? Je t'en fais quand tu en veux, moi, des brownies, si vraiment tu aimes ça.

— Lizzie ! m'écrié-je. Les gâteaux !

— Quoi, les gâteaux ?

Elle me dévisage, stupéfaite. Les secondes s'étirent. Et puis, je vois que la lumière se fait dans sa petite tête. Elle ouvre grand sa bouche.

— Ces brownies-là ? lâche-t-elle dans un souffle. Je pensais que ta mère en avait fait d'autres, moi !

— Quand même, Lizzie, comment vous ne les avez pas reconnus ?

— J'ai 77 ans, je me souviens à peine du nombre exact de mes enfants…

C'est la catastrophe. Ma mère est stone. Combien de temps les *space cakes* font-ils effet ? Est-ce dangereux ? Est-ce qu'une fois dans l'histoire des essayages de robes de mariée, les clients sont arrivés totalement déchirés ? Dois-je me sentir fière ou désespérée de cette singularité ? Comment faire pour que tout le monde emporte le secret de cet après-midi dans sa tombe ? Quelle arme ma mère utilisera pour me tuer ? Trop de questions, beaucoup trop. Ça y est, j'ai mal dans la poitrine.

— Ma chère, avez-vous la moindre notion de ce qu'est le symbole d'un pouvoir royal ? demande Lena à la vendeuse. Non, évidemment, vous êtes salariée dans une petite entreprise. Vous êtes écossaise, c'est cela ? Grand Dieu non, vous êtes irlandaise, n'est-ce pas ? Montrez-moi vos diadèmes, si on ne respecte pas la royauté, le monde court à sa perte.

À ce moment, le découragement et le renoncement finissent de m'achever. J'observe la scène comme un spectateur du quinzième rang, c'est-à-dire très vaguement. Lizzie s'amuse comme une folle, Thomas est paniqué à l'idée de perdre la vue,

Lena veut que je renverse la reine d'Angleterre parce qu'elle est trop décrépite, ma mère rit et pleure en même temps et Mélie… Mélie reste elle-même. Elle déteste les sucreries.

Deux heures plus tard, je repars avec une parure de bijoux, un somptueux diadème hors de prix et immettable ailleurs qu'à Buckingham palace, et la certitude d'avoir fait pleurer tout le monde. J'ignore si je dois m'en sentir flattée ou coupable. Pour le reste de ma vie, cette journée demeurera inoubliable.

Au secours, papa…

Chapitre 9

Mercredi 21 décembre

Lizzie et moi avons convenu que jamais nous ne parlerions des *space cakes.* Jamais. À personne.

Le retour dans la voiture a été le plus festif que j'ai vécu. Je ne soupçonnais pas que s'arrêter à un stop et prendre un rond-point était à ce point hilarant. À un moment, j'ai envisagé d'en jeter un par la fenêtre, mais Mélie m'a fort à propos rappelé que d'une part les lois de ce pays étaient assez claires sur la question du meurtre, et que d'autre part, tous, à leur manière, manqueraient à ma vie. J'ai été surtout convaincue du premier argument.

À trois heures du matin, j'ai amèrement regretté qu'ils ne m'aient pas laissé une miette de ces gâteaux. Je ne doute pas qu'ils ont passé la nuit à dormir comme des souches, tandis que la mienne a été plus blanche que la neige en rase campagne.

Deux heures plus tard, je craque et me lève. La maison est silencieuse, comme si elle était déserte, alors que six personnes occupent les chambres et une septième tourne en rond. Je me prépare une tisane, prends une orange et me dirige vers la véranda. Dehors, la pleine lune fait scintiller la cime des arbres autant que les champs. Ce moment suspendu m'apaise. Tout se fige, tout se détend, tout se calme.

Tu me manques… C'est bizarre comme tu me manques.

— William sera bientôt là, mais si près du mariage, c'est normal de se sentir seule.

Je sursaute. Mon cœur bat tellement fort que j'ai l'impression qu'il remonte jusque dans ma bouche.

— Putain ! Mélie, tu as failli me faire avoir une attaque ! Qu'est-ce que tu fais debout ?

— Il est 5 h 30.

— Ça ne répond pas à ma question.

— Je me lève toujours à 5 h 30.

— Pourquoi tu t'infliges ça ?

— 5 h 30, c'est la bonne heure.

— Bien sûr.

— Respire, me conseille ma sœur en piquant un peu de ma tisane.

— Je respire, Mélie, je suis vivante, je fais ça tout le temps.

— Non, tu ne respires pas. Tu fais juste semblant.

Je prends une grande goulée d'air.

— Voilà.

— Non plus.

— Que veux-tu que je fasse ?

— Que tu te souviennes de la manière dont on respire. Réfléchis à ton souffle et tu respireras de la bonne façon.

Je ferme les yeux et me concentre sur les battements de mon cœur. Petit à petit, je me force à visualiser l'air qui circule dans mon corps. Mes muscles se gorgent d'oxygène et se détendent. Mes pensées s'éclaircissent. C'est comme si je me réveillais une deuxième fois. En moins chiffonnée.

— Merci.

— De rien, répond-elle en refusant de me rendre ma tisane.

Finalement, je ne suis pas si mécontente d'avoir de la compagnie, le silence dans cette maison allait finir par m'angoisser. Et puisqu'elle est là…

— Au fait, j'ai bien vu qu'Alistair t'amuse. Tu n'as pas arrêté de l'asticoter lors de la soirée.

Quand j'étais ado et bête, rien ne me réjouissait plus que le spectacle du visage de ma sœur cherchant une raison à ce qui n'en a pas. C'était comme voir à l'intérieur la mécanique d'une horloge quantique.

— Il me plaît.

J'avale de travers. Aussi loin que je me souvienne, aucun homme ni aucune femme n'a jamais *plu* à ma sœur.

— Cette phrase provoque tellement de questions en moi, tu t'en rends compte ?

— Classe-les.

— Pourquoi lui ? Je veux dire, si ton truc, c'est les robots, prends-en un avec des options. Genre Terminator.

— Trop d'options.

— Tu es vraiment sérieuse ?

— Comme toujours.

— Mais il te plaît dans quel sens ?

— J'aime bien l'écouter.

— Il ne parle pas !

— Je n'ai pas remarqué.

J'ai beau faire, je n'arrive pas à comprendre pourquoi cet homme ne la laisse pas indifférente. Elle parle de sexualité toute la journée, mais sait-elle ce que ça signifie pour elle ? Le cerveau de ma sœur fonctionne comme un ordinateur : il traite des données et analyse les liens de causalité, mais de là à en intégrer les implications émotionnelles…

Il ne me reste donc plus qu'à envisager sans trop paniquer l'idée qu'un abruti finisse par lui briser le cœur.

— Papa ne te hante pas trop ? s'inquiète-t-elle sans transition.

— Pourquoi tu me demandes ça ?

— Parce que tu es debout depuis une heure et qu'il me hante, moi.

— Ce n'est pas une mauvaise chose, si ?

— Sauf s'il parle trop, confie-t-elle un ton plus bas. Papa parlait beaucoup.

— Mélie, tu dois me promettre de ne pas te laisser submerger par ma tristesse le jour de mon mariage. Je ne me le pardonnerais pas. Il faut que tu sois forte pour nous deux. Je ne veux pas que le deuil abîme ce souvenir, ça le tuerait une deuxième fois si ça arrivait.

— Je serai forte.

Je lui souris et passe la main sur sa joue pâle. Du bruit nous parvient du premier, le temps reprend son cours et, avec lui, la vie dans toute son électricité.

— Le clan Archer ne va pas tarder à descendre, je vais en profiter pour squatter la baignoire du bas avant que les tantes l'utilisent.

Je me précipite donc vers ladite salle de bains du bas, comme une gamine qui aurait trouvé un nouveau jeu. En fait, c'est surtout que cette pièce est immense et que c'est la seule qui possède une baignoire. En ouvrant la porte, je manque de trébucher sur une serviette roulée en boule à terre et remarque qu'il y a de la lumière.

Qui a laissé la...

— Bordel de merde ! Thomas !

J'ai poussé un hurlement sans pouvoir le retenir.

— Putain ! crie-t-il aussi fort que moi.

Je détourne le regarde de la scène que je viens de surprendre. Thomas et Orlando nus comme des vers dans *ma* grande baignoire qui fait des bulles. Je plaque mes mains contre mes yeux comme si les fermer ne suffisait pas.

— Oh mon Dieu ! Oh mon Dieu !

Je ne suis même pas croyante. Je sens l'épaule de ma sœur frôler la mienne.

— Pourquoi cri... oh, lâche ma sœur, je comprends mieux les jurons mystiques. Les garçons, vous n'avez pas choisi la relation la plus facile.

— Mélie ! C'est pas le moment de faire une thérapie.

— Vous pouvez sortir, s'il vous plaît ? dit Thomas, agacé, en récupérant des vêtements un peu partout dans la pièce.

Une main toujours plaquée sur le visage, ce qui dénote une grande puérilité, j'abats l'autre sur la poignée de la porte et m'apprête à la refermer en toute hâte sur ce que je viens de voir.

— Oh, tu es très mal placé pour exiger quoi que ce soit, monsieur Hill ! m'exclamé-je avec colère. C'est la catastrophe, vous ne vous rendez pas compte… Sous mon toit, le toit où mes tantes… vous êtes de grands malades tous les deux !

— Tu crois qu'on s'est levés cette nuit en se disant qu'on allait s'envoyer en l'air pour faire chier le monde ? se défend Thomas avec véhémence. Pour qui tu nous prends ? On n'est pas des pervers.

— Je… je suis désolé, bafouille Orlando plus discrètement.

— Personne ne doit savoir, *personne*, vous entendez ?

— En effet, oui, il vaut mieux que Pietra ne sache rien, ajoute ma mère dans mon dos.

Je me liquéfie et laisse échapper un couinement de vieille porte.

— Maman ?

De quelle bouche de l'enfer vient-elle de sortir ?

— Tout le monde dehors, ordonne-t-elle d'une voix aussi sentencieuse que doit être celle de Saint Pierre. Et tout le monde s'habille.

En moins d'une minute, nous nous retrouvons tous dans le couloir. Je n'ose pas croiser son regard, alors que ce n'est pas moi qui viens d'être surprise toute nue dans cette satanée salle de bains. À côté de moi, Thomas et Orlando, encore humides mais vêtus décemment, n'ont pas meilleure allure.

Ah ça, quand c'est ma mère, on écoute !

Alors que je m'attendais à recevoir un sermon digne de Benoît XVI au mieux de sa forme, la bouche de l'enfer décide de s'ouvrir plus grand : Pietra fait irruption au bout du couloir. Les respirations se coupent net.

Ça ne pourrait pas être pire.

— Eh bien, vous tenez salon ? demande-t-elle en baillant. Je pensais être la plus matinale. J'ai raté quelque chose ?

— La baignoire est bouchée, annonce Mélie sous nos regards consternés.

— Alors, rassurez-vous je suis la reine du débouchage de canalisations. J'ai une super recette, je la tiens de maman. Les canalisations étaient toujours bouchées quand on était gosses, tu t'en souviens, Rosa ?

Ma mère fait non de la tête et son visage est aussi ahuri que les nôtres.

— Tu devrais faire des examens, quand même. Ce n'est pas possible de ne rien se rappeler comme ça. Enfin bref, c'est redoutable. Scarlett, as-tu du…

Elle s'interrompt. Le bruit d'une braguette qu'on remonte trouble le silence de plomb. Pietra dévisage son fils. Cet idiot a tellement l'air coupable et honteux, autant avouer tout de suite. En observant ma tante, je sens que le pire est sur le point d'arriver. Il n'y a pas d'interrogation dans le regard de Pietra, encore moins de surprise, il n'y a que du dégoût et de la froideur.

Putain…

Je crois qu'elle a compris. Je ne sais pas comment, c'est comme si la scène s'était déjà produite avant. Je vois bien que quelque chose se met à l'œuvre dans son esprit. Une exécution, une croisade, une apocalypse, difficile de le dire, mais ça n'augure rien de bon.

— Tu prendras bien un café ? demande ma mère en marchant vers elle.

Elle s'imagine sans doute encore pouvoir faire diversion. Trop tard. Tellement trop tard.

— Jésus Marie Joseph ! suffoque ma tante en foudroyant son fils du regard. Non, ce n'est pas ce que je crois ? Ce n'est pas ce que je crois !

— Maman, calme-toi, tente Orlando d'une voix qui fait peine.

— Oh toi, tu la boucles, je ne veux rien entendre ! Tu montes dans ta chambre, tu t'arranges la figure pour être présentable et effacer les… les horreurs que tu as dû faire.

— On pourrait au moins…

— On ne peut rien du tout ! Regarde-toi, tu me fais honte ! Tu transpires la débauche et tu croyais que je ne le verrais pas ? Depuis que tu as quinze ans, je fais tout pour que tu ne t'abandonnes pas à ces vices. Quelques heures d'inattention, et voilà le résultat ! File, hors de ma vue, et surtout, je ne veux plus que nous reparlions de ça. Que personne ne parle de *ça*, c'est compris ?

Il y a des *ça* qui débordent de tout le mépris du monde.

— Attends…

— Non, je n'attends rien ! Tu as fait assez de mal à ta famille. Qu'est-ce qu'on a fait pour mériter *ça*, tu peux me le dire ? Qu'avons-nous fait, à part tout te donner, et veiller sur toi ? Est-ce que tu réalises seulement ce que tu nous fais ? Quelle horreur !

Ici, en plus ? Alors que Caroline est… Et si ton père te voyait ? Tu sais ce qu'il te dirait ? Éloigne-toi de lui immédiatement !

Orlando nous jette un regard misérable et file en direction de l'escalier. Il passe à côté de sa mère les épaules tombantes et la mine déplorable.

— Charmante, murmure Thomas avec une colère à peine contenue.

— Et vous toutes, là, vous étiez au courant de ce qui se passait ? demande-t-elle sans desserrer les mâchoires.

— Non, bien sûr que non, répond ma mère tandis que je secoue la tête avec vigueur.

— Moi, je…

J'interromps ma sœur en tirant violemment sur la manche de son pyjama.

— Je ne sais pas quel genre de mœurs vous pratiquez dans ce pays, poursuit ma tante, mais chez nous, on respecte certaines valeurs ! Nous avons des principes qui condamnent ce genre de comportements méprisables. Nous tenons à notre réputation, c'est ce qui fait notre fierté.

— Hey ! Je comprends votre choc, mais ce n'est pas une raison pour cracher des horreurs homophobes et moyenâgeuses, rétorque Thomas.

— Je suis libre de dire ce que je veux, non ? Et n'essayez pas de me balancer le couplet de la minorité qui milite pour qu'on lui donne des droits. Vous n'êtes qu'un dépravé sans aucune dignité, et ce n'est pas parce que vous agitez un drapeau plein de couleurs que vous n'en êtes pas moins misérable. Et je vous préviens, vous allez vous tenir éloigné de mon fils parce que sinon ça va mal aller !

Je décide d'intervenir.

— Tata, tu es en colère, mais là tu vas trop loin.

— Pietra calme-toi et…

— Je suis calme ! D'ailleurs, pour être tout à honnête, je ne suis même pas tellement surprise que ça arrive sous le toit de ta fille.

— S'il te plaît, arrête, insiste ma mère.

— Tu ne me feras pas croire qu'elle n'était pas au courant, je ne suis pas idiote ! Elle a couvert une abomination, une trahison ! Et c'est parce que toi, tu ne lui as pas transmis les bonnes valeurs. La famille, Rosa, c'est ce qu'il y a de plus sacré. Mais ça, tu l'as oublié. Tu l'as oublié dès l'instant où tu as rencontré Pierre, et tu t'es détournée de nous.

— Une bonne fois pour toutes, ce n'est pas ce qui s'est passé !

— Bien sûr que si, tu as fui, tu l'as suivi à l'autre bout de la France et tu as abandonné les tiens.

Soudain, c'en est trop.

— Bon, ça suffit, maintenant ! Les esprits s'échauffent, on est en train de dire des choses que nous allons toutes regretter. On va faire une pause, retourner dans nos chambres, faire une pause, je l'ai déjà dit, et…

La suite ne me vient pas.

— Et ? demande Mélie, le plus sincèrement du monde.

— Et je ne sais pas, on fera des brownies.

— Qu'est-ce que tu racontes ? s'énerve maman.

— Rien.

— Je vous ai à l'œil, prévient Pietra avant de nous planter là tel César plein de courroux quittant les tribunes du Sénat.

Ma mère pivote sur elle-même et nous jette le regard le plus réprobateur que je lui connaisse – un regard que je n'ai vu que deux ou trois fois depuis que je suis née.

— On peut dire que là, vous avez fait très fort. Vraiment.

Nous rentrons la tête dans les épaules, et nous restons ainsi prostrés plusieurs secondes après qu'elle a disparu au premier.

— Ce n'était pas prémédité, déclare Thomas la mâchoire crispée. Cette sorcière, elle ignore tout de son fils. Orlando et moi, on s'est plu dès l'instant où on s'est vus. Il est aussi pédé que moi et depuis encore plus longtemps. Sérieux, Scarlett, tu n'imagines pas l'enfer qu'elle lui fait vivre depuis son enfance.

— Mais on s'en fiche de ce que vous faites tous les deux, c'est pas ça le problème ! Le problème, c'est qu'il est fiancé à une jeune femme qui loge juste au-dessus, comme sa mère. Tu ne trouves pas que c'est pousser un peu ? Tu n'avais qu'à le culbuter hier soir sur la table de salon, tant que tu y étais !

Thomas se raidit.

— Orlando m'a dit que Caroline était au courant de son homosexualité, mais ce qu'elle veut, c'est entrer dans la famille et bénéficier de son train de vie. C'est une connasse.

— Arrête avec ça, tu n'en sais rien. Tu n'as que le son de cloche d'Orlando. Et quand bien même c'est ce qu'elle serait, personne ne mérite d'être trompé de cette façon. C'est minable.

— Et toi, tu ne les connais pas mieux, je te signale. Tu es tellement obnubilée par ton mariage que tu ne vois rien d'autre ! Tes tantes, en réalité, tu t'en fiches bien !

— Arrête, Thomas, tu fous la merde sous mon toit, et après tu joues les victimes ? C'est trop facile ! Vous avez fait n'importe quoi, et il va falloir assumer.

— Ah nous y voilà, les apparences ! Ce qui te fait chier, c'est que ça se soit passé ici. Tu sais quoi ? Tu ressembles bien plus à Lena que tu le crois. La vitrine doit briller parce que ça flatte ton ego. Eh bien moi, je suis amoureux d'Orlando et j'emmerde sa mère !

Thomas fait volte-face et quitte couloir, hall et maison sans me laisser le temps de répliquer. Le silence met un point final à la scène. Les mots de Thomas m'ont frappée en plein cœur. Je n'ai rien à voir avec Lena. Ai-je fait preuve d'intolérance ? Est-ce la vérité quand il affirme aimer Orlando ou est-ce encore une de ses frasques qui va coûter la paix d'une famille ?

— Si tu as quelque chose de réconfortant à balancer, Mélie, c'est maintenant.

— Non. Tu veux que j'y réfléchisse ?

— Est-ce que c'est vrai ce qu'il a dit ? Je suis focalisée sur mon mariage au point de ne plus m'intéresser à mes proches ?

— Toi, qu'en penses-tu ?

— Tu ne peux pas arrêter de jouer les psys deux secondes ?

— Tu ne me payes pas, je ne suis donc pas ta psy.

— Je veux juste que la cérémonie ressemble à ce que j'ai en tête. Est-ce mal de vouloir que ce jour soit parfait ? Thomas tombe amoureux comme il respire, et il ne pense jamais aux conséquences. Il nous a déjà fait le coup. C'est lui qui fait passer ses envies avant celles de son entourage. Pas moi.

— Scarlett, ne vole pas les pensées des autres. Elles leur appartiennent, même quand ils veulent te les donner.

— Facile à dire quand tu les prends en pleine figure.

— Thomas et toi avez un problème en commun.

— Pietra. Et sa fiancée, et Orlando. Trois problèmes.

— Vous ne verbalisez aucune de vos émotions, vous tournez autour et faites diversion. Or, chaque émotion non-dite est une bombe à retardement.

Je pousse un énorme soupir.

— Génial. Potentiellement, ça peut donc encore péter.

— Vous pouvez aussi les désamorcer en arrêtant de les retenir en vous.

Mélie sait déclencher une migraine en deux phrases. Ou trois.

— Tu devrais te préparer, la journée va être intense, me dit-elle, prophétique.

Quand Ramsès fondait sur les tribus hittites, c'était intense. Là, c'est un cran au-dessus.

Une fois dans ma chambre, je m'empare de mon portable et compose un message :

> Si tu le peux encore, fais-toi faire de nouveaux papiers, prends le premier avion pour le Venezuela (c'est très joli en cette saison, il paraît) et ne te retourne pas. Je t'aime.

Chapitre 10

12 h 30, réfugiée dans ma véranda, j'observe le silence qui règne toujours dans la maison, de façon aussi anormale que contre nature. Je n'ai revu aucune des personnes croisées à l'aube, devant la salle de bains du rez-de-chaussée. Comme quoi, la discrétion n'est pas qu'une question de savoir-vivre, mais aussi de tactique. J'ignore si Thomas est revenu ou non, ou si Orlando est vivant ou non. N'en déplaise à ma sœur, quand les gens sont blessés, ils emmerdent les principes de développement personnel.

Dès qu'il s'est levé, enfin je le suppose, William a répondu à mon message en me demandant ce qu'il s'était passé. Lui faire le résumé des dernières heures par écrit me paraît irréaliste, je lui ai donc dit que je lui raconterai quand il rentrerait ce soir. Quoi qu'il soit parti faire en Écosse, je prie pour que le problème soit définitivement réglé, parce que j'ai grand besoin d'un allié flegmatique à mes côtés.

Et si mes tantes décidaient de retourner en Corse ? Ma mère s'en remettrait-elle ?

Non, Pietra a été claire sur sa stratégie : on étouffe l'affaire, on la balaye sous le tapis et on flanque une table basse en chêne massif par-dessus. Tout le monde sera frustré et malheureux comme les pierres, mais la paix familiale sera maintenue. Enfin, un simulacre de paix. Thomas n'a pas complètement tort sur un point : qu'est-ce qui nous fait craindre à ce point les conflits ? Il y a deux ans, au moment de ma rencontre avec William, je me souviens du stratagème ridicule mis sur pied par Thomas pour ne pas devoir avouer son homosexualité à sa mère. La leçon qu'il donne aujourd'hui est un peu facile, quand il a été jusqu'à me faire passer pour sa petite amie le jour de Noël, alors qu'il sortait avec Moshe depuis deux ans !

Pourquoi ménage-t-on autant nos parents, comme s'il était dans les fonctions des enfants d'encaisser et rattraper leurs fautes ? Comme si nous n'avions jamais fini de rembourser la dette de notre mise au monde. Mais aucun d'entre nous n'a jamais demandé à atterrir dans ce cirque…

Mélie me tire de mes réflexions en traversant le salon avec un énorme plateau qu'elle dépose sur la petite table, face à moi. Elle y a placé deux clubs-sandwichs faits maison, deux scones, un peu de *lemon curd*, et de la tisane, chacun contenu dans un récipient qui ne lui correspond en rien. Mélie a l'obsession des objets inutilisés, elle les détourne donc de leur but originel quand ils se trouvent délaissés. Des pots de fleurs pour des saladiers, des plateaux pour des assiettes, des bibelots pour des Tupperwares… son imagination n'a aucune limite.

— Merci.

Elle prend place sur la chaise d'à côté. Je bois une gorgée de tisane avant de poursuivre :

— On devrait s'inquiéter de l'absence de bruit dans la maison ?

— Oui. Mais je ne pense pas que quelqu'un soit mort.

— Oh, c'est une bonne chose. Cela dit, je suis sûre que Winnie peut nous fabriquer un cercueil avec deux étagères Ikea.

La sonnerie de la porte d'entrée coupe court à mes sarcasmes. Comme je n'attends personne, la paranoïa chatouille mes synapses. Mélie se lève avant moi – honnêtement, je n'avais pas l'intention de le faire – pour aller ouvrir.

Oh génial, c'est le moment.

Alistair arrive dans le salon, une énorme housse de vêtement dans les bras. J'essaye de ne pas soupirer trop fort. Tout antipathique qu'il me soit, il n'est pour rien dans la morosité ambiante. En guise de salutation, il me gratifie d'un mouvement de tête militaire dont il a tout l'air de penser que c'est une entrée en matière chaleureuse. Je souris en dévoilant sans doute trop de dents.

— Bien le bonjour, Alistair.

— William m'a chargé de récupérer son costume pour la cérémonie.

— C'est gentil, vous n'avez qu'à le poser sur la table.

Mélie disparaît en me laissant seule avec la personne la moins capable de conversation du monde.

Alistair reste planté au milieu du salon et je reste plantée sur mon siège. Les secondes défilent lentement. Il me fixe, je le fixe.

Et le top cinq des moments les plus gênants de l'année est…

Je ne peux retenir un soupir de soulagement lorsque Mélie reparaît en lui tendant un minuscule vase art déco dont j'avais oublié l'existence, dans lequel il doit y avoir du thé. Alistair considère l'objet sans cacher son incrédulité, mais à ma grande surprise, il finit par boire une gorgée du liquide, sans ciller.

— Tout va bien ? demande-t-il de sa voix grave et solennelle.

— Oui.

— Non, répond ma sœur en même temps que moi.

— Mélie…

— Que se passe-t-il ?

— Ne dis rien, je t'en prie.

— Si je peux me permettre, vous en avez déjà trop dit ou pas assez.

Il n'a aucune conscience d'avoir presque réussi une plaisanterie.

— Nous pouvons nous confier à lui, déclare ma sœur avec le sérieux d'un jury qui valide une candidature.

De toute façon, et contrairement à Pietra, j'ai peu d'espoir que cette affaire reste secrète. Autant contrôler la communication. Aussi, je me lance :

— Nous avons surpris Thomas et Orlando, notre cousin, ensemble. Sa mère l'a découvert, et… ça a été le drame.

— Il y a aussi la nôtre, tu oublies notre mère.

Comment l'oublier ? Le dernier nom dont je me souviendrai quand j'aurais Alzheimer sera celui de notre mère.

Rien ne transparaît sur le visage d'Alistair.

— Je vois, se contente-t-il de répondre. Est-ce que je peux faire quelque chose ?

— Tout à fait. Remontez le temps et faites que Moshe ne se tape pas son kiné.

— J'imagine que cette phrase a un sens.

— Désolée, je fais de l'humour pour dédramatiser.

Alistair m'observe d'un air que je crois navré. *Navré* est ce qui correspond le mieux à l'atmosphère dans cette maison. Après une bonne minute de silence assez déplaisante, il nous gratifie d'un au revoir aussi protocolaire que soudain, et Mélie le raccompagne jusqu'à la porte. Au même moment, j'entends ma mère nous appeler depuis la cuisine, et je lève les yeux au ciel. *Le repas est prêt.* Les Archer sont des gens civilisés : aucun drame familial ne saurait remettre en cause le rituel sacré du repas autour d'une table, quand bien même tout le monde a envie de se jeter des couverts à la figure. Je suis sûre que même papa doit lâcher ses copains fantômes pour venir hanter la cuisine de ma mère au moment du souper.

En conséquence, Mélie et moi ne prenons pas le risque de contrarier plus encore les forces de l'univers en ignorant la sommation. En fait, l'idée ne nous a jamais traversé l'esprit. Nous nous installons et observons le manège maternel dans un silence contrit et coupable. De temps à autre, je jette un coup d'œil en direction de ma sœur qui scrute sa fourchette avec une méticulosité de scientifique. L'ambiance me tape sur le système au point que je finis par craquer.

— Pietra et Giulia sont toujours dans leur chambre ?

— Non, elles sont sorties manger au restaurant. Elles ont emmené Caroline.

— Ah ? Je ne les ai pas vues quitter la maison.

— Tu ne vois pas grand-chose.

Je roule des yeux.

— Maman…

— C'est vrai. Mélie, ce n'est pas vrai ? interroge ma mère.

— Ne l'implique pas, s'il te plaît ! Tu fais toujours ça.

— Tu n'es pas très observatrice, répond ma sœur en s'attaquant à son couteau.

— Et voilà, vous vous liguez ! Je te signale que toi non plus, dis-je en me tournant vers ma mère, tu n'as rien remarqué. Où est passé ton fameux instinct ?

— C'est parce que je ne suis pas dans mon pays, se défend-elle avec sa mauvaise foi habituelle. Ça déphase mes intuitions.

— Les frontières brouillent tes antennes, c'est ce que tu es en train d'expliquer ?

— Et la Manche, aussi, on a traversé une mer, ça déphase.

— Ben voyons ! Et si tu avais compris pour Orlando et Thomas, qu'est-ce que tu aurais fait ?

— J'aurais dit à ces garçons que ce n'est pas parce qu'ils sont venus avec leurs boîtes à outils qu'ils sont obligés de réparer la plomberie, surtout quand rien n'est en panne.

— Ben voyons.

— Tu radotes comme ta grand-mère. À force de répéter les choses, elle a eu Alzheimer je te signale.

— N'importe quoi, elle avait 98 ans et était à peine sénile.

Je laisse ma tête tomber entre mes mains. Pourquoi je persiste à vouloir avoir une conversation rationnelle avec celle qui m'a mise au monde ?

— Je voudrais bien un autre petit pois pour que ça fasse un compte pair, intervient ma sœur..

Maman s'exécute sans sourciller. Elle ne s'est pas assise une seule fois depuis qu'elle a commencé à nous servir. Des images de mon enfance me reviennent. Je ne crois pas l'avoir jamais vue s'asseoir avec nous pour manger. Elle se mettait à grignoter lorsque nous repartions à l'école, comme si se nourrir en même temps que nous l'aurait détournée de sa mission de mère. Elle fait partie de cette espèce qui considère le sacrifice comme un devoir de la maternité. L'axiome se résume à être humain *ou* mère, et non être humain *et* mère.

Pour un enfant, cette dévotion n'est pas aussi confortable qu'on pourrait le croire. Les parents ultra nourriciers, victimes consentantes des envies toutes puissantes de leur progéniture, forcent celle-ci à endosser le rôle du bourreau.

— Orlando a mangé ?

— Non, je ne crois pas. Il n'est pas sorti, répond ma mère.

— Il faudrait peut-être lui monter un plateau.

Elle émet un grognement incompréhensible, excepté pour moi qui la connais par cœur. Orlando est puni, Orlando n'a pas le droit de manger. Je brave la sentence.

— Je vais lui préparer un plateau-repas.

— Tu fais comme tu veux, grommelle maman.

Après avoir goûté le dessert afin de ne pas aggraver la crise diplomatique, je répartis les restes du repas dans quelques assiettes que je monte avec beaucoup de précaution dans la chambre qu'occupe Orlando. Après un temps d'hésitation, les mains pleines, je toque à la porte du bout du pied.

— Tout va bien ? C'est Scarlett, je viens t'apporter de quoi manger.

J'entends bouger de l'autre côté. Je suis soulagée de savoir qu'il est bien là. La porte s'entrouvre, et Orlando apparaît dans l'embrasure. Son visage est pâle comme la mort et ses yeux rouges m'indiquent qu'il a pleuré. Beaucoup. Je me sens désolée pour lui.

— Merci, murmure-t-il, ce n'était pas la peine de te déranger.

J'entre et dépose le plateau sur le lit. Si je suis montée, c'est pour avoir une discussion. Ça, c'est la théorie. En pratique, je n'ai aucune idée de quoi dire sans avoir l'air d'un taliban de la communication. Je commence par me racler la gorge.

— Tu veux savoir comment je vais et où est Thomas ?

Dieu merci, il a suivi les cours de Mélie !

J'acquiesce d'un mouvement de tête reconnaissant.

— Après le coup de la salle de bains, il est parti. Il a dû rentrer chez lui, j'imagine. Je n'ai pas eu de message depuis.

— Je suis tellement désolée pour ce qui s'est passé.

— Tu n'y es pour rien et c'est moi qui suis désolé. C'était risqué, comment a-t-on pu croire qu'on s'en tirerait ? Nous… nous n'aurions pas dû le faire ici, ce n'était ni malin ni correct. On n'a juste pas réfléchi. C'est nul comme excuse, je sais bien.

— J'en ai déjà donné des pires. Comment… comment ça s'est passé avec ta fiancée ? Pardon, c'est très indiscret.

Il hausse les épaules.

— Caroline possède un talent très efficace pour le déni. On ne s'est pas vraiment parlé, mais elle se doute de quelque chose.

— Et tu sais ce que tu vas faire ?

— Je devrais dire à ma mère que je ne veux plus de la vie qu'elle a choisie pour moi. Je devrais aussi dire à Caroline que ce n'est pas nous respecter que de nous obliger à feindre l'amour. Sauf que je n'ai pas le cran de livrer cette bataille…

Nous nous asseyons sur le lit de part et d'autre du plateau-repas. J'observe le corps affaissé de ce pauvre garçon qui a l'air d'avoir grandi avec une pression énorme sur les épaules. Certains naissent avec des boulets aux pieds, d'autres avec des poids en équilibre sur la tête. Autant de fardeaux que leurs parents ont eux-mêmes traînés toute leur vie, et dont ils sont soulagés de transmettre la charge.

— Pietra t'aime, tu es son fils unique, je ne peux pas croire qu'elle l'oublie juste parce que tu aimes les garçons. Nous ne sommes plus dans les années cinquante.

— Tu sais, l'ouverture d'esprit de la société, c'est pareil que les pubs pour les produits antirides : une illusion marketing. Ce n'est pas parce que des stars sont admirées pour avoir fait leur *coming out*, ou qu'on diffuse des reportages qui montrent des gays à des postes à responsabilités, que c'est comme ça partout. L'homosexualité, c'est cool chez le voisin, et si possible chez le voisin étranger. Quand tu es gay, tu deviens une minorité. Tu deviens le déviant, le *pas pareil*.

Je prends le temps de bien réfléchir avant d'enchaîner :

— Orlando, tu n'envisages pas de faire semblant d'être un autre toute ta vie, si ?

— Qu'est-ce que j'ai comme choix quand ma famille ne voit en moi que le strict reflet d'elle-même ? Vivre ma vie et couper les ponts avec mes proches ? Et pour quoi ? Si ça se trouve, une succession de peines de cœur ? On peut se passer d'une sorte d'amour dès l'instant où on possède toutes les autres.

— Pardon, mais aimer qui tu n'es pas, ce n'est pas t'aimer.

— C'est mieux que rien.

Une profonde tristesse m'envahit, et immédiatement après, un fort sentiment d'impuissance. Que puis-je dire ? C'est facile de juger quand on est une femme blanche et hétéro, autrement dit un paramètre par défaut, un mètre étalon dans l'organisation du monde.

— Est-ce que tu préfères que je dise à Thomas de ne plus venir ?

— Non, je dois assumer ma décision. Par respect envers lui.

Je ne trouve qu'à lui offrir un sourire compatissant. Je reste avec lui pendant qu'il grignote ce que je lui ai monté. Nous n'échangeons plus un mot, mais il me semble lire sur son visage une certaine reconnaissance.

Quand je le quitte, je vais me réfugier dans ma chambre. Cela fait des semaines que je n'ai pas pris le temps de m'allonger un moment dans l'après-midi. J'ai perdu le fil des tâches qu'il reste encore à faire d'ici samedi, mais pour une fois et par je ne sais quelle force intérieure, je décide de m'en foutre. J'allume la télé et distrais mon attention et mes pensées devant un téléfilm de Noël médiocre. Le ronron des dialogues m'hypnotise. J'entends vaguement du bruit au rez-de-chaussée. Mes tantes ont dû revenir de leur escapade.

Je n'en ai rien à foutre.

L'appel de William me tire du sommeil qui m'a saisie sans que je m'en rende compte. Au téléphone, il a l'air fatigué et préoccupé. Il me dit qu'il sera à Londres vers 17 heures, et qu'avant de rentrer à la maison, il passera à la galerie.

Elle me gonfle cette galerie.

Je lui demande si tout s'est passé comme il l'avait envisagé. Apparemment, il le pense. Il me raconte assez peu de choses sur la remotivation de son artiste fétiche, il préfère me détailler ce qu'il a mangé à midi et le temps qu'il fait. J'apprends qu'il a déjeuné avec Abigail, et que, la veille, elle l'a invité à boire un verre pour, selon elle, réparer le fait que William n'a pas souhaité faire d'enterrement de vie de garçon. Je m'entends lui répondre un « c'est vrai, quelle tragédie ! » méprisant que William ne relève pas.

Tu m'étonnes.

Comme il insiste, je finis par lui faire un résumé des événements depuis ce matin. Le silence qu'il laisse traîner à la fin du récit est éloquent. Toutefois, si j'avais un doute, il lâche un :

— Putain, Thomas…

C'est ça : putain Thomas.

William a toujours compensé sa culpabilité envers son frère en rattrapant toutes ses conneries. Thomas a donc grandi avec la certitude que quoi qu'il fasse, son grand frère serait là pour régler le problème. Je sais que l'équilibre de cette relation ne peut pas durer, un jour, elle s'effondrera sur elle-même. La question est bien entendu : quand ?

— Tu lui as reparlé depuis ? demande-t-il.

— Non, j'avoue que moi aussi j'ai eu besoin de m'isoler. Je ne sais pas quoi faire. Est-ce que je laisse courir ou est-ce qu'il faut aborder le sujet avec lui ?

— Thomas ne laissera pas courir, lui. Surtout si Orlando met fin à leur relation à cause de sa famille. Après Moshe, il va péter les plombs. Je pense que tu devrais lui en toucher deux mots.

Ou tu devrais toi lui parler, parce que c'est ton frère.

— J'arrive dans une minute, lance-t-il.

— Hein ?

— Pardon, je vais te laisser, on m'attend pour partir à l'aéroport.

— Qui ça, *on* ?

— Abi a accepté de faire le taxi. C'est plus pratique.

— Qu'est-ce qu'elle est gentille cette Abi.

— C'est vrai. Je t'appelle quand je suis à Londres.

— C'est ça.

— Tout va bien se passer, je t'aime.

Il raccroche.

— C'est ça.

Je laisse tomber la tête sur les coussins et surprends le reflet de ma mine renfrognée dans la psyché de la chambre. J'ai beau tenter de me convaincre du contraire, aujourd'hui est une journée de merde. Quelques instants plus tard, Mélie frappe à la porte pour me porter une tisane. Je n'ai aucune envie de parler sagesse émotionnelle, je décide donc de lui cacher l'appel de William. Elle s'allonge à côté de moi et nous regardons ensemble *Die Hard*, un autre genre de film de Noël. Épaule contre épaule, dans la même position, exactement, comme quand nous étions enfants. Nous n'avions pas besoin de nous parler, ou de partager un jeu, il suffisait que nous nous trouvions ainsi, l'une contre l'autre. Ça nous suffisait pour que nous nous connections l'une à l'autre, peu importe ce que nous étions en train de faire.

Trois heures plus tard, nous nous souvenons qu'une réalité existe en dehors de notre bulle, tout au moins, moi, je m'en souviens. Il y a des limites à ce que le déni peut supporter. Éviter mes tantes n'est pas faisable dans une maison qui ne fait pas huit cents mètres carrés, et qui surtout, ne dispose que d'une cuisine. Pourquoi n'ai-je pas pensé à en exiger au moins deux au moment de l'achat ?

Je regarde le réveil, 19 heures. William a dû atterrir à Londres. Et…

Merde !

Je tressaille.

— Quoi ? demande Mélie.

— Ils auraient dû me livrer ma robe aujourd'hui ! Il est 19 heures, la boutique est fermée maintenant. Avec tout ça, j'avais complètement oublié.

Je vérifie mes mails et mes messages. Rien.

— C'est pas vrai ! Je n'ai pas bougé, si jamais j'ai un avis de passage dans la boîte aux lettres, je vais les tuer !

— Demain matin, nous irons au magasin à la première heure. Pour une fois, on a un peu de marge d'ici samedi.

— Je sais, mais ça m'énerve. Ce n'est pas moi qui ai exigé d'avoir ma robe aujourd'hui, ce sont eux qui me l'ont garanti. Tu dis ce que tu fais, tu fais ce que tu dis. Rien de bien sorcier, merde !

— Tu me fais penser à papa. Sauf pour le *merde*.

Il disait toujours ça. L'un de ces mantras préférés. Et je dois reconnaître que nous sommes peu nombreux à le respecter. Lui y parvenait. Mon téléphone se met à sonner. William. Je me précipite :

— Alors, ça y est tu es à Londres ?

— Oui, je suis même déjà à la galerie, répond-il, j'ai presque fini, je ferme et je décolle. J'ai hâte de rentrer.

— Moi aussi.

— Ça va bouchonner un peu, mais j'espère arriver avant 21 heures.

— Je t'attendrai pour dîner.

— Entendu. Au fait, magnifique, ta robe.

— Ma robe ?

— Ta robe de mariée.

Mon sang ne fait qu'un tour. Je ne reconnais pas le son de ma voix lorsque je reprends la parole.

— Qu... quoi ? Comment tu sais que...

— Ils l'ont livrée à la galerie, je ne sais pas pourquoi. C'était prévu comme ça ?

— C'est une blague ?

— Non.

— Et toi, tu l'as déballée ?

— Jenny l'a laissée dans mon bureau sans rien préciser, j'ai cru que c'était mon costume.

Le ton monte, la colère aussi.

— Mais Alistair l'a apporté à la maison, ton costume !

— Ah oui ? Je ne m'en souvenais plus. Enfin, ce n'est pas grave, elle est là et en un seul morceau.

Ça y est, ça déborde.

— Si c'est grave ! Je n'en reviens pas que tu m'annonces ça comme ça !

— Pourquoi tu t'énerves ? Comment voulais-tu que je te l'annonce ?

— Je... je ne sais pas, avec un peu plus de solennité, en donnant l'impression d'en avoir quelque chose à faire !

— Mais elle est là, c'est l'essentiel. Ce n'est pas grave si je l'ai vue avant la cérémonie, c'est juste une robe.

Ça jaillit. Je crie dans le téléphone.

— *Juste une robe* ? T'es sérieux ? En même temps, tu vois, je ne suis pas tellement surprise. C'est typique !

— J'ai peur de ne pas comprendre ce que tu essayes de me dire.

— Attends, je vais me montrer plus claire : la robe n'est qu'un des nombreux exemples du je-m'en-foutisme dont tu fais preuve depuis des semaines ! J'en ai ras le bol d'être la seule de nous deux qui ait l'air de se préoccuper du mariage ! Toi, tu es sur Jupiter depuis des mois, complètement *pas là*, et moi je suis la fille stressée qui est sur le dos de tout le monde pour que ça roule. Je voulais te faire la surprise de ma robe le jour de la cérémonie, comme toute bonne cruche de future mariée qui se respecte ! C'est peut-être débile pour toi, mais ce n'est ni de toi ni de ton emploi du temps de ministre dont il est question, pour une fois. C'est de moi et de mes envies ! Et si ça te gonfle, tu n'as qu'à faire comme si j'étais Abigail, apparemment ça t'enthousiasme de passer du temps avec ta vieille copine de fac !

— Scarlett, je suis désolé que tu voies les choses comme ça. Je ne me désintéresse pas du mariage, c'est juste que l'essentiel, pour moi, c'est surtout qu'on passe le reste de notre vie ensemble.

— Dans ce cas, pourquoi m'as-tu demandée en mariage ? Pourquoi as-tu trouvé cette magnifique salle pour la réception ? Pourquoi inviter ta famille et tes amis ? Nous aurions pu faire les formalités administratives devant deux témoins et basta ! Je ne t'ai obligé à rien. Et maintenant, c'est comme si, à quelques jours de la date fatidique, alors que je gère ta famille autant que la mienne, tu faisais tout passer avant la cérémonie !

— Non, pas du tout, c'est que parfois, on n'a pas le choix de faire ce qu'on veut.

— Oh, pas cette excuse-là ! Bien sûr que si, on a le choix ! Je te signale que j'ai obtenu mes quinze jours de congé en menaçant de démissionner et en renonçant à une prime de fin d'année. Mes responsabilités ne sont pas moins importantes que les tiennes ! Tu as une équipe autour de toi, tu ne me feras pas croire qu'ils ne pouvaient pas gérer seuls ne serait-ce qu'une semaine. Tu as délibérément choisi de donner la priorité à ton boulot. Et ça me va, tant que cette priorité ne te fait pas perdre de vue qu'on était deux à vouloir ce mariage !

— Écoute..., commence-t-il sur un ton de lassitude qui achève de me rendre dingue

— Non, toi, tu écoutes ! Je suis trop en colère pour poursuivre la conversation. Je vais dire des choses que je vais regretter, ou pire, que je ne regretterai pas. Rentre, ou dors à la galerie ce soir, je m'en fous. Tout ce que je te demande, c'est de définir tes priorités avant la cérémonie. Bonne nuit.

Je lui raccroche au nez.

Je ne l'avais jamais fait.

Chapitre 11

Jeudi 22 décembre

William est rentré vers 21 heures, j'ai entendu la voiture dans la cour. J'étais déjà couchée. Lorsqu'il est monté dans la chambre, j'ai feint de dormir profondément, le genre de sommeil qui ressemble plus à un coma. Il n'a pas insisté. Bonne stratégie. À sa place, j'aurais provoqué la discussion, donc le conflit. La colère ne discute pas, elle soliloque. En vrai, je n'ai pas fermé l'œil de la nuit. Ma colère à moi, elle est de nature harcelante. Elle parle et parle et parle dans ma tête. Elle se repasse le film, fait tous les rôles à la fois, jusqu'à ce que mon cerveau soit si épuisé qu'il imagine des scénarios totalement ubuesques. Je sais qu'à ce moment-là, je touche à une sorte de *delirium* paranoïaque, mais il m'est impossible d'endiguer le flot qui tourne comme un maelstrom de mauvaises idées. Mélie répète que nous sommes tous maîtres des pensées qui nous traversent. Elle compare le cerveau à un buffet, et les idées, aux plats proposés : chacun a le pouvoir de choisir ce qu'il veut manger, il est donc aussi irrationnel de ne choisir que des choux de Bruxelles quand il y a de la mousse au chocolat, que de ne sélectionner que de mauvaises pensées quand il y en a des bonnes. Personne n'aime les choux de Bruxelles.

Bref, c'est bien joli, mais quand on est triste et déçu, c'est plus facile à dire qu'à faire. La seule chose que j'ai fini par apprendre, c'est de taire les délires de mes démons intérieurs et de ne pas les jeter à la figure de mes proches. Je discuterai avec William dès l'instant où les voix auront cessé.

Je me lève tôt – c'est plus aisé quand on ne s'est pas endormi – et veille à ne pas faire le moindre bruit. Comme rien ne semble couler de source dans les derniers préparatifs de mariage, j'envoie un message au directeur de la salle de réception, afin de pouvoir exceptionnellement revoir les lieux avant vendredi. À 8 heures tapantes, il me répond un « Si vous voulez. Passez à 10 h. » que je trouve un peu laconique. Comme si ma demande avait quelque chose d'incroyable à deux jours des festivités.

Décidément, pardon de faire chier tout le monde avec mon mariage.

Normalement, feu Mauricio a booké une entreprise d'événementiel pour s'occuper de la décoration et du service. Mais Mauricio étant devenu *feu* Mauricio, tout est possible.

Ma mère me rejoint dans la cuisine et retire la tasse vide de mes mains. Elle me prépare dans la foulée un nouveau chocolat chaud et le pose devant moi. Il est bien meilleur que celui que j'ai fait.

— Qu'est-ce qui ne va pas ? me demande-t-elle avec la douceur dont elle sait faire preuve.

— Rien.

— Ne m'oblige pas à demander à Mélie de te forcer à me répondre, dit-elle avec bonne humeur en prenant enfin le temps de s'asseoir à table.

— Ce n'est pas grand-chose, je me suis juste disputée avec William, hier.

— Il n'était pas en Écosse ?

— Disons que c'est arrivé dès qu'il a mis le pied à Londres.

Elle soupire plus qu'elle ne souffle sur son grand café.

— Quelques jours avant le mariage, c'est normal d'être tendue. Ça provoque des crises. Encore maintenant, cet événement a une symbolique. C'est une union qui officialise deux engagements, ce n'est pas anodin.

— Je ne sais pas... Parfois je me dis que j'ai raison de me mettre en colère, et parfois, je culpabilise et me convaincs que je pète les plombs pour rien.

— Un mariage, ce n'est pas rien. Si ça l'était, autant se faire un bon repas en amoureux dans un restaurant, plutôt que de s'emmerder à rassembler deux familles dans une salle hors de prix avec un buffet et des animations qui ne font jamais l'unanimité.

— C'est vrai, pourquoi s'inflige-t-on ça depuis la nuit des temps ?

— Ta sœur te dirait qu'un des moteurs de l'humanité, c'est son masochisme. Moi, je considère que vouloir dire publiquement à ceux qui comptent dans nos existences qu'on a trouvé son partenaire de vie, c'est dans l'ADN de l'Homme. Et vu les conneries qu'il accumule depuis qu'il est sorti de sa grotte, je pense que c'est plutôt une belle qualité.

— On aurait peut-être dû simplifier… Sauf que c'est l'occasion de faire plein de trucs inhabituels ! À quel autre moment, peut-on porter des robes aussi magnifiques quand on n'est pas en lice pour les Oscars ? Quel autre événement justifie-t-il qu'on dépense autant pour faire la fête dans un lieu d'exception ? Bref, on s'emballe. Tout le monde s'emballe, non ?

— Votre problème à William et toi, c'est que vous avez de l'argent. Donc rien ne peut vous empêcher de vous emballer. Avec ton père, on pouvait juste espérer louer un restaurant pour dix personnes qui nous laisserait au moins le choix du dessert. Sois certaine que si j'avais eu plus de moyens, je me serai déchaînée.

— Tu t'es disputée avec papa ? À cause des préparatifs, je veux dire ?

— Ma chérie, c'est peut-être dur à croire maintenant, mais quand j'étais jeune, je me disputais plus souvent que je respirais.

C'est très étonnant en effet.

— Papa t'aimait aussi pour ton tempérament de feu.

— C'est le cas de William.

— Je ne sais pas. Il est britannique, ils sont d'une espèce différente de nous. Parfois, je me dis que je suis trop française pour lui…

— Allons ma chérie, si nous étions si incompatibles, ça ferait belle lurette qu'un des deux pays aurait disparu de la carte.

Je souhaite de toutes mes forces qu'elle ait raison. Je garde tout de même en tête qu'au moins une fois dans l'histoire, nos nations se sont engueulées pendant cent ans.

Mélie, Pietra et Giulia font leur entrée dans la cuisine. La température chute aussitôt d'une bonne vingtaine de degrés, et d'instinct je m'accroche à ma tasse de chocolat. Nous échangeons les banalités d'usage : avons-nous bien dormi, fera-t-il beau ? Fait-il jamais beau dans ce pays ? Et puis, rapidement plus rien. Jusqu'à ce que William nous rejoigne. Je décèle sa réaction au moment où il pénètre dans la pièce. Clairement, il est en infériorité numérique. L'éducation sexiste dans laquelle j'ai baigné toute mon enfance pousse les femmes à se précipiter sur le mâle dominant pour lui servir en un temps record un petit déjeuner de roi. Si cette agitation ne m'arrangeait pas, elle m'affligerait.

— Merci beaucoup, il ne fallait pas vous donner tant de mal, tente-t-il avec une naïveté qui me toucherait si je n'étais pas toujours aussi contrariée.

— Allons, intervient ma tante, c'est tout à fait normal, vous travaillez beaucoup.

Parce que nous autres femelles, on joue à la marelle.

— Nous aussi on travaille beaucoup, répond Mélie en tendant à William un dessous-de-plat dont j'avais oublié l'existence.

— Ce n'est pas pareil, coupe ma tante.

Évidemment.

Le mâle pose son bol sur le dessous-de-plat qui retrouve une utilité, au grand soulagement de ma sœur. Le regard noir et pénétrant de William pèse sur moi. La couleur de ses yeux est ce qui m'a séduite en premier. Un marron si foncé que même en pleine lumière, on ne fait pas la différente entre l'iris et la pupille. Mais ma colère ne me quitte pas, elle stagne, telle une eau croupie. Depuis notre rencontre, notre lien est si parfait que je nous en veux – plus à lui qu'à moi, si je me montre honnête – de le laisser s'abîmer. J'imaginais que nous échapperions aux crises, que nous serions au-dessus de ça. Comme si notre amour était si singulier qu'il ferait mentir les statistiques.

Donc, j'opte pour une réaction mature et raisonnée : je boude. J'évite son maudit regard qui me détournerait de la certitude que mon ressentiment est juste et je fais traîner le petit déjeuner. Un Britannique préférerait mourir dans d'atroces souffrances plutôt que de laver son linge sale en public et je profite de ce trait caractéristique. L'assemblée sent bien qu'il y a comme un malaise, mais un de plus ou de moins, à ce stade, ça ne fait guère de différence. Alors, ma mère meuble, et Pietra a tellement peur que le sujet de son fils soit abordé, qu'elle meuble encore plus. Je commence à avoir mal à la tête.

Cependant, l'heure tourne et je vais devoir quitter cette pièce pour me rendre à la salle où aura lieu la cérémonie. Je me lève, William m'imite. Dans le couloir, il m'attrape par le bras avec détermination.

— Il faut qu'on parle, lâche-t-il avec autorité.

— Je suis d'accord, mais pas maintenant. Je dois vérifier que tout est en place pour demain à la salle de réception. J'ai rendez-vous à 10 heures.

— Ça me va, on discutera dans la voiture.

— Parce que tu penses qu'on va me laisser y aller toute seule ?

Je désigne du menton ma famille toujours dans la cuisine.

— Et oui, si tu étais plus souvent là, tu saurais que je suis comme une maman canard avec sa portée de canetons collée aux plumes.

— Elles prendront une autre voiture. On en a plusieurs.

— Ah oui ? Et qui conduira ?

— Ta sœur.

— Mélie ne conduit qu'en cas d'extrême urgence.

— C'est bien ce que je dis.

Son obstination m'adoucit un peu. Non pas qu'elle règle le problème, mais enfin, il a l'air de s'impliquer et d'être concerné par nous.

La sonnette de l'entrée retentit. Encore. Dès que je rentre, il faudra que je la coupe. Définitivement.

— J'y vais ! lance Mélie en passant devant nous.

Le père et l'oncle de William sont sur le pas de la porte et, à part Mélie, tout le monde est sous le coup de la surprise. Quant à moi, je me suis tellement habituée à enchaîner les catastrophes, que je m'attends juste au pire.

— J'espère que nous ne dérangeons pas, s'inquiète mon futur beau-père dont le son de la voix continue encore de m'étonner.

Intérieurement, je souris. S'il y a bien quelqu'un qui ne cause jamais de dérangement, c'est bien le père de William. On en vient même à oublier son existence.

— Bien sûr que non. Vous voulez boire quelque chose ?

— Hélas, nous sommes un peu pressés. Nous venons chercher William.

William ?

— Ah ?

Je jette un œil à mon fiancé et je remarque que son expression a changé. Impossible de savoir en quoi, ce qui n'augure rien de bon.

— Désolé, j'avais prévu d'accompagner Scarlett à la salle de réception, répond-il un brin sur la défensive.

— Oh, ce ne sera pas long et c'est vraiment important. Scarlett, pensez-vous que vous pourriez vous débrouiller seule un moment ? Je vous promets qu'on le libère très vite.

— Bien sûr.

Comme si je pouvais dire le contraire. Devant moi, se joue une bien singulière pièce, dans une langue que je suis incapable de comprendre. Je poursuis :

— Votre arrivée fait un peu protocolaire, dois-je m'inquiéter ?

— Non, pas du tout, seulement des affaires familiales, rien de bien méchant.

Seulement des affaires familiales. C'est ce que le beau-père de Hamlet a dû lui dire aussi. Je ne suis pas dupe une seconde. William m'interroge du regard. J'adore, comme s'il attendait de moi que je lui fournisse une excuse pour le soustraire à sa famille. S'il n'a pas envie de les suivre, il n'a qu'à prendre ses responsabilités.

— On se retrouve plus tard, dis-je sur un ton sans équivoque et surtout lassé de toutes ces choses qu'il me cache.

William s'empare de son manteau, ses gestes sont plus rapides et secs que d'habitude, son agacement n'échappe à personne. Ces non-dits qui s'accumulent sont en train de me rendre dingue. Quelques minutes plus tard, ma mère, ma sœur et moi nous trouvons dans la voiture et nous dirigeons vers la salle de réception. Quand William me l'a fait visiter il y a presque huit mois, j'ai immédiatement été séduite par le caractère de cette ancienne abbaye reconvertie en salle de location. Le bâtiment central qui accueille la pièce de réception comporte deux ailes dans lesquelles ont été aménagées des chambres pour les invités, ainsi qu'une grande cuisine et plusieurs salles de réunion. Lorsque nous avons confirmé la réservation, la toiture centrale, qui avait beaucoup souffert des derniers hivers, était en train d'être réhabilitée, ainsi que les vitraux et l'isolation des fenêtres. Après moult discussions avec feu Mauricio, nous avions opté pour un décor sobre, essentiellement composé de tentures blanches, d'immenses lustres en cristal et de bouquets blancs. Les épais murs en pierres, les charpentes apparentes et les vitraux se suffisent à eux-mêmes. J'aime l'ouvrage, j'aurais trouvé dommage de le gâcher avec des nœuds, des rubans ou d'autres accessoires.

Lorsque nous descendons de voiture, je suis étonnée de voir deux énormes bennes sur un côté du bâtiment.

Le responsable de la salle, un homme aussi sec et jaunâtre qu'une créature cryptique, nous attend dans la cour.

— Bonjour, monsieur Guinty, merci de m'avoir permis de venir.

— Avec plaisir, miss Archer. J'avoue avoir été un peu surpris par votre message.

— Vous savez ce que c'est, le stress de la future mariée à quelques jours de la cérémonie. Et puis, je pense que vous avez été averti de la terrible nouvelle.

— Pardon ?

— La mort de Mauricio Keynes, mon *wedding planner*, il a souvent fait appel à vous.

— Je l'ignorais, quelle tristesse, cet homme était si jeune.

— Il y a des accidents qui frappent plus les jeunes que les vieux, croyez-moi. C'est un peu la panique dans sa société, nous avons dû tout reprendre nous-mêmes.

— Je comprends, si près de la date de la cérémonie, c'est un sacré coup dur.

J'acquiesce. Les secondes s'étirent tandis que nous restons immobiles face à la porte d'entrée. L'impatience monte. Beaucoup.

— Bien, peut-être pourrions-nous voir l'intérieur ?

— Pardon, miss, ne le prenez pas mal, mais pourquoi êtes-vous venue ?

J'écarquille les yeux et bafouille prise de court :

— Q… quoi ? Comment ça, je ne comprends pas.

— Eh bien, je me demandais juste pourquoi vous teniez à revenir. Puisque vous avez maintenu la date de votre mariage, j'en conclus que vous avez trouvé une autre salle, peut-être celle que j'ai indiquée à Mr Keynes.

L'impatience s'envole, l'angoisse prend place. Une énorme angoisse.

— C'est une caméra cachée, c'est ça ?

— Une quoi ?

— Je ne comprends rien, c'est quoi le problème avec la salle ?

Le teint cireux de l'homme vire au gris.

— Eh bien… les travaux ne sont pas finis.

— Comment ça ? Quels travaux ? *Les* travaux ?

— L'entreprise chargée de la réhabilitation a déposé le bilan cet été. Nous avons constaté des malfaçons dans ce qui avait été réalisé et nous avons introduit un recours pour obtenir des dommages et intérêts. Le chantier a donc été suspendu, le temps à la juridiction de trancher le litige. Nous avons prévenu Mr Keynes, je pensais que vous étiez au courant.

Le sol s'ouvre sous mes pieds et je vacille.

— Pardon, mais là, j'ai besoin de m'asseoir…

Je regarde autour de moi pour trouver n'importe quoi sur quoi m'écrouler.

— Venez à l'intérieur, on sera mieux pour discuter.

L'homme nous fait entrer dans ce qui aurait dû être ma salle de réception, ma parfaite et magnifique salle de réception. Toute la partie gauche, sol, mur et plafond, est parfaitement restaurée, comme promis lors de la première visite. En revanche, le côté droit n'a pas bougé d'un poil, pire, il y a des tréteaux et des échafaudages partout qui encombrent presque tout l'espace. Je m'installe à une des tables qui sert d'établi, et je fixe le sol, inutile d'explorer plus avant l'étendue de la catastrophe.

— Je suis désolé, miss Archer, j'ignore comment ça a pu se produire. Je vous assure que dès le mois d'août, nous avons tout expliqué à Mr Keynes et nous lui avons donné une liste de lieux équivalents qui pouvaient vous convenir. J'étais convaincu que, comme la plupart de nos clients, vous aviez trouvé une solution de remplacement.

— Je crois que cet enfoiré de Mauricio pensait plus aux strings de ses strip-teaseuses qu'à son travail.

— Je vous demande pardon ?

Cette fois, c'est bel et bien la catastrophe. La vraie, celle qui scie les jambes et coupe le souffle. Je sens la tristesse grandir, gonfler et brûler ma gorge. Je lutte, je donne tout ce que j'ai pour ne pas m'effondrer, mais les larmes coulent malgré moi.

— Oh non, je... je vous en prie... Vous voulez du thé ?

Quand les Britanniques comprendront-ils que tout ne se règle pas avec une tasse de thé ?

— Non, ma fille ne veut pas de thé, ma fille veut un exorciste, déclare ma mère avec solennité, pour ressusciter Mauricio et lui faire amèrement regretter son manque total de professionnalisme.

— Je... heu... certes, bafouille l'homme, désemparé.

— Bon d'accord, il nous faut un plan B, tranche maman avec autorité.

— Y'a pas de plan B ! C'est terminé.

Je fouille dans mon sac pour trouver un mouchoir, et à travers mes larmes, je vois Mélie décrocher son téléphone et sortir du bâtiment. Elle, elle a compris qu'il n'y avait plus rien à faire, si ce n'est reprendre le cours normal de nos vies et passer à autre chose. Quand le message est à ce point clair, il faut arrêter de s'entêter. Pour des raisons cosmiques qui m'échappent encore, je ne dois pas me marier. Et peut-être que c'est mieux. Mélie répète que l'univers nous veut du bien pour peu qu'on sache l'écouter. Alors, m'unir à William doit être la pire idée qui soit.

— Non, ce n'est pas terminé, répond ma mère, il y a peut-être quelque chose à faire. Elle peut se louer quand même la salle ?

— Pour ça, il faudrait trouver une société qui accepte de démonter ces échafaudages et tout nettoyer, intervient le propriétaire des lieux. Avec les vacances et les délais, j'ai bien peur que ce soit impossible.

— Si on pousse au moins ce qui traîne au milieu, on peut installer des tables.

— Ça reste un chantier.

— Laisse tomber maman, enfin, tu vois bien que c'est la catastrophe ! En plus, sans le contrat de location de la salle, on n'a plus les serveurs qui vont avec. Qui va faire le service pour presque soixante-dix personnes, toi ?

— Je confirme, nous avons tout annulé, ajoute le responsable sur un ton d'agent des pompes funèbres.

— D'accord, d'accord, alors réfléchissons. Peut-être chez ta belle-mère ? Sa maison est grande, on peut installer les invités, non ?

— Elle n'a pas non plus un château.

— J'essaye de trouver une alternative.

— Il n'y en a pas ! On va annuler la cérémonie et on verra pour la reporter. *Si* on la reporte. Après tout, on peut vivre heureux sans être mariés. Ce n'est qu'un bout de papier !

Je finis par trouver un mouchoir et me cache le visage dedans. Je ne veux plus voir, rien ni personne. J'entends ma mère qui fait les cent pas en déplaçant des objets. Le claquement de ses talons résonne dans le silence.

— Vous savez quel est le problème avec vous, les Anglais ? finit-elle par lancer avec mépris. Vous êtes laxistes. Tout le temps. Résultat des courses, voilà (elle désigne la salle sous l'œil consterné du responsable).

— Maman, s'il te plaît.

— Je dis ce que je veux, gronde-t-elle, en tirant une chaise.

— Et arrête de faire le ménage !

— J'ai été femme au foyer pendant trente ans, Scarlett, quand je suis énervée je nettoie. Sur quoi d'autre voulais-tu que je passe mes nerfs ?

Comment ai-je pu me laisser déborder de la sorte ? Comment est-ce possible de découvrir que la salle n'est pas prête à quelques jours de mon mariage ? Qu'est-ce que j'ai foutu ?

Comment William va le prendre ?

Je me sens minable. Si papa avait été encore là, rien de tout ça ne se serait produit. Pourtant, il m'a bien éduquée, il me faisait confiance, il comptait même sur moi pour que je le remplace. Il serait tellement déçu de me voir dans cette situation…

Mélie rouvre la porte d'entrée sous le regard réprobateur de ma mère.

— Quand même chérie, tu peux lâcher tes patients au moins une fois, l'urgence est ici.

— Et je suis là, répond-elle le plus naturellement du monde.

Puis elle crochète le bras du directeur de location et l'entraîne à l'écart. Le pauvre bougre doit se demander ce qu'il fabrique en plein milieu de ce drame familial. Il n'est pas coupable, mais à présent que Mauricio se fiche de ses responsabilités, il a bien compris qu'il devait prendre à sa place. À quoi bon s'acharner ? Si, ça calme ma mère. Un peu.

Une fois qu'elle a déplacé tout ce qui pouvait l'être dans la pièce, elle vient s'asseoir à côté de moi et se met à me frictionner le dos. Je me réfugie dans ses bras, comme quand j'étais petite et que je croyais que c'était là, le paradis.

— Nous avons fini, annonce Mélie dans ma direction.

— Impeccablement résumé, dis-je en essuyant mon visage. Il va falloir m'aider à prévenir tout le monde, je n'y arriverai pas seule. Déjà, il faut que j'appelle William.

Je m'empare de mon téléphone, mais Mélie me le vole. Pour une personne aussi économe de mouvements, quand elle le veut, elle est extrêmement rapide et habile.

— S'il te plaît, rends-le-moi.

— Je te ramène à la maison. Tu vas prendre des affaires de rechange, et ce soir, toi et moi, on va dormir à l'hôtel.

Ma sœur et son inconscience.

— Je sais ce que tu essayes de faire, c'est gentil, mais…

— Tu ne sais pas ce que j'essaye de faire. Personne ne sait jamais, répond-elle en haussant les épaules et avant de prendre mon visage entre ses deux mains glacées. Écoute bien ce que je vais te dire : tu vas arrêter de vouloir tout gérer, et tu vas t'en remettre à l'univers. Fais-moi confiance.

Ses yeux cristallins pénètrent au fond de moi. Son expression est parfaitement détendue, calme et résolue. Elle est convaincue de ce qu'elle affirme, mais son monde tourne à l'envers du nôtre, et je ne sais pas comment lui dire sans la blesser.

— Mélie…

— Fais-moi confiance. Il est temps que je t'apprenne cette leçon, car papa est mort avant de le faire.

— Enfin, la salle est…

— Scarlett, intervient ma mère, si ta sœur te demande de lui faire confiance, alors fais-le. Pour ça, elle tient de ton père, tu le sais.

Je suis cernée par deux cinglées et une momie qui n'a pas trouvé comment s'échapper sans se faire remarquer. Comment puis-je lutter ?

— D'accord… j'abandonne. Rentrons à la maison, et samedi, je te laisserai expliquer aux invités tes théories sur le lâcher-prise entre deux échafaudages.

— Les clés de la voiture, s'il te plaît, ordonne Mélie.

Je la fixe avec insistance.

— Tu… tu veux conduire ?

On est vraiment en situation de crise majeure.

Chapitre 12

— Comment ça, elle va à l'hôtel ? demande Pietra, aussi outrée que moi par l'idée.

— Elle a besoin de se reposer un peu, réplique ma mère qui a sorti une valise d'un de mes placards (qui l'a rangée là ?). Ici, il y a toujours du passage, toujours du bruit, et elle joue les agences touristiques depuis bientôt une semaine. Sa sœur et elle vont… (elle se tourne vers ma sœur).

— À l'hôtel.

Blanc.

— Bien, parfait, répond ma tante sur un ton pincé. Heureusement que nous sommes autonomes.

— Évidemment qu'on est autonome, tu es aussi à l'aise dans cette cuisine que chez toi, maintenant. Ose dire le contraire.

— D'accord, mais son fiancé est là ce soir ? Qu'est-ce qu'il va manger ?

Je roule des yeux.

— William est un humain, il est omnivore, précise Mélie sur le ton d'un vulgarisateur scientifique. Ça veut dire que son régime alimentaire est le plus diversifié qui soit.

— On va se débrouiller, Pietra, arrête de te noyer dans un verre d'eau, soupire ma mère. Préparez vos affaires pour aller à… Mélie ?

— À l'hôtel.

— Bonté ! Cette enfant me tuera un jour.

Elle tuera tout le monde.

Je me laisse entraîner comme un automate jusque dans ma chambre. Au fond de moi, je reconnais que la sensation de total lâcher-prise n'est pas désagréable. Depuis le début de la maladie de papa jusqu'à aujourd'hui, je me suis efforcée de le remplacer. J'ai géré les hôpitaux, les médecins, les funérailles, le notaire, la succession, et depuis, presque tous les aspects juridiques et administratifs des vies de ma mère et ma sœur. Personne ne m'a demandé de le faire, mais j'aime à croire que papa l'a sous-entendu sur son lit de mort. Se trouver une mission après la perte d'un être cher, une raison d'être, aide à affronter le deuil. Le problème avec les gens dans mon genre, ceux qui se croient obligés de tout gérer, c'est l'orgueil. On pense que si on flanche, si on se fatigue, si on abandonne, ceux dont on se charge ne sauront jamais se débrouiller sans nous. Mais la première compétence que l'être humain acquiert dans sa vie, c'est celle de l'adaptation. On doit changer de mode de respiration dès l'instant où on naît, mettre en mouvement un corps, bouger ses muscles, faire du vélo, tomber de vélo, remonter sur ce foutu vélo, bref, on passe notre existence à s'adapter.

Peut-être que ma sœur est vraiment magique. Peut-être qu'en période de Noël, ses pouvoirs sont démultipliés.

— Mélie, laisse-moi au moins prévenir William.

— Je m'en occupe.

— Il va trouver ça bizarre.

Elle me jette un regard plein de sous-entendus.

— Tu as raison, si c'est toi qui appelles, la bizarrerie lui paraîtra tout à fait normale.

Une fois seule dans la chambre, je pensais pouvoir reprendre mes esprits, mais ma sœur ne me lâche pas, alors je capitule et je fourre le minimum dans la valise. Mélie me laisse sous la surveillance de ma mère le temps d'aller rassembler aussi quelques affaires pour la nuit. Nous voilà donc parées pour je ne sais quelle aventure. Je tente :

— Pendant que tu étais dehors tout à l'heure, tu nous as réservé une chambre où ?

— Je n'ai rien fait de tel.

— Mélie !

— Fais-moi confiance.

Si elle répète ça encore une fois, je fais un malheur.

Je m'engouffre dans le véhicule et prends place sur le siège passager. Les rares occasions où je vois ma sœur au volant, j'ai toujours quelques sueurs froides. Mélie doit conduire une fois, tous les deux ou trois ans. Pourtant, je suis à chaque fois surprise de la fluidité de ses réflexes. Elle nous cache peut-être des activités de pilote de rallye. Avec elle, tout est possible.

Nous nous éloignons de Shere, et la neige commence à tomber, légère et dansante, même en l'absence de brise. Mon attention se fixe sur la féerie qu'elle provoque immanquablement, ne serait-ce qu'à cause des nombreux contes et films de Noël qu'on lui associe. Pourtant, en ce qui me concerne, on ne peut pas dire que la période soit miraculeuse. Je ne peux me défaire d'une amertume lancinante qui me donne la sensation d'un immense gâchis. Je lutte pour relativiser, et pour l'instant, c'est un échec. Je m'en remettrai, bien sûr, il paraît qu'on se remet de tout. Qu'est-ce que cette expression veut dire d'ailleurs ? En quoi est-ce une si bonne chose de se remettre de tout ?

Nous entrons enfin dans Londres, et mon regard se perd dans le paysage urbain. Il arbore son habit de lumière, celui qu'il ressort à chaque fin d'année et qui fait chatoyer ses bâtiments autant que ses rues. La neige n'a pas tenu sur le bitume, mais elle poudre le haut des toits, assez pour qu'avec les guirlandes généreuses, les boules scintillantes et les cadeaux énormes, tout soit transformé en un cliché de carte postale.

Que c'est beau.

Malgré les circonstances, je ne peux pas m'empêcher de le penser, comme à chaque fois que je visite ces lieux à cette période. À côté de moi, le visage de ma sœur n'exprime rien d'autre que la sérénité. Elle a vraiment l'air de savoir où elle va, je ne saurais pas dire si ça me rassure ou si ça me terrifie. J'essaye de visualiser mentalement la carte de la ville pour émettre quelques hypothèses.

— Ce n'est pas là, dit-elle avant même que j'aie ouvert la bouche.

— Le jour où le professeur Xavier se pointera pour t'enrôler de force chez les X-Men, faudra pas venir pleurer.

— Je ne le ferai pas, dit-elle avec un sourire limite angoissant.

Alors je rends les armes et m'enfonce dans le fauteuil, puis je tourne la tête pour profiter de la vue. De toutes les villes que j'ai déjà visitées dans le monde, Londres reste l'une de mes préférées. C'est sans doute l'inconstance de son atmosphère qui me fascine le plus. On ne découvre pas Londres de la même façon en hiver ou en été, on n'y trouve pas la même atmosphère au printemps qu'à l'automne, et chaque saison confère une magie singulière aux immeubles et aux parcs… Je crois que je ne m'en lasserai jamais.

La voiture ralentit, et je me rends compte que nous sommes tout près de Hyde Park, presque à côté de la station de Knightsbridge. Mélie se gare devant un énorme bâtiment à la façade rouge et aux multiples fenêtres serties de balcons en pierres grises. J'ouvre la bouche, mais aucun son ne sort avant une bonne minute. Autant dire une éternité.

— On s'arrête là ?

— Oui, répond Mélie.

— Tu te fiches de moi ?

— Non.

— Ça, là, ce gros truc, c'est le Mandarin oriental, un des cinq-étoiles de Londres les plus célèbres qui vient à peine de se refaire faire une beauté. Un chantier à trop de chiffres pour que le commun des mortels, même un architecte comme moi, puisse le lire.

— Je ne me suis donc pas trompée d'adresse.

— Tu sais combien coûte une nuit dans cet établissement ?

— Non.

Deux voituriers nous interrompent en se présentant à nos portières. Mélie remet les clés à l'un d'eux, tandis que l'autre s'occupe de nos valises. Je suis ma sœur qui pénètre dans l'immense hall, aussi naturellement que si elle était chez elle. En bonne professionnelle, je détaille la finesse de la décoration et la qualité des revêtements. L'un des architectes qui a travaillé sur le dernier chantier de rénovation de cet hôtel a été mon professeur.

Le marbre alternant le rouge de Vérone et le vert Guatemala du sol et des murs suffit à lui seul à meubler le hall. Quelques colonnades noires, des plantes grasses immenses et un lustre d'artistes en corolle complètent l'aspect ultra luxueux de l'accueil. Ma sœur s'avance vers un des concierges et donne son nom : Mélanie Archer. L'homme au sourire parfait, ni trop amical, ni trop artificiel, nous souhaite la bienvenue et nous annonce que nous logeons dans la suite Belgravia.

Je pourrais vous dire que je prends sur moi parce que, après tout, j'ai supervisé des dizaines de chantiers dans ce type d'établissement, mais en réalité ma tête ressemble à celle d'un poisson-lune. J'ai beau chercher, je ne trouve rien à dire. Avec la suite – avec toutes les suites de ce genre – nous disposons d'un concierge exclusivement dédié à nos besoins. Le nôtre se nomme Oliver, et son accent ne laisse aucun doute sur ses origines écossaises. Il nous conduit jusqu'à nos quartiers pour la nuit, et liste la quantité impressionnante de services que propose l'hôtel pour satisfaire une clientèle exigeante. Enfin je le suppose, car je n'écoute rien de ce qu'il dit, je regarde la tapisserie.

La suite fait presque quatre-vingts mètres carrés. En plus de la chambre à coucher, elle comprend un salon privé, un dressing et une immense salle de bains, dont le mobilier évoque un style revisité des années soixante. Toute à mon exploration méticuleuse, je ne me rends pas compte qu'Oliver est parti.

— Je te jure qu'il va falloir que tu m'expliques qui règle la note, Mélie parce que ni toi ni moi ni William n'avons les moyens de ce genre de prétention.

— Tu n'y arrives toujours pas.

— À quoi ?

— À t'en remettre à tes proches sans poser de question.

— Bien sûr que si, c'est juste que je suis curieuse et un peu inquiète, aussi. Je ne sais pas encore lequel de ces deux sentiments est le plus fort. J'ai le tournis, c'est donc peut-être plus de l'inquiétude… Bon, tu ne me diras rien.

— Non.

— Parce que sinon la torture morale serait moins efficace.

— C'est ça.

Je prends une grande inspiration et regarde encore tout autour de moi. Et si… Et si je laissais faire pour une fois ? Si j'y arrivais ? Si j'oubliais tout, que je fermais les yeux et que j'effaçais pour une nuit tout ce qui fait ma vie ? Un éclat de rire s'échappe de ma gorge, j'en suis la première surprise. Toutes les émotions se mélangent : la joie, la reconnaissance, et la tristesse aussi. Je me précipite sur ma sœur et la serre dans mes bras de toutes mes forces. Mélie ne rend jamais les câlins qu'elle ne donne pas.

Ce n'est pas grave, je sais qu'elle les apprécie. Je me mets à courir dans tous les coins et je fais ce que font toutes les personnes qui se trouvent dans une suite d'hôtel qu'ils ne peuvent pas se payer : je prends de l'élan et saute à plat ventre sur l'énorme lit.

— Viens par ici ! La literie est géniale !

Mélie s'allonge à côté de moi. Au bout de quelques secondes, je commence à ricaner.

— C'est bizarre que maman n'ait pas déjà appelé pour nous demander de vérifier qu'il n'y a pas d'aiguilles dans les draps.

Helena, jamais à court d'une nouvelle légende urbaine dont elle seule a connaissance, a mis un jour dans la tête de notre mère qu'il existait des femmes de ménage sournoises qui glissaient par revanche sociale des aiguilles dans les lits des hôtels.

— Elle l'a fait, indique Mélie. Je n'ai pas répondu, j'ai juste envoyé un message pour l'avertir que nous avions tout bien vérifié.

— Me voilà rassurée. Mélie, merci encore pour tout ça. Je crois que c'est exactement ce dont j'avais besoin. Tu sais toujours ce dont les autres ont besoin.

— Souvent, ils le disent.

— Il n'y a que toi pour avoir l'ouïe aussi fine.

— Que veux-tu faire de ta soirée ?

— Je ne sais pas. Si ! Je veux tester le bar, et je veux qu'on se fasse monter le repas dans la chambre. Je ne l'ai jamais fait. Et je veux boire.

— Faisons ça, alors.

Après avoir pris un millier de photos de la chambre, du couloir et de l'ascenseur, Mélie et moi commandons du champagne. Au bout de la deuxième coupe, mes cervicales se détendent, à la troisième je plane, et à partir de la quatrième, je ne suis même pas sûre de savoir encore les compter. Nous rions beaucoup, puis nous prenons un temps infini à choisir notre repas sur la carte. Nous remontons ensuite dans la chambre avec une énième bouteille. Demain, lorsqu'on me réclamera le supplément, je pleurerai des larmes de sang, mais pour l'instant, je n'en ai rien à cirer.

Oliver accompagne le serveur qui nous apporte notre menu en poussant une de ces dessertes ridicules qu'on voit dans les films. Lorsqu'ils nous quittent, j'annonce le plus sérieusement du monde :

— Je veux une desserte comme ça.

— Tu es sûre que tu ne veux pas plutôt Oliver avec une desserte comme ça ?

— Tu as raison, je vais lui faire une proposition d'embauche.

Je soulève toutes les cloches pour découvrir les plats que nous avons commandés pour huit personnes. Saumon poché au thé earl grey, poulpe grillé, turbot braisé à la chicorée et eucalyptus, chou rouge caramélisé servi avec des cerises marinées et tout un tas de pâtisseries dont je ne déchiffre pas le libellé à trois lignes. Je verrai bien quand elles seront dans ma bouche.

Une moitié de bouteille de champagne plus tard, je danse sur *Have Yourself a Merry Little Christmas* interprétée par Ella Fitzgerald, tandis que ma sœur dissèque un cupcake, sans doute pour savoir de quoi il est mort.

— Comment fais-tu pour rester aussi normale, tu as bu autant que moi !

— Je suis saoule, répond-elle.

— Ah oui, ça se voit vachement. Maman adorerait ce lieu, il y a plein de trucs à déplacer et à ranger…

— Nous l'emmènerons.

— Oui, pour ça, il faudrait que je décroche des contrats bien plus lucratifs que ceux que j'ai jusque-là.

— William participera, j'en suis sûre.

— Il a une bonne situation, mais l'art ne rend pas riche. Enfin, je ne crois pas. Tu as raison, on n'a jamais abordé la question de l'argent. Tu sais quelque chose ?

Mélie hausse les épaules. Elle sait toujours quelque chose.

— Tu es sûre que tu lui as envoyé un message pour lui expliquer où nous allions ce soir et surtout que c'était ton idée ?

— Je l'ai fait.

— Et ?

— Et ?

— Qu'est-ce qu'il a répondu ? Il était embêté, soulagé, en colère ?

— Normal.

— Génial ! Je suis sur le point d'épouser un homme qui n'en a plus rien à faire de rien. La vache ! Le motif de cette tapisserie bouge, non ? C'est en 5D ?

— Il n'y a qu'un dieu en lequel tu devrais croire, c'est celui des faits. C'est le seul qui nous sauve. Et oui, les motifs bougent.

— Je sais, j'interprète tout le temps. Tu avoueras que j'ai quelques raisons d'en arriver à cette conclusion, non ? Ça fait des semaines que je lui cours après et qu'il me fuit ! Tu crois qu'il a vraiment encore envie de se marier ? Tu crois qu'il me trompe avec cette Abigail parfaite ? Faut que j'arrête de fixer les murs, j'ai envie de vomir.

— Il te l'a dit ?

— Quoi ?

— Tout ça.

— Non…

— Tu as donc la réponse à tes questions.

Ella a cédé la place à Frank Sinatra pour un *Let It Snow* impeccable, je me déhanche jusqu'à Mélie comme une danseuse du ventre qui n'aurait pas pris de cours depuis trente ans.

— Bien, ne parlons plus de mes histoires de cœur. Parlons plutôt des tiennes.

— Je n'en ai pas.

— Ah non ? Revenons au cas d'Alistair.

— Pourquoi ?

— Parce que c'est le seul homme qui a l'air de t'intéresser depuis que nous sommes en âge de comprendre que posséder des organes génitaux peut s'avérer très ludique. Trois ans pour toi, dix-huit pour moi. Mais passons. Est-ce que… est-ce que ça veut dire que tu préfères les hommes aux femmes ?

— Est-ce important ?

— Heu… eh bien, non. Enfin, si, pour ma curiosité personnelle. Mélie, tu es ma sœur, nous sommes très proches, et pourtant, j'ai l'impression de… de ne pas te connaître autant que toi tu me connais !

— Alors, regarde-moi mieux, dit-elle avec un grand sourire.

— Tu me rends dingue, mais je t'adore.

Elle me tend un gâteau que je gobe littéralement. J'éclate de rire :

— Demain, je vais avoir une gueule de bois monstrueuse.

— Demain, tu vas parler à plein de gens importants, donc tu boiras beaucoup de café.

— Quels gens importants ?

— William et Thomas.

— Super, je peux savoir à quelle heure tu as fixé les rendez-vous ?

— Non. Pour l'instant, tu bois.

— Et je danse.

Dean Martin susurre *White Christmas* jusqu'au bout de la nuit.

Ou plutôt jusqu'à ce que je perde connaissance.

Chapitre 13

Vendredi 23 décembre

Je suis en train de mourir. Ou peut-être suis-je déjà morte. Difficile de le dire. Autant que de savoir si je suis debout ou assise et dans quelle pièce je me trouve. Bref, tout va bien.

Putain, je suis trop vieille pour ces conneries.

— Mélie ?

Ma propre voix me semble appartenir à un vieux routier alcoolique qui fume trois paquets de sans filtre par jour. Je tousse.

— Mélie ? On est en quelle année et sur quelle planète ?

— 3857 et sur Alpha du Centaure.

— 3857 et on n'a toujours pas trouvé de remède à la gueule de bois…

— Non, mais maintenant, on greffe des cerveaux sur des corps synthétiques. Tu n'auras donc plus de cernes.

— Je crois que mon corps synthétique va vomir.

Je me précipite dans la salle de bains dont je suis surprise de me souvenir de l'emplacement. Après avoir vomi tripes et boyaux et peut-être un petit morceau de foie, je file sous la douche. Ma sœur, quant à elle, lisse ses longs cheveux noirs devant la glace. Si ses gestes me paraissent un peu plus lents, globalement, elle ne donne pas l'impression d'être passée sous un convoi de bétails.

— Pourquoi tu n'as pas l'air défoncée, toi ? On n'a que cinq ans d'écart !

— C'est dû à ma nature cybernétique.

— Il va me falloir du café, genre une cuve de café.

— J'appelle Oliver.

— Et dis-lui qu'il est viré pour nous avoir laissées boire autant !

La douche s'éternise. Quand je me sens psychologiquement assez forte pour le faire, je diminue la température jusqu'à frissonner. Lorsque je croise la loupe murale que les palaces s'obstinent à mettre dans les salles de bains en plus des miroirs, j'ai un mouvement de recul. Si un défaut vous avait échappé, nul doute que vous le débusquerez avec cet objet de malheur. J'ai intérêt à multiplier les masques et les peelings si je veux avoir l'air de quelque chose quand je retirerai mon voile.

Ah non, c'est vrai.

Est-ce que je me marie toujours demain ? Dans mon reflet, mes épaules s'affaissent. Il est temps de faire face à mes responsabilités. Je me coiffe, enfile mes vêtements, vide la moitié du tube d'anticernes sur mon visage et passe du blush pailleté sur l'ensemble de ma figure. Si ça brille, on oubliera que c'est violet en dessous. Pour une fois que la mode se trouve du côté des femmes…

Après avoir pris le petit déjeuner dans la chambre, enfin beaucoup de café et trois sucres, Mélie et moi sommes prêtes à retrouver la réalité. À peine arrivons-nous dans le hall que j'aperçois William près de la réception. Malgré son flegme britannique, il ne parvient pas à cacher sa contrariété. J'ignore ce que Mélie lui a dit. Si ça se trouve, il est mort de peur et s'est imaginé que je m'étais enfuie au Venezuela.

Pourquoi le Venezuela, Scarlett ? Tu ne sais même pas où ça se trouve sur la carte.

Une fois à sa hauteur, je prends sans le vouloir une voix coupable.

— Bonjour.

— La soirée s'est bien passée.

— Oui, merci.

— Ce n'était pas une question, je vois tes cernes sous l'anticerne.

— Cette marque ne tient aucune de ses promesses.

— Tu vas pouvoir rentrer seule ? demande-t-il à Mélie.

— Oui.

— Bien, Scarlett et moi, on te retrouve plus tard.

Je tique.

— Scarlett peut dire quelque chose ?

— Bien sûr, c'est justement pour ça que je suis là : pour qu'on parle.

Je prends une grande inspiration. C'est ce que je voulais : que nous discutions. J'aurais juste préféré être assez consciente pour le faire.

Nous descendons au parking de l'hôtel et prenons place dans la voiture. William ne démarre pas.

— Tu veux commencer ? demande-t-il.

— On ne sort pas du parking ?

— Non, on ne sort pas.

— Ah oui, c'est sans aucun préliminaire.

— Tu n'es pas en état.

— On est toujours en état pour des préliminaires.

— Ne fais pas diversion avec de l'humour, j'ai plus ou moins inventé le concept.

Je pousse un profond soupir, jusqu'à vider mes poumons d'air.

— D'accord, allons-y, je… j'ai l'impression que depuis quelques mois, tu nous abandonnes. Formulé comme ça, ça paraît cliché, surtout de la part d'une fiancée à quelques heures de son mariage. Sauf que je t'assure que je ne dis pas ça parce que je manque d'affection ou d'attention. Ce mariage, on l'a pensé tous les deux, je ne t'ai jamais rien imposé, pourtant, ça fait des semaines que tu as l'air de t'en ficher complètement. Et ne me ressors pas la vieille excuse éculée du « j'ai beaucoup de boulot en ce moment » parce que j'ai beaucoup de boulot en ce moment.

William me fixe sans rien dire et il m'est impossible de deviner ses pensées. Pour être honnête, je ne prends pas la peine d'essayer. Il a voulu me donner la parole, alors je déballe.

— Personne nous obligeait à sauter le pas, nous étions très heureux jusque-là, alors si on se marie, c'est parce que ça a du sens. Je ne veux pas épouser quelqu'un pour qui la cérémonie est accessoire, pour qui la location de la salle – soit dit en passant, elle est en ruine –, est accessoire, pour qui le fait de voir ma robe avant la cérémonie est accessoire, et pour qui le fait que son frère se soit envoyé mon cousin sous notre toit, est accessoire. Je mérite d'être une priorité, et aussi idiot que ça puisse paraître, le risque de se retrouver avec une pièce montée en forme de pénis mérite aussi d'être une priorité. Quel que soit ce que tu vis au boulot, ce n'est qu'un boulot, ce n'est pas nous. Et… j'ai peur de m'engager avec quelqu'un qui ne partage pas cet avis.

— Je mets la clé sous la porte, annonce-t-il d'une voix égale.

Je marque un temps d'arrêt. Celle-là, je ne l'ai pas vue venir.

— D'accord. Mais tu vas développer ou il faut que je fasse aussi cette conversation-là ? Parce que je peux le faire, mais ça va dégénérer.

— Le milieu de l'art est très difficile depuis un moment, mais en janvier dernier, ça s'est aggravé. J'ai fait tout ce que j'ai pu. Si je continue, on va accumuler des dettes inutiles parce que je crois que la galerie n'est pas près de repartir. Non, c'est faux. En fait, je *sais* que la galerie est morte.

— C'est pour ça que tu as fait ce voyage en Écosse et que tu passes tous ces appels ?

— Pas tout à fait…, répond-il les yeux dans le vague, enfin surtout fixés sur le mur en béton du parking.

Je me sens devenir fébrile. Le prénom d'Abigail plane au-dessus de moi comme un charognard guette une proie qui agonise. Le suspense qu'il fait durer va me pousser à toutes les extrémités.

Tu vas cracher le morceau à la fin !

— J'avais rendez-vous avec le père d'Abigail.

Je le sa… hein ?

— Son père ?

— Il est avocat d'affaires. Pour être honnête, ça m'arrange que la galerie dépose le bilan. En douze ans, j'ai eu le temps de comprendre que l'art a des avantages qu'une galerie ne possède pas. La vérité, c'est que je n'en peux plus de ce boulot. Je ne sais pas de quelle façon mon père l'a su, mais, en mars, il m'a annoncé que mon oncle ouvrait une succursale de sa société à Londres et qu'il voulait que j'en prenne la tête.

Les aveux de William ont l'air de tellement lui coûter, c'est à n'y rien comprendre.

— C'est ça que tu me caches et qui te ronge ?

— Oui.

J'ai loupé l'information de sa liaison avec Abigail ou quoi ?

— Pourquoi ne me l'as-tu pas dit dès le départ ?

— Parce que tu es tombée amoureuse d'un galeriste, pas du PDG d'une entreprise qui fait des systèmes de propulsions. Je ne suis pas idiot, Scarlett, tu me présentes toujours comme étant à la tête d'une galerie d'art et tes yeux brillent chaque fois que tu en parles. Et je comprends, on est tous, en partie, définis par notre travail. Je sais que tu es tombée sous mon charme parce que je travaille dans l'art. Rien à voir avec des fonctions de gestion d'entreprise. Je… j'ai peur que tu ne me regardes plus de la même façon, tu comprends ? De ne plus correspondre à l'image que tu t'es faite de moi.

Je passe une main sur mon front en le massant légèrement. Je prends le temps de réfléchir aux prochains mots qui vont sortir de ma bouche.

— Alors je serais une femme qui tombe amoureuse d'une qualité sociale plus que d'une qualité humaine ? C'est comme ça que tu me vois ? Parce que si c'est le cas, nous avons un problème. Je suis tombée amoureuse d'une âme, avec un accent britannique peut-être un peu, mais surtout d'une âme. Je me fiche de l'emballage. Tu peux faire ce que tu veux, aller où tu veux, tu seras toujours la même âme.

— Pourtant, ce n'est pas l'impression que tu donnes quand je te parle de mon métier. Si tu voyais la façon dont tu me regardes à ces moments.

— Parce que quand tu parles d'art, tu irradies. Il y a une lumière qui s'allume en toi et qui t'habite, c'est ça qui fait briller mon regard. C'est l'expression de ta passion qui me nourrit, peu importe ce qui en est à l'origine.

William me dévisage avec intensité.

— Tu… tu penses ce que tu dis ?

— Absolument. Et je suis aussi sûre d'une chose, c'est que je ne pourrais pas vivre avec quelqu'un qui ne se bat pas pour être heureux. Et être heureux, c'est faire ce qu'on aime. Toi et moi, sommes sur cette terre pour être heureux. Rien d'autre. Par respect pour ceux qu'on empêche de l'être et pour ceux qui ne sont plus là pour essayer, on se doit de tout faire pour trouver le bonheur. Et enfin… moi je pensais qu'ensemble, on y arrivait plutôt bien.

— Ensemble, on va plus vite pour l'attraper, dit-il en souriant.

J'approche mon visage du sien pour sonder son regard.

— Est-ce que la proposition de ton oncle te convient ?

— Oui. Pour être franc, il me l'avait déjà faite quand j'ai fini mes études. À l'époque j'avais préféré accompagner Thomas dans son rêve d'ouvrir une galerie et mon oncle n'a jamais ouvert sa succursale, mais cette carrière m'intéressait. J'avais choisi mon cursus universitaire parce que je voulais rejoindre mon père et mon oncle dans l'entreprise. Je voulais propulser des fusées.

Thomas…

C'est avec lui que William doit avoir une conversation. Ça urge.

— Propulser des fusées, ça me paraît être un joli projet. Encore, que je n'y connais rien. Préviens-moi juste quand vous aurez résolu le problème du voyage en vitesse supra-luminitique.

Il me sourit, et après un temps, murmure :

— Je ne considère pas notre mariage comme accessoire. Jamais.

— Peut-être pas, mais de mon point de vue, je pouvais en douter.

— Scarlett, toi et moi avons, d'une certaine manière, le même problème : notre famille. J'ai des choses à régler avec mon frère, et toi, tu dois arrêter de penser que tu remplaces ton père.

Touché.

Je baisse les yeux.

— Tu es paniquée à l'idée que ton entourage ait une mauvaise opinion de toi. Mais, la vérité c'est que ta mère et ta sœur savent exactement qui tu es.

Et c'est pour ça qu'elles t'aiment de façon inconditionnelle. Rien ne changera jamais ça et tu n'as pas besoin d'endosser une cape de super-héros pour compenser l'absence de ton père.

— Justement, c'est ce qu'il m'a demandé. Il m'a dit : « Prends soin d'elles. » Si j'ignore ses dernières volontés, c'est comme s'il mourait deux fois, non ?

— Il faut que je t'avoue quelque chose. Mélie m'a confié que ton père lui avait dit la même chose.

Je le dévisage, les yeux écarquillés.

— Q… quoi ?

— Un jour qu'on était tous les deux tout seuls, sans toi, elle m'a dit que tu n'étais pas encore prête à l'entendre, mais qu'elle pensait que les mots de ton père étaient un héritage empoisonné. Il souhaitait juste que vous preniez soin les unes des autres, pas que tu endosses le rôle d'un protecteur.

Incroyable. Je n'en reviens pas que Mélie ne m'ait rien dit. En même temps, lui ai-je laissé l'opportunité de le faire ? Si je ne suis plus le pilier de la famille, quel rôle suis-je censée tenir ? Car, tous les membres d'une famille sont censés en tenir un… non ?

Je laisse aller ma tête contre le dossier. Je me sens soudain tellement stupide.

— Désolé, ça aurait été mieux que ce soit elle qui te le dise, mais j'ai pensé…

— Arrête. C'est Mélie, si elle te l'a confié, c'est qu'elle savait qu'un jour tu m'en parlerais et que ça nous serait utile.

— Pas faux.

Le silence s'installe, et avec lui, un malaise qui nous fait comprendre à quel point de simples suppositions, de simples hypothèses, peuvent dresser des murs entre deux personnes qui pourtant s'aiment profondément.

— Donc… tu veux toujours te marier ?

William attrape ma main et la presse contre sa bouche. Ses yeux noirs se remettent à pétiller. J'oublie tout le reste.

— Je veux tout, répond-il, me marier, voir ta belle robe en mouvement, danser au milieu des échafaudages, et surtout, continuer notre chemin pour voir où il nous mène.

Il fond sur moi et me serre fort contre lui. Je me sens si légère, certes un peu nauséeuse, mais débarrassée de ce poids brûlant qui grossissait de semaine en semaine. Mon corps se relâche contre le sien, je m'abandonne et lance dans un gémissement saturé d'émotion :

— Merde, je croyais que tu me trompais avec cette Abigail !

William s'écarte assez pour que son visage se trouve face au mien.

— Abigail ? T'es sérieuse ?

— Oh, ne prends pas l'air si dégoûté, elle est jolie et c'est une amie.

— C'est ma mère ! s'exclame-t-il avec une pointe d'horreur, je ne vais pas coucher avec ma mère. Franchement, Sarah et moi on n'a jamais pu la supporter plus de quelques heures d'affilée, c'est pour ça qu'on s'est perdus de vue. Comment as-tu pu croire…

— … Parce que justement, elle est comme ta mère. Tu ne serais pas le premier homme que ça ne dérangerait pas de s'envoyer sa copie conforme.

— Si les gens sont de gros pervers, grand bien leur fasse ! Mais moi, j'ai réglé mon complexe d'Œdipe, merci.

Il resserre son étreinte et pose son menton sur ma tête. L'une de ses mains parcourt mon dos en de douces caresses.

— Partage-moi ton stress, susurre-t-il.

— Sers-toi, y'en a pour deux.

Je respire son parfum et me laisse bercer par le rythme étouffé des battements de son cœur. La chaleur de son corps m'électrise.

— Tu sais qu'il va quand même falloir que nous reparlions de cette histoire de pièce montée en forme de pénis, annonce-t-il avec sérieux.

— Fais comme moi : remet t'en à Dieu et prie.

Au bout d'une longue et tendre étreinte, William démarre la voiture. Il reste toutefois une chose qui me tracasse.

— Est-ce que tu as déjà annoncé à Thomas ton intention de fermer la galerie ? Parce qu'il n'a pas l'air de savoir qu'il y a un problème.

— C'est bien le souci, il ne sait que ce qui l'arrange. Il est temps que Thomas et moi prenions nos responsabilités, ça ne peut plus durer. Mais je ferai ça après le mariage.

— Bonne idée. Et nous avons aussi, et surtout, un problème de salle.

— Je sais. Mélie a dit qu'elle gérait ça et m'a interdit de m'en occuper. J'ai cru que vous aviez trouvé une solution, non ?

— Je ne suis pas au courant.

Il me décoche un regard dubitatif, puis hausse les épaules.

— Faisons-lui confiance, conclut-il en me servant son sourire charmeur.

Chapitre 14

Une fois revenue à la maison avec William, et gonflée d'une nouvelle énergie, cette fameuse énergie aussi appelée « va plus trop falloir me chercher des noises », je descends de la voiture et le laisse réceptionner l'alcool livré dans les temps – ça mérite d'être relevé – par notre caviste. Au moins un prestataire qui, dans tout ce tourbillon d'incompétence, assure un travail impeccable et sans retard. Ma voiture est garée dans la cour, Mélie est donc rentrée sans difficulté. Immobile devant ma porte, j'hésite. Le froid de la neige commence à picoter mes orteils à travers mes bottes. J'imagine que les tensions entre Pietra, Orlando et ma mère sont toujours aussi vives.

C'est chez toi, merde à la fin !

Un véhicule passe le portail. Je reconnais celui de Thomas. Après s'être garé, il descend et aide Lizzie à en faire de même. Elle a les bras chargés d'un immense plat. Qu'a-t-elle bien pu fourrer dedans cette fois ? Du LSD ?

— Bonjour, ma toute belle ! lance-t-elle chaleureusement. Nous avons une bonne nouvelle.

Il y a bien du LSD dans ton plat ?

— Ah oui ? Attendez, rentrez, il fait super froid.

Le visage de Thomas est fermé. Ça tombe bien qu'il soit venu jusqu'à moi, il est temps que je déverse toutes les tensions accumulées.

Dans le hall, la chaleur saturée de la cheminée crée comme un mur invisible. La maison est calme, je ne perçois aucun mouvement.

— Installez-vous dans la véranda, je prépare du thé.

— Un chocolat, s'il te plaît, corrige Lizzie en me tendant le plat.

— C'est piégé ou pas ?

— Non. Enfin, sauf si tu as du cholestérol, et dans ce cas-là, il ne faut surtout pas t'en approcher.

Le récipient pèse une tonne. Je les laisse tous les deux prendre place sur les chaises en osier et entre dans la cuisine. Je surprends Mélie en train de parler à voix basse à une rangée de mugs qu'elle a sortis de je ne sais quel placard.

— Où se trouvent maman et les autres ?

— Elles se reposent dans la chambre. Je ne sais pas où sont Orlando et Caroline.

— Thomas et Lizzie sont là. Ce serait bien que tout le monde continue de se reposer dans son coin.

— Je peux écraser un peu de Lexomil dans du thé et leur monter.

— Non… quoi que… non !

Résiste, résiste…

Plateau en main, je retourne dans la véranda en essayant de ne pas faire de bruit.

— Alors, quelle est cette bonne nouvelle ?

— Thomas et moi avons trouvé un merveilleux fleuriste qui a accepté de faire le modèle de bouquet que tu veux, explique Lizzie pendant que Thomas, lui, ne pipe toujours pas un mot.

— C'est génial ! Merci de vous en être occupés, ça me soulage tellement. Enfin, quelque chose qui se règle.

— Tu as d'autres problèmes ?

Mon sourire est si crispé que je dois ressembler au Joker.

Oh une broutille, on n'a plus de salle.

— Je... je n'ai pas pu trouver de coiffeur.

— Oh, je suis désolée d'entendre ça. À cette période, je crains que...

— ... Ce n'est pas grave, s'il ne reste que ça comme soucis, je ferai un chignon tout simple et avec le voile, on ne verra rien.

— Tu seras une magnifique mariée, de toute façon.

— Merci.

Je jette des coups d'œil à Thomas qui évite mon regard. Difficile d'aborder le sujet d'Orlando devant Lizzie sans que ça nous mette lui et moi très mal à l'aise. Pourtant, il va bien falloir qu'on crève l'abcès.

— Oh pitié, parlez-vous, s'agace Lizzie.

— Mamie..., soupire Thomas.

— Quel est le problème ? Vous vous adorez, tous les deux ! Je t'en prie, ne fais pas comme ta mère. Ne rejette pas tous les gens qui t'aiment parce que tu n'arrives pas à exprimer ce que tu ressens.

— Thomas… elle a raison, discutons. Je sais que…

— Orlando ! m'interrompt-il en dressant la tête en direction du salon.

Je me retourne. Orlando est à l'entrée de la salle à manger, immobile comme un chien d'arrêt devant un faisan. Son visage reflète autant la surprise que la panique. Il devait s'attendre à tout sauf à nous trouver sur son chemin. Thomas se lève et fait quelques pas dans sa direction. Lizzie enfourne un biscuit dans sa bouche, l'air concentré. Moi, j'ai retrouvé ma tête de poisson-lune. Mélie débarque dans le dos d'Orlando. Le public est au complet.

— Thomas est dans la véranda, annonce-t-elle à Orlando avec au moins deux trains et une gare de retard.

— Tu… tu vas bien ? demande Thomas, avec une fébrilité inédite dans la voix.

Orlando hésite, puis décide de fuir. Thomas se précipite à sa suite.

— On peut au moins en parler, non ?

Lizzie, Mélie et moi suivons le couple dans le hall. Je pressens la catastrophe, mais à ce stade, tout le monde s'en fout, on veut juste assister à ce qui va se dérouler.

— Je… ce n'est pas le moment, murmure Orlando, un pied sur la première marche de l'escalier.

— Quand ? *Quand* ce sera le moment ? Lorsque tu auras soixante-dix ans et que la génération des cons de ta famille qui t'aura gâché la vie sera six pieds sous terre ?

J'interviens :

— S'il vous plaît, moins fort…

En vain.

L'ombre de Pietra apparaît soudain sur les marches supérieures. En temps normal, elle irradie le jugement et le mépris, mais perchée en haut de l'escalier, l'impression est décuplée. J'hésite : vaut-il mieux fuir de la maison et attendre qu'ils y mettent le feu, ou essayer une diversion ? Nous avons une bonne assurance habitation.

— Qu'est-ce que vous venez faire ici ? aboie Pietra en fusillant Thomas du regard.

— Ce ne sont pas vos affaires, répond-il sur le même ton agressif.

— Si c'est pour parler à mon fils, elles le sont au contraire.

— Justement, non. Au cas où l'information vous aurait échappé, au moment de l'accouchement, on a coupé le cordon ombilical. S'il veut me parler, il me parle !

— Orlando, monte dans ta chambre ! Il est hors de question que tu te donnes à nouveau en spectacle devant ces étrangers.

— Maman…, geint le jeune homme.

— Ça suffit ! Tu nous as causé assez de tort avec tes… tes frasques contre nature. Après tout ce que ta famille a fait pour toi, comment tu peux nous cracher au visage de la sorte ? Si ton père était encore là, tu le tuerais à nouveau !

Pauvre garçon qui hérite d'un patrimoine familial à ce point oppressif. Je distingue nettement les barreaux de sa cage maternelle, mais je suis réduite à l'impuissance, car personne ici à part lui ne possède les clés.

— Sérieux ? Tu vas continuer à accepter ça ? implore Thomas en fixant intensément Orlando.

Crois-moi, je sais ce que tu vis, je l'ai vécu avant toi il n'y a pas si longtemps. Tu penses que l'enfer de ton quotidien est toujours mieux que l'inconnu, parce que c'est *ton* enfer. Tu le connais bien. Mais tu te trompes. Si tu continues de nier qui tu es, tu vas mourir. Pas tout de suite, peut-être pas dans cinq ans, mais tu vas mourir. Je… J'ai des sentiments pour toi, je sais c'est dingue, seulement c'est comme ça. Je peux t'aider, même si tu n'éprouves rien pour moi, je serai là, je te promets.

Le regard que lance Orlando en direction de Thomas me bouleverse. Il s'y mêlent l'indécision et l'espoir, l'amour et la douleur. Je ne le vois et ne le comprends que maintenant : il y a eu un coup de foudre entre ces deux-là, ça devrait sauter aux yeux de tout le monde. Je m'en veux d'avoir cru qu'il s'agissait d'une banale relation pansement ou d'une non moins banale histoire de sexe. J'ai oublié que c'est ce qui s'est passé entre William et moi, j'ai oublié la sensation de choc électrique qui traverse l'âme.

— Orlando ! s'écrie Pietra en descendant les marches pour saisir le bras de son fils, suis-moi maintenant !

Thomas secoue la tête de dépit. Sa déception me transperce le cœur. Les familles qui rejettent les leurs pour la seule raison qu'elles ne se reconnaissent pas en eux, sont toujours celles des autres. Ça existe, c'est dans les films, dans les livres, mais pas chez nous, pas en vrai. Et pourtant… bien sûr que cela peut se produire sous nos yeux. Thomas s'empare de son blouson si brutalement que le portemanteau tremble sur ses pieds.

— Thomas, attends, murmure Orlando si bas qu'il faut plusieurs secondes à l'assemblée avant de comprendre. Reste. Reste encore un peu.

— Orlando ! s'offusque Pietra. Je te préviens, fais bien attention aux mots que tu vas prononcer maintenant, parce qu'il se pourrait que ce soient les derniers que j'accepte d'écouter. Il n'y aura pas de retour possible après ça.

Le dos de ma tante me paraît s'allonger comme si sa haine la faisait grandir.

— Je fais bien attention, maman, et toi aussi, tu devrais. Je t'en prie, regarde-moi. Je suis le même qu'il y a un an, qu'il y a deux semaines, le même que ce matin. Peu importe qui j'aime, qui je n'aime pas, qui je mets dans mon lit, ou pas, ça ne change pas qui je suis.

— Oh je t'en prie, pas de ça avec moi ! Je connais ce discours du « ce n'est pas grave, faisons n'importe quoi au nom de la liberté ». C'est avec ce genre de façon de penser que les nouvelles générations ne respectent plus rien ! Elles n'ont plus d'interdits, plus de morale et plus de limites. Aujourd'hui, tu couches avec des garçons, mais demain, tu coucheras avec quoi pour te rendre intéressant ? Des animaux ?

Le silence s'abat dans mon hall d'entrée. Les corps se figent de sidération. Orlando est le premier à sortir de la stupéfaction générale. Il retire brusquement son bras de la poigne de sa mère et recule sans la quitter des yeux.

— Je suis toujours moi, et si tu ne reconnais pas ton propre fils, c'est peut-être que tu n'es pas la bonne mère.

Le visage de ma tante se déforme en une horrible grimace. Son teint vire au rouge brique. Je pourrais jurer qu'elle va sauter à la figure de son fils et le mettre en pièces. La présence de spectateurs la retient, et après quelques secondes de lutte intérieure, elle se ravise et s'éloigne. De ma vie, je n'avais jamais vu autant de haine dans le regard de quelqu'un.

— Soit, tu as fait ton choix, juge-t-elle d'une voix beaucoup plus basse, presque étrangère à elle. Ne t'avise pas, quand ton amant se sera lassé de toi, de revenir à la maison pleurer dans mes jupons. En ce qui me concerne, ta trahison est impardonnable. Je ne veux plus jamais te voir ni entendre parler de toi.

Orlando recule comme si on venait de lui donner un coup de poing dans le plexus.

— Scarlett, tu comprendras je pense que Giulia et moi ne puissions plus assister à ton mariage à moins que ces deux-là n'y soient pas.

Toujours sous le choc de l'échange dont je viens d'être le témoin, je mets un temps avant de me rendre compte qu'elle s'adresse à moi.

— Je me charge de vous trouver un vol et je vous conduirai à l'aéroport.

— Évidemment, crache-t-elle.

Lizzie se dirige vers le portemanteau, et après avoir décroché les manteaux de mes tantes pour les poser en travers de la rambarde de l'escalier, elle sert à Pietra son sourire le plus poli.

— Très chère, avec tout le respect que je vous dois, vous êtes une vieille conne.

— Dégénérés, murmure Pietra avant de gravir les marches presque quatre à quatre.

Thomas se précipite sur Orlando et le serre puissamment contre lui. Je voudrais pouvoir compatir, mais comment savoir l'horreur que ce garçon est en train de vivre ? J'ai été aimée par mes deux parents, et surtout, je l'aurais été quoi que je fasse ou qui que je sois.

— Scarlett, as-tu quelque chose d'un peu fort à boire ? demande Lizzie, il me semble que nous en avons tous besoin.

Sans rire.

J'acquiesce et sors du bar un excellent whisky fumé ainsi que quelques verres. Lizzie et Thomas ont fait asseoir Orlando dans la véranda. Le jeune homme est plus pâle que la mort. Mélie allume les guirlandes de Noël ainsi que le sapin afin de redonner à la lumière sépulcrale de fin de journée un peu de vie et de chaleur.

— Qu'est-ce que j'ai fait ? se lamente Orlando. J'ai tout détruit.

— Les réactions des autres ne disent rien de toi, rétorque Mélie. Elles ne sont que leurs réactions et ne parlent qu'en leurs noms. Tu n'as pas choisi de provoquer la colère de ta mère pas plus que son départ. Elle seule l'a fait.

— Vous ne comprenez pas, là-bas, en Corse, j'habite dans une petite ville, ma famille est connue. Quand ça va se savoir, je ne vais plus pouvoir y remettre les pieds. Ce seront eux contre moi…

— Tu supposes, poursuit Mélie, mais avant d'entrer en guerre, vérifie d'abord que l'armée ennemie est à ta porte.

Je retourne dans la cuisine pour préparer un plateau sur lequel je dispose des sablés de Noël que ma mère et ma sœur ont confectionnés la veille. En même temps, je vais sur Internet pour essayer de trouver des vols de retour en direction de la Corse. J'inclus aussi celui de Caroline, supposant que même son déni chronique ne pourra lui faire ignorer la scène qui vient de se jouer. Du fait de l'imminence des fêtes de fin d'année, je trouve un vol assez facilement pour le lendemain matin au départ de Heathrow avec une escale à Paris. Comme je me suis occupée de leur venue, j'ai conservé leurs coordonnées. Sans attendre, je fais donc les réservations. Dans la foulée, je pren ds aussi deux chambres au Sofitel de l'aéroport. Quand bien même j'aurais envie qu'elles restent chez moi cette nuit – ce qui n'est pas le cas – je ne vois pas comment cela ne tournerait pas à la catastrophe. Lorsque je valide ma commande, un souvenir frappe soudain mon esprit. Il y a deux ans, quand Mélie, William et moi avons été coincés à Heathrow du fait des intempéries, la compagnie aérienne nous a loué des chambres au même Sofitel. Dès l'instant où le sort a décidé d'être ironique, il ne fait pas semblant.

— Tu aurais des mouchoirs ? Ça chouine comme des madeleines, réclame Thomas dans mon dos.

Je lève le nez dans sa direction et lui indique un placard.

— Je leur ai trouvé un vol de retour demain matin. Dès qu'elles auront fait leur valise, je les conduirai au Sofitel de Heathrow.

Il tourne son visage en direction de ses chaussures.

— Je… merci.

— Que voulais-tu que je fasse d'autre ? Je ne peux pas ne pas prendre position dans cette affaire. Si je le faisais, je serais complice des horreurs qu'elle a pu dire. C'est inacceptable, vraiment. Et peut-être que si elles aussi avaient dû subir le rejet, elles comprendraient mieux ce que cela signifie que d'être une minorité. C'est ça le truc, elles doivent devenir une minorité.

— J'ai foutu une sacrée pagaille, n'est-ce pas ?

Je hausse les épaules.

— Oh, ce n'est qu'une parmi toutes les autres. Ça finit même par devenir anecdotique.

Je fais signe à Thomas de s'asseoir un instant en face de moi.

— Tu avais raison sur un point, tu sais, moi aussi j'avais des préjugés. Je me suis dit que tu ne pouvais pas tomber amoureux si vite, que c'était une histoire de…

— … une histoire de cul, poursuit-il, parce que les gays ont la réputation d'être moins fleur bleue que les hétéros.

— C'est ça. Et je n'en suis pas fière, crois-moi. D'autant que c'est ce que j'ai vécu avec ton frère. En quelques jours à peine, j'ai su que ce que j'éprouvais pour lui n'avait rien à voir avec ce que j'avais ressenti avant. Que c'était spécial. J'aurais dû t'écouter. C'est Mélie qui a raison, je ne suis pas attentive aux autres.

— Faut dire que je ne te facilite pas la tâche. Même quand j'étais avec Moshe, j'ai eu un paquet d'histoires de cul chaque fois qu'on se séparait, et je n'ai pas été avare de détails quand je t'en parlais. Tu es… tu es ma confidente, parfois, j'oublie de mettre le filtre.

— Arrête, je sais très bien que ta préférée, c'est Mélie.

— Oui, mais tu partages en grande partie son patrimoine génétique, du coup je t'aime bien aussi.

Nous rions. Malgré la crise familiale majeure, la journée se termine bien. La famille n'est pas imposée par un arbre généalogique, la famille vient du cœur, c'est la seule lignée et le seul ciment qui comptent.

— Scarlett Archer ! Par le plus grand des hasards, tu n'aurais pas quelque chose à me dire ?

Maman !

— Maman ?

— C'est ça, ta pauvre mère. Thomas, laisse-nous une seconde, tu veux bien, j'ai besoin de place.

— Salut ! lâche-t-il avant de, littéralement, se dématérialiser hors de la cuisine.

Petit con.

Chapitre 15

Deux minutes que ma mère n'a pas prononcé un mot. Autant dire une éternité. Je commence à ronger mes ongles. J'ai résumé ce qui s'était passé entre Orlando et Pietra, elle ne m'a pas interrompue une seule fois – en soi, c'était déjà alarmant – elle n'a rien fait d'autre que m'écouter. Et après, plus rien.

J'attends. Je me dandine sur ma chaise. Et j'attends encore. Quand j'aurai rongé mes doigts jusqu'à la deuxième phalange, il faudra quand même appeler les urgences.

— Elle a vraiment dit tout ça ? finit-elle par demander avec gravité.

— Je te jure.

Nouvelle pause silencieuse, comme s'il lui fallait toute sa concentration pour que l'information puisse être absorbée par son cerveau.

— Mais qu'est-ce qui ne tourne pas rond chez elle ! tonne-t-elle brusquement. C'est son fils !

Les enfants, c'est sacré ! On ne les aime pas sous conditions, c'est pas une question de choix, c'est une question de génétique. On n'a qu'un boulot sur cette terre, c'est de prendre soin d'eux, c'est pas compliqué, bon sang !

— J'ai décidé de les conduire à l'hôtel dès ce soir. Je ne me voyais pas les laisser cloîtrées dans leur chambre, ou pire, les accueillir à table. Toi qui rêvais d'une réconciliation…

— Tu parles… Je vais te dire, Pietra a raison au moins sur un point, je suis différente d'elles. En les quittant, j'ai rompu le lien de dépendance que j'avais avec elles. Ton père m'a permis de m'émanciper. Je n'ai plus rien à voir avec celle que j'étais quand j'ai fui la Corse. En fait, j'étais comme Giulia. Peut-être même encore plus soumise, c'est dire.

— Quand même, j'aurais tellement voulu qu'on puisse se rapprocher. Tu avais raison, c'est une partie de notre histoire familiale et c'était dommage de l'avoir perdue.

— C'est sans doute une illusion. J'imagine que nous ne sommes pas obligés de subir nos proches au nom de la divinité Famille. Ma sœur est une idiote, si j'avais été là, je ne sais pas comment j'aurais réagi. On ne parle pas à son enfant comme ça !

— Il faut espérer qu'elle change d'attitude, sinon elle va perdre son unique fils.

— Oh, crois-moi, elle serait prête à bien pire pour ne pas avoir à changer d'avis et reconnaître ses erreurs. Elle était déjà comme ça quand on était enfants. Mon père, paix à son âme, était un vrai tyran domestique – c'est l'époque qui voulait ça –, eh bien, il aurait pu la tuer sur place, jamais elle n'aurait reconnu ses torts.

Je pousse un gros soupir.

— On s'en souviendra de ce mariage !

— Ce sont les épreuves qui enrichissent l'existence, dit-elle en me caressant la joue.

— Merci.

— Pourquoi ?

— D'être la mère que tu es.

— Ce que tu ne ferais pas pour une tarte Tatin à la banane !

J'éclate de rire.

— J'en ai fait un peu trop, c'est ça ?

— Vu le nombre de personnes qui en ont besoin ce soir, il faut au moins que j'en fasse deux.

Chez les Archer, tout se règle avec de la nourriture.

— N'exagère pas, avec le départ des tantes, il ne nous… oh, c'est vrai ! On a invité Lena ce soir…

— Non, *tu* l'as invitée. Et l'oncle de William et son fils aussi.

— Pourquoi ai-je fait ça ?

— Pour être gentille ?

Je m'écroule sur la table.

— Ne t'inquiète pas, je m'en charge, avec Lizzie. Toi, occupe-toi de tes tantes.

Une heure plus tard, j'entends le bruit de valises à roulettes au premier. L'atmosphère est très étrange. Il y a du monde, pourtant, on n'entend que des bribes de conversations étouffées. Les invités sont répartis en trois lieux : la cuisine, la véranda et le premier étage. Chacun calfeutré dans son univers, chacun détourné des autres. Et moi, dans le hall, à la jonction de tous ces mondes. La porte d'entrée s'ouvre dans mon dos. William s'engouffre à l'intérieur en tapant ses chaussures de ses gants pour se débarrasser de la neige. Quand il croise mon regard, il émet un léger grognement.

— Laisse-moi deviner, dit-il, le toit de la mairie s'est écroulé et celui qui devait nous marier est mort sur le coup ?

— Voilà, super, maintenant tu donnes des idées au dieu des mariages ratés.

— Un mort ?

— On a failli. Pour te la faire courte, voici deux options : tu m'accompagnes au Sofitel de Heathrow pour y déposer mes tantes et la fiancée d'Orlando.

— Caroline.

— Voilà, Caroline ! Option deux : tu restes ici et tu gères ton frère avec son nouveau petit copain qui au passage n'a plus de chez-lui.

— Je prends l'option 3 : voyage aux Bahamas.

— Démarre la voiture.

Lorsque mes tantes descendent, l'équipe « véranda » ne daigne pas se déplacer. J'imagine comme cela doit être difficile pour Orlando. Il tient bon, et ça, c'est du courage. Ma mère sort de la cuisine pour souhaiter un bon voyage à mes tantes. Pietra lui jette à peine un coup d'œil, contrairement à Giulia qui se risque à une accolade et à un « à bientôt » qui restera sans doute lettre morte. Pietra met un terme aux mondanités en lui ordonnant de la suivre. Caroline se glisse dehors comme un fantôme. Je n'aurais pas réussi à me décider à son propos : victime d'une éducation archaïque ou vraie garce opportuniste ? Ni elle ni moi n'étions disposées à dépenser du temps et de l'énergie pour nous découvrir. Parfois, on laisse l'autre indifférent, tout simplement.

Je ferme la marche et rejoins William dans la voiture. Il n'y a personne sur la route, pourtant c'est le voyage le plus long que j'ai eu l'occasion de faire. Personne ne prononce le moindre mot. Je n'ai jamais éprouvé autant de malaise. Les minutes défilent et ce n'est pas faute de les mettre à profit pour tenter de trouver quelque chose à dire. Non pas pour régler le problème, mais pour me montrer courtoise. Sauf que rien ne vient. William me jette des coups d'œil interrogateurs mais je suis incapable de réagir, comme hébétée. Comment gérer pareille situation ? Personne n'est préparé à ça. Les lumières dansantes des décorations de Noël et les vitrines miroitantes des magasins paraissent tellement incongrues. J'ai hâte de rentrer à la maison, d'admirer mon immense sapin – le plus beau du monde – et de m'asseoir avec mes proches. À cet instant précis, même la perspective de converser avec Lena me semble agréable.

Comme toutes les mauvaises choses ont aussi une fin, nous arrivons à Heathrow. Je tiens à accompagner mes tantes jusqu'à l'accueil de l'hôtel et refuse catégoriquement qu'elles règlent la note des chambres ou des billets d'avion. Pietra s'énerve. Elle se trompe si elle croit que je le fais pour elle. Je le fais par respect pour mes parents et leur éducation. Et sans doute un peu pour lui jeter mes valeurs à la figure. Je finis par m'enfuir sans me retourner. Une fois dans la voiture, je pousse un glapissement de soulagement et de joie.

— Je pensais que j'allais faire sensation en te disant que le caviste s'est trompé dans la commande. Deux caisses de champagne nous ont été livrées en trop, et il nous les offre. Mais encore une fois, tu m'as coiffé au poteau, plaisante William.

— Très drôle. Si je raconte tout ça, personne ne me croira.

— Oh, tu n'auras qu'à présenter nos familles aux sceptiques, ça devrait suffire.

— J'espère que ça va aller pour Orlando. Je suis presque sûre que maman va lui proposer de l'héberger à Saint-Malo. Et puis, elle l'engraissera à coups de gâteaux, comme la sorcière dans *Hansel et Gretel*, et avant qu'il s'en rende compte, il sera devenu son nouvel enfant et aura pris vingt kilos.

— Un vrai *happy end*.

Sur le chemin du retour, je demande à William de quitter l'autoroute et de passer par les villages. Je veux m'imprégner de l'ambiance de Noël. Aux yeux de beaucoup, je passerais sans doute pour une gourde qui a oublié de grandir, mais cette période de l'année me rend heureuse et me donne de l'énergie. J'entends le rire de papa, et ses plaisanteries sur la guerre qu'il menait contre les voisins pour savoir qui aurait la maison la plus illuminée. Je vois le visage impassible de Mélie fixant avec intensité les cadeaux sous le sapin, comme si elle conversait en secret avec eux. Et les odeurs des plats de ma mère… Trop, beaucoup trop. J'évite de me projeter dans l'avenir, de penser à mes futurs enfants, mais pendant cette période de l'année, il m'arrive parfois, au milieu de la nuit, d'imaginer des paquets sous un sapin. Avec une, ou peut-être deux têtes rousses plongées dans le déballage des cadeaux. Dans mes visions, il y a un gros chien, aussi, et un chat prétentieux. Le reste de l'année, je perçois le côté cliché de tout cela. Mais, pas en cette période. En cette période, ça me paraît l'avenir le plus radieux de l'univers. Tout est plus glamour à Noël. Ça vient des lumières qui se reflètent sur le givre.

William se gare devant un magasin.

— Qu'y a-t-il ?

Il me fait signe de le suivre. L'expression qui adoucit ses traits et fait pétiller son regard me rappelle pourquoi je l'ai trouvé si beau à la seconde où j'ai croisé son reflet dans le miroir. Nous pénétrons dans un salon de thé à la décoration baroque si kitsch qu'on se croirait dans une dimension parallèle, version *Alice au pays des merveilles.* J'adore ! William a un flair infaillible. Nous prenons place autour d'une table et nos fesses s'enfoncent dans les coussins outrageusement moelleux des sièges.

Une serveuse qui ressemble à la ballerine de *Casse-Noisettes* vient prendre notre commande. William demande deux énormes chocolats chauds à la guimauve et deux tranches de *carrot cake.* Je suis aux anges. Mon sourire s'élargit démesurément au moment de nous servir. L'odeur de sucre saturé et de cannelle émoustille tous mes sens.

— C'est le truc le plus sexy qu'on ait fait ces dernières semaines.

— Je sais, répond William sur un ton chargé de fierté.

Je me délecte de ma boisson chaude tandis que Sinatra chante *Winter Wonderland.* À travers la vitrine, les gens courent les bras chargés des cadeaux de dernières minutes. William me couve d'un regard amoureux plein de désir. Les doutes du matin se sont envolés, ont-ils même jamais existé ? Je me fiche que nous fassions la fête sous un échafaudage ou que je doive découper un gâteau en forme de pénis, je suis la plus heureuse du monde.

— Tiens, il se remet à neiger, annonce William en entrelaçant ses doigts aux miens.

— Parfait. La neige nous réussit toujours, non ?

— À chaque fois, acquiesce-t-il en approchant son visage du mien pour m'embrasser tendrement.

— Tu crois que si nous nous échappons, quelqu'un remarquera notre absence, ce soir ?

— Ma mère. Mais uniquement parce qu'il y aura un trou dans le plan de table.

J'éclate de rire.

Quarante minutes plus tard, quand ni William ni moi ne trouvons plus de raison crédible de rester dans ce petit paradis hivernal, nous reprenons la route en direction de la maison. J'ai à peine passé la porte que ma mère fait irruption devant moi armée d'un torchon.

— Je peux savoir où vous étiez ? demande-t-elle en essayant de parler tout bas.

— Il y avait énormément de monde sur la route.

Excuse bateau, mais crédible.

— Tu as une trace de chocolat au coin des lèvres.

Ou pas.

— Je ne sais jamais quoi lui dire à ta belle-mère, c'est ton boulot ça ! Moi, je fais la cuisine.

— Lena est déjà là ? demande William.

Fausse question, bien sûr qu'elle est là.

— Gérez-la, un point c'est tout. Je file m'occuper du rôti.

William et moi nous encourageons mutuellement du regard, puis gagnons le salon, l'air le plus impeccablement détendu qui soit. Ça ne durera pas.

— Votre mère nous a dit que vos tantes étaient parties précipitamment, lance Lena à peine lui a-t-on dit bonsoir.

Ça ne dure donc pas.

— Oui, tout à fait...

Je ne vais pas au-delà dans la confidence car j'ignore ce que ma mère ou Lizzie ont pu lui raconter.

— Je suis navrée que les choses aient tourné de la sorte, le mariage est une cérémonie où tout le monde doit faire des efforts.

Et on en connaît toutes les deux un rayon sur le sujet.

Lizzie et ma mère n'ont pas pu s'empêcher de parler.

— Depuis mon *coming out*, ma mère a une grande expérience quant à l'ouverture d'esprit, intervient Thomas, allumant la mèche comme à son habitude.

— Absolument, rétorque Lena sans perdre de sa superbe.

Orlando est tellement tassé sur lui-même qu'il a perdu dix centimètres.

— S'il vous plaît changeons de sujet, tranche William, et passons une agréable soirée.

Bonne idée, parlons du conflit israélo-palestinien, ce sera moins tendu.

— Maman m'a dit que vous aviez trouvé un autre fleuriste, poursuit Lena qui joue son rôle d'invité à la perfection. C'est fou cette histoire d'intoxication et de bactérie. Vous avez eu de la chance de ne pas être touchés.

Je n'avais jamais envisagé cette hypothèse, mais il semblerait que nous ayons effectivement eu beaucoup de chance sur au moins un point.

— C'est vrai. Prions pour que d'ici demain tout se déroule normalement.

Je jette un œil à Mélie, en essayant de ne montrer aux autres aucune angoisse quant à l'avenir même de la cérémonie. Le Lâcher prise est un merveilleux concept, sur le papier uniquement ou en slogan publicitaire. Le visage de ma sœur ne reflète rien qui pourrait me rassurer. Elle est occupée à expliquer à Alistair je-ne-sais-quoi à propos d'un dessous-de-plat qui n'en est pas un, et lui, a l'air inexplicablement intéressé. Une nouvelle fois, je dois faire avec son impassibilité.

— C'est pourquoi nous avons décidé de ne servir que de l'alcool au mariage, comme ça, pas de risque de contamination, plaisante William ce qui détend l'atmosphère.

L'arrivée du rôti braisé au vin rouge et du gratin dauphinois de ma mère suscite l'enthousiasme général. Les discussions deviennent fluides, et les visages rosissent sous l'effet des boissons. Mon parfait sapin scintille et mes guirlandes lui répondent. Et je m'aperçois soudain que je passe une bonne soirée. Même le père de William se montre particulièrement jovial. Peut-être est-il heureux de savoir que dorénavant, son fils aîné et lui auront au moins une carrière en commun ?

La fin du repas arrive, et avec elle les digestifs et les mignardises qui ne vont pas manquer d'achever nos estomacs. Quand ma mère comprendra qu'une mignardise est en elle-même déjà un dessert, et non un accompagnement pour le café ou l'eau-de-vie, les maladies cardiovasculaires en prendront un coup.

— Scarlett, je… je me demandais, commence Lena en hésitant un peu, comme vos tantes et la fiancée de votre cousin ne sont plus là, pourriez-vous envisager d'inviter la famille d'Abigail, au moins pour votre vin d'honneur ? Je me permets de poser la question, car vous savez, le père d'Abigail a grandement facilité la reconversion professionnelle de William.

— Quelle reconversion professionnelle ? interroge Thomas.

William soupire si fort que les murs en tremblent. Quant à moi…

… je me ressers un digestif.

Chapitre 16

Il a fallu tout le savoir-faire de William en matière de diplomatie – vous ai-je dit qu'il était britannique ? – pour changer de sujet après l'énorme bourde de ma belle-mère.

Mais on savait tous que l'affaire allait revenir sur le tapis immanquablement. Une fois les convives partis et nos hôtes éparpillés aux quatre coins de la maison, Thomas est revenu à la charge, armé jusqu'aux dents.

Tandis que j'essaye de faire comprendre à ma mère que le lave-vaisselle n'est pas une invention des Illuminatis et qu'elle pourrait s'éviter du travail inutile, j'entends que, dans le salon, le ton monte entre les deux frères. Mon hésitation dure une fraction de seconde avant que je me décide à espionner leur conversation. Mélie est dans le couloir, tout près de l'entrée de la pièce, mais pas assez pour qu'ils puissent la repérer.

Toujours aussi maligne.

Je m'approche d'elle à pas de velours et tends l'oreille.

— Si tu t'intéressais un peu moins à ta petite personne, tu te serais rendu compte que la galerie avait des difficultés depuis un moment, assène William sur le ton glacé et glaçant qu'il sait prendre.

— Oh, c'est facile, ça, tu me tiens à l'écart de toutes les décisions importantes ! s'exclame Thomas que j'entends faire les cent pas.

— Tu es associé dans cette affaire, tu as accès aux mêmes informations que moi. Tu ne peux pas me demander de te faire des comptes rendus réguliers en plus de mon travail. C'est toujours le même problème avec toi.

— Que veux-tu dire ?

— Que tu attends que je te donne l'information. Tout le temps, pour tout.

— Je ne crois pas que tu aies eu à te plaindre de mon travail ! J'en fais autant que toi.

— En effet. Mais uniquement quand je te dis ce qu'il faut faire, et si c'est pour ce que tu aimes. Or, ces derniers mois plus que jamais, je n'avais pas besoin d'un collaborateur, j'avais besoin d'un associé. Tu t'attends à ce que je sache quoi faire, mais en vérité, les gens qui savent toujours quoi faire n'existent pas. Il m'arrive, comme toi, d'être paumé et de ne pas avoir de solution. J'attendais que mon associé, mon frère, soit là pour m'aider au moins une fois.

— Pourquoi tu ne me l'as pas dit, tout simplement ?

— Parce que j'étais sous l'eau, Thomas ! Et je pensais que ça se voyait assez. Et en fait, non…

Il marque une pause avant de poursuivre :

— … Bon, et puis jouons cartes sur table, ce soir. Je ne t'en ai par parlé parce que j'étais persuadé que tu ne serais pas capable de m'aider.

Plusieurs secondes de silence, dont on mesure la pesanteur même de là où nous sommes ma sœur et moi, s'écoulent avant que Thomas ne reprenne les hostilités.

— Ça fait plaisir de savoir que mon propre frère me considère comme un incapable.

— Je n'irais pas jusqu'à dire incapable, mais en tout cas pas à la hauteur de nos emmerdements. Ça t'étonne vraiment ?

— Donc, en gros, t'es en train de me dire que recevoir les clients et commander les petits fours pour les expos ça va, mais dès que c'est important, tu ne me fais pas confiance ?

J'entends William soupirer. J'ai mal pour lui, car les aveux qu'il est en train de faire, même s'ils couvent depuis des années, n'en sont pas moins difficiles.

— Eh bien non, Thomas, je n'ai pas confiance. Je suis désolé. Et je ne crois pas que ce soit totalement ta faute. Je me suis comporté en protecteur avec toi. J'ai toujours tenu un rôle de parent vis-à-vis de toi, je ne t'ai pas laissé occuper ta place de frère.

— Et maintenant, tu me le fais payer en prenant des décisions majeures sans m'en parler. Sérieux, l'apprendre de maman, et en plein milieu d'un repas de famille, Will, ça craint !

— Je sais. J'ignore comment elle l'a su.

— Elle a ensorcelé notre père, voilà comment elle l'a su ! Le pauvre ne peut jamais rien lui refuser, c'est bien le problème.

— Je suis désolé Thomas. La dernière chose que je voulais c'était que ça se passe comme ça. Je voulais en savoir un peu plus sur les fonctions que notre oncle me propose avant de t'en parler, et je t'aurais ensuite aidé à trouver un poste équivalent dans une autre galerie.

— Et voilà, tu recommences ! Je ne suis plus un bébé, William, mets-toi ça dans le crâne une bonne fois pour toutes. Ce n'est pas parce que j'insuffle un peu de joie et de légèreté dans cette famille de croque-morts que ça fait de moi un demeuré. Un boulot, je suis capable de m'en retrouver un tout seul.

— De légèreté ? C'est comme ça que tu qualifies ton comportement ?

— Ça va, arrête d'en faire des tonnes.

— Moi, j'en fais des tonnes ? Tu as fait passer Scarlett pour ta petite amie afin de cacher ton homosexualité, tu as couché avec le cousin de ma future femme, à trois jours de notre mariage, juste sous le nez de sa mère et de sa fiancée, tu nous as déniché le pire *wedding planner* de la planète, même quand il était encore en vie… Vraiment j'en fais des tonnes ?

— Évidemment, résumé comme ça, j'ai l'air d'une horrible personne. C'est un procès à charge, c'est trop facile… Tu oublies que je n'ai pas voulu tout ça. Pour Orlando, je n'ai rien prémédité, c'est arrivé c'est tout. Et tu n'as pas de leçon à me donner parce qu'il me semble bien que Scarlett et toi, vous ne vous êtes pas retenus alors que toute la famille squattait ton appartement. Quant à Mauricio, je n'avais eu que de bons retours, je ne pouvais pas savoir que depuis quelques mois il faisait n'importe quoi. Tu as toujours été super fort pour juger William. C'est dans ton rôle de fils parfait.

— De fils parfait ? Elle est bonne celle-là, comme j'ai toujours couvert tes conneries auprès de maman, c'est toi qui es passé pour le fils parfait ! Et je dois dire que je n'étais pas mécontent de t'installer moi-même sur ton piédestal. Je pensais que c'était une façon de me racheter.

Nouvelle pause. L'atmosphère est si tendue qu'elle est à peine respirable.

— Mais de quoi tu parles ?

— De l'accident !

— Putain, on en est encore là, William ? Tu vas me ressortir cette vieille histoire et te cacher derrière ? On était gosses, on courait, t'as glissé sur ce putain de marbre que maman avait collé partout dans la maison, et une vitrine m'est tombée dessus. Pas de bol, ça m'a ruiné un œil. C'est juste un foutu accident ! Je ne t'en ai jamais voulu, les parents ne t'en ont jamais voulu, alors passe à autre chose et ne me mets pas sur le dos les choix que tu as fait après.

— Nous sommes au moins d'accord là-dessus. Je ne te couvre plus et je ne te ménage plus.

— J'ai combien de temps avant que tu me vires de la galerie ?

— Ne joue pas les victimes. Ce n'est pas pour tout de suite, et grâce à l'exposition en début d'année, nous pourrons trouver un bon repreneur. C'est la raison pour laquelle je me tue à la tâche depuis deux mois, pour que cet événement soit une réussite. Ça nous mettra dans une position de force pour les négociations.

— Oh, alors tout va pour le mieux !

— Ce n'est pas ce que j'ai dit. Tu me demandes de te faire confiance et de te considérer comme mon égal, eh bien, c'est ce que je suis en train de faire. Je ne peux plus faire un métier qui me sort par tous les pores de la peau et m'épuise en vain. Je veux autre chose pour moi et pour la famille que je compte bien fonder avec Scarlett.

Je tique. William et moi n'avons jamais vraiment abordé la question de notre avenir, nous sommes plutôt du genre à nous projeter à court terme. Si la perspective d'avoir un enfant n'est pas étrangère à certaines de mes réflexions, elle continue de m'intimider. Il y a peu de temps, je pensais rester seule et ne pas pouvoir me remettre de la disparition de papa. Pourtant, ce soir, les propos de William me rendent plus heureuse que je ne saurais le dire. Peut-être qu'une fois encore, j'y vois de la sécurité là où elle me manque tant depuis la mort de mon père.

— Ça ne peut pas être plus clair, lance Thomas d'une voix presque lugubre. N'oublie pas de m'envoyer un mémo avec toutes tes instructions, patron !

Dès que nous entendons des pas se rapprocher du hall, Mélie et moi nous précipitons dans le fond du couloir. Ce n'est pas vraiment la meilleure des stratégies, car nous devons attendre que William quitte le salon avant de bouger, si nous ne voulons pas nous faire surprendre. Je tire Mélie avec moi dans la salle de bains, celle qui a déclenché le fameux scandale.

Je m'assieds sur le bord de la baignoire.

— Eh bien, c'est tendu… Pauvre William, demain, son témoin risque bien de lui envoyer les alliances à la figure.

— Les non-dits explosent, Scarlett, ils sont violents par nature.

— Ce n'est pas si facile d'avouer certaines choses à ceux qu'on aime. On a peur de leur faire du mal.

— Il n'y a aucun non-dit qui ne fasse pas mal.

— En fait, je crois qu'on pense toujours qu'on sera capable de ne jamais rien dire. Qu'on pourra garder tout ça pour nous. C'est bien ce qu'on fait avec maman, non ?

— Et un jour, nos non-dits exploseront.

— Faudrait lui parler sur le moment, quand ça nous blesse, avant qu'on accumule les rancunes.

— Hélas, c'est trop tard, nous les avons déjà en nous, ces rancunes.

Je m'empare de sa main pour établir la connexion singulière que nous avons toutes les deux depuis notre enfance et que je sais rare et précieuse.

— J'espère que nous en avons fini avec les drames familiaux, parce que là je sature.

— Le mariage est demain, on arrive au bout.

— C'est vrai, je me marie demain. J'ai du mal à y croire.

— C'est ce que toutes les futures mariées disent.

— Dans mon cas, c'est surtout parce que je n'ai toujours pas de salle, Mélie.

— Fais-moi confiance, dit-elle avec, toujours, ce sourire énigmatique.

N'a-t-elle d'ailleurs jamais souri d'une autre façon ?

— Allons-nous coucher, histoire de donner une illusion de fraîcheur et de sérénité demain, si toutefois, comme tu sembles le penser, je vais pouvoir convoler en justes noces.

Après avoir vérifié qu'il n'y a personne dans le couloir ni dans le salon, nous filons chacune dans nos chambres. J'ignore si Thomas est parti ou s'il a rejoint Orlando. Très vite, je chasse cette question, car quelle que soit la réponse, elle me contrariera. William sort de notre salle de bains au moment où j'entre dans la chambre. Il a l'air fatigué et triste. Au fil de temps, j'ai appris à déchiffrer les expressions de son visage parfois mieux que les mots qu'il me dit. Il doit se demander si demain, son frère sera là. Comme il n'en prendra pas l'initiative, je mets les pieds dans le plat.

— Est-ce que ça va aller ?

— Il faudra bien, répond-il tout bas tout en s'asseyant sur le lit, la serviette toujours nouée sur ses hanches.

— Je suis désolée.

— J'aurais dû avoir cette discussion avec lui il y a longtemps. En fait, dès cette histoire de fausse fiancée, quand on s'est rencontrés. Déjà à l'époque, il allait trop loin. J'aurais dû couper le cordon à ce moment-là et le forcer à se débrouiller seul et à prendre ses responsabilités.

J'entoure ses larges épaules de mes bras, et pose ma tête contre la sienne.

— Mais ça te touche.

Il soupire.

— C'est mon frère… et, à part ma grand-mère, l'unique membre de la famille capable d'aimer un autre que lui.

— Le lien qui vous unit est fort. De cela, tu ne dois pas douter. Il reviendra, et tu verras que votre relation grandira. Il paraît qu'il ne faut pas garder les non-dits trop longtemps sinon ils explosent.

— Ça, c'est du Mélie tout craché ?

— Oui.

Il se tourne vers moi puis s'allonge sur le lit en m'entraînant avec lui.

— Je me demande quel crime horrible tu as commis dans une vie antérieure pour que notre mariage soit un tel marathon de catastrophes, susurre-t-il à mon oreille tandis que ses mains glissent sur mon corps.

— Je peux savoir quand on a décidé que c'était moi qui provoquais les désastres ?

— Quand on vient du même endroit que Napoléon, faut bien s'attendre à quelques retours de manivelle du destin.

Je fais mine de me débattre. Mollement.

— Et ça y est, la carte Napoléon !

— Le fait est qu'on n'en a pas de meilleure, nous.

— Je finirai bien par trouver !

Il me rattrape par la taille tandis que je tente de ramper hors du lit et me tire brusquement à lui. La manœuvre provoque un fou rire qui me fait du bien. L'amour que j'éprouve pour lui me submerge par vagues, et j'ai l'impression qu'elles réchauffent et gonflent chaque particule de mon corps. C'est une sensation que je n'ai ressentie que quelques fois dans mon existence, alors que j'étais petite fille et que je m'endormais dans les bras de ma mère sous l'œil tendre de mon père et celui complice de ma sœur. L'amour quand il devient complétude, parce qu'il est complétude, est le plus puissant des sentiments. Le seul apte à nourrir, le seul fait de l'air qu'on respire.

En cette seconde précise, j'ai la conviction presque étourdissante que je veux passer le reste de ma vie avec William. Le genre de certitude magique qui ne repose sur aucune rationalité, mais qu'on sait imprimée au plus profond de notre âme. Peut-être que je changerai un jour d'avis, peut-être qu'il changera un jour d'avis, mais je m'en fiche. Cette foi en l'évidence de notre lien est ce qui fait fonctionner mon cœur et mes poumons. Rien d'autre ne compte.

Je l'entoure de mes bras et de mes jambes et serre mon corps contre le sien. Je sais que nous allons faire l'amour, et je sais aussi que cette étreinte aura un petit quelque chose en plus, un surplus de conscience qui la rendra plus exceptionnelle que les autres.

Mon regard croise celui de William. Son regard est brûlant, je veux qu'il voie en moi la vérité qui est la mienne, et qui, j'espère, est aussi la sienne. Il suspend ses gestes, il m'observe, il se perd en mon âme et murmure :

— Je t'aime.

Chapitre 17

Samedi 24 décembre

J'ai dormi d'un sommeil de plomb, sans rêve, sans image, sans souvenir, dans une délicieuse inconscience. Lorsque la lumière pénètre entre mes cils, un tourbillon de sentiments m'assaille. Mon esprit entre déjà en ébullition. La peur, le stress, la joie, et l'excitation se disputent la première place, et j'avoue ne pas avoir de préférence. L'essentiel est dans l'élan, dans la vie et dans ceux qui se trouvent près de moi, sous mon toit. Je me retourne et fais face à ces yeux sombres et pleins de cette malice aussi douce qu'impertinente.

— Prête ? demande-t-il d'une voix encore enrouée par le sommeil.

— À tout.

— Il n'est pas huit heures et tu veux déjà nous porter la poisse, dit-il en souriant et en caressant ma joue.

— Je crois qu'on a convenu que c'était toi qui portais la poisse.

— Je m'en souviendrai.

Je me blottis contre son corps brûlant. C'est l'endroit que je préfère au monde, celui dont on sait qu'il a été fait spécialement pour nous. Quand j'étais petite fille, c'était dans mon lit, le soir, lorsque l'un de mes parents me lisait une histoire. La veilleuse, je m'en souviens, un dauphin aux yeux écarquillés, était allumée toujours à la même heure. La porte de la chambre juste assez entrouverte pour deviner la cuisine et l'expression sur le visage de papa et maman, exactement la même, était celle de l'amour parfait. Ce lieu-là, à cette heure précise, a pendant longtemps été mon endroit préféré. Jusqu'aux bras de William. Non pas parce que c'est lui, mais parce que c'est nous. J'ai compris que la magie du couple n'est jamais liée à une personne, mais qu'elle réside dans le mélange de deux individualités. Rien à voir avec lui, rien à voir avec moi. Tout naît de nous.

Alors que nous nous repaissons de la chaleur de l'autre, quelqu'un toque à la porte. Je n'ai pas le temps de répondre que la voix mélodieuse et bienveillante de ma mère, du moins le croit-elle avec conviction même après vingt ans de plaintes, se fait bruyamment entendre à travers le bois.

— Quoi que vous fassiez, c'est totalement hors de propos ce matin ! Il est déjà huit heures, nous avons plein de choses à faire.

— Je n'ai même pas commencé à être hors de propos, ricane William en coinçant sa cuisse entre les miennes de façon très inappropriée.

— N'oublie pas que dès la fin de la journée, elle sera ta belle-mère et qu'à ce titre, elle deviendra aussi ton problème.

Le spectre maternel étant l'inhibiteur sexuel le plus efficace du monde, William se détache aussitôt de moi.

— J'entre ! déclare maman avec la conviction d'un chef d'État qui a tort.

Sans même nous jeter un œil, elle passe devant nous et ouvre en grand les rideaux.

— Nous avons de la chance, il fait un grand soleil. Ils annoncent de la neige à partir de 17 heures, heureusement les invités seront déjà là. Allez, allez, debout. William, vous n'avez plus rien à faire ici, essayez de vous occuper loin de votre future épouse. Scarlett, tu ressembles à ton grand-père six mois avant qu'il ne meure.

Je remonte les couvertures sur mon visage tout en murmurant à William :

— Tu as encore quelques heures pour fuir.

— Je t'ai entendue, Scarlett !

Et c'était compter sans son ouïe de Vulcain.

Quelques minutes plus tard, et après s'être souhaité force et honneur pour les épreuves de la journée, William et moi nous séparons. Il doit rejoindre Alistair, normalement Thomas, et quelques-uns de ses amis pour faire les choses que font les hommes avant un mariage, et dont j'ignore tout. Et eux aussi, à mon humble avis.

Une fois dans la cuisine, je remarque que tout le monde s'active avec une énergie que je n'ai aucune chance d'avoir avant 11 heures. Mélie prépare quatre thés et ma mère s'affaire avec encore plus de frénésie que d'habitude. Je suis déjà fatiguée.

— Maman, c'est pas un peu tôt pour venir pomper toute notre énergie ?

— Penche la tête.

— Hein ?

Attrapant mon menton pour que je m'exécute, elle badigeonne mon visage d'un mélange d'œufs, de citron, de gingembre et d'autres ingrédients que je ne reconnais pas et que je ne cherche surtout pas à identifier.

— C'est dégueulasse !

— Chut ! Tu me remercieras plus tard quand tu montreras tes photos de mariage à tes amis.

— T'es sûre que ce truc marche ? Qu'est-ce que tu as mis dedans ?

— Tu ne me fais pas confiance ? Tu penses que ta mère prendrait le risque de te mettre n'importe quoi sur le visage le jour de ton mariage ?

— N... non ?

— C'est Helena qui m'a donné la recette. Effet coup de fouet et fraîcheur garantie.

— Ah bah si c'est Helena qui le dit...

— Ne fais pas de mauvais esprit.

Mélie s'approche de moi avec deux sachets de thé infusés et me fait signe de fermer les yeux. Du thé coule sur mes joues, et en plus de puer la mayonnaise trop citronnée, maintenant je n'y vois plus rien.

— Alors, quel est le programme ? demande ma mère.

— Euh, ça coule, ton truc...

— Pense à autre chose.

— Le fleuriste est censé passer dans une heure avec le bouquet. (Je marque une hésitation.) Je dois aussi me rendre à la salle pour réceptionner le gâteau et vérifier si tout est bon. D'ailleurs... Mélie ?

— Oui ?

— Tu n'as toujours rien à me dire concernant ma salle de réception ? Tu sais, celle qui est remplie d'échafaudages et donc impraticable.

— Rien pour l'instant.

J'essaye de rester calme.

— Est-ce que tu sous-entends par là que tu n'as pas encore trouvé de plan B ?

— Non, juste que je n'ai rien à te dire sur le sujet pour le moment.

Je déglutis bruyamment avant de décoller un des sachets de thé de mon œil.

— Mélie, je...

Ma mère interrompt mon geste.

— Qu'est-ce que je t'ai dit ? gronde-t-elle.

Ma bouche se tord en une grimace.

— Je n'ai pas entendu, insiste-t-elle.

— Qu'il fallait m'en remettre à ma sœur et lui faire confiance.

— Très bien. Donc, après le gâteau, que reste-t-il à faire ?

— Vous réalisez que c'est de l'inconscience pure ? Non, en fait, c'est du délire. Dans la vraie vie, les gens normaux ne réagissent pas comme ça.

J'entends ma mère soupirer d'agacement. Le combat contre ces deux-là est toujours perdu d'avance. Je suis donc contrainte de ravaler mes angoisses et devrai exiger beaucoup d'anticerne et de blush pour garder bonne figure quand tout dégénérera en fin de journée.

— Il reste la maquilleuse qui doit arriver en début d'après-midi.

— Et le coiffeur ?

— Je te l'ai déjà dit, maman, nous n'avons pas pu en trouver un. Ce n'est pas grave, je me coifferai moi-même. Au point où j'en suis, ce n'est pas le plus grave.

— Tu ne sais pas te coiffer.

— Je ferai une queue-de-cheval haute, avec le voile et la tiare, personne ne remarquera rien.

Dans l'état de stupeur dans lequel se trouveront les invités en plein milieu du chantier, je pourrais tout aussi bien m'y rendre à poil que personne ne tiquerait.

— Tu ne prévois jamais de plan B.

Je me mets à tousser et à cracher.

— J'en ai dans la bouche, là ! C'est dégoûtant.

— Tu te plains tout le temps, soupire maman, la reine des remèdes de grand-mères qui ont déjà tué au moins une fois dans l'histoire.

Dix minutes plus tard, je suis enfin autorisée à me débarrasser de ce que j'ai sur le visage. L'opération dure pas moins de dix minutes, la mixture à base d'œufs ayant glissé dans mes cheveux. Une fois propre, je constate dans le reflet du miroir que je ne suis pas particulièrement plus fraîche ni plus réveillée.

Allez, la maquilleuse n'est pas payée à ne rien faire. Autant lui donner un vrai boulot.

J'enfile une tenue confortable et je sens que le stress prend le pas sur l'excitation à mesure qu'approche le moment de me rendre à la salle. Qu'est-ce que je vais faire si rien n'a changé depuis que je l'ai visitée ? Pour être honnête, je n'ai jamais cru aux miracles – au mieux à quelques concours de circonstances sympathiques, guère plus… Quand je passe devant la chambre qu'occupe ma sœur, je marque un temps d'arrêt. La porte entrouverte dévoile la silhouette menue et fragile de Mélie tenant à bout de bras la robe que nous avons choisie ensemble. Un dos nu couleur bleu nuit en tulle léger, comme fait de volutes sombres, à peine réelles. Tellement elle. La tendresse me submerge et les larmes voilent mon regard. Papa l'aurait trouvée si belle.

Tu me manques…

Et soudain, la dernière pièce du puzzle. Avec toutes ces péripéties, ça m'était sorti de la tête. Comment ai-je pu oublier cette évidence ? J'entre dans la chambre, la gorge gonflée d'émotion.

— Tu… tu vas être tellement magnifique dans cette robe.

Elle la suspend avec précaution pour qu'elle ne touche pas le sol. Je mordille l'intérieur de ma lèvre avant de me lancer :

— Je… euh… est-ce que…

Je ne vais pas très loin.

— Oui, répond-elle avec une douce retenue.

— Tu ne peux pas, juste pour une fois, faire semblant d'être surprise par ce qu'on te dit ?

— Si, je peux.

J'inspire et me concentre.

— Mélanie Archer, si toutefois le mariage a bien lieu, est-ce que tu veux bien me conduire à l'autel ?

— Oui.

Elle a parfois cette façon unique de résumer la plus grande des solennités en un tout petit mot banal. Je la prends dans mes bras, elle se crispe, sans toutefois se dégager. Nous restons un long moment comme ça, et quand retenir mes larmes devient trop douloureux, je m'écarte.

— Bon, c'est pas le tout, mais on a du pain sur la planche ! *The show must go on*, n'est-ce pas ?

Je prends une grande goulée d'air et je file au rez-de-chaussée où ma mère m'attend de pied ferme. L'expression fermée de son visage m'indique l'étendue de mon pouvoir décisionnaire, aujourd'hui. Inexistant. Je prends acte de mon renoncement et la laisse passer devant moi en direction de la voiture. Durant le bref trajet, ma mère parle beaucoup mais je n'écoute pas vraiment. En fait, depuis notre adolescence, nous avons appris, Mélie et moi, à feindre l'attention. Et après des années de pratique, nous sommes passées maîtresses dans l'art de l'illusion.

— Tu m'écoutes quand je te parle ? s'agace-t-elle.

Il y a des jours où on est moins bonnes, de toute évidence.

— Bien sûr.

— Non, tes yeux sont gris, quand ils sont gris c'est que tu penses à autre chose.

Mes yeux sont bleus. Ils n'ont jamais été gris. Pourquoi je me mets à l'écouter ? Je gare la voiture sur le parking de l'abbaye, et au moment de descendre, je remarque que la benne a été enlevée. Au moins, l'entrée sera jolie. Mon cœur s'emballe. Je m'arrête sous le regard étonné de ma mère.

— Quoi ?

— Écoute, maman, je sais bien que tu crois que Mélie a des superpouvoirs, on le croit tous un peu, mais si jamais pour une fois ça ne fonctionne pas, ce n'est pas…

— Ma fille chérie, la question n'est pas de croire au miracle, c'est de croire en nous et de faire confiance à ceux qui t'entourent autant qu'à toi. C'est la leçon que ta sœur et moi voulons que tu apprennes. On surmontera tout le reste, d'accord ?

Après quelques secondes, j'acquiesce. Après tout, nous l'avons déjà fait.

Sans attendre, ma mère descend du véhicule et s'engouffre dans le bâtiment. Au point où j'en suis, il n'y a plus de retour en arrière possible, et d'une certaine manière, je réalise que ce n'est pas si dramatique. Je passe la porte à sa suite et manque d'être percutée par un jeune homme que je ne connais pas, et qui a l'air encore plus stressé que moi.

— Mais qui êtes…

Je m'interromps. Le spectacle me laisse sans voix. Les échafaudages ont disparu, je suppose derrière les tentures immenses qui dégringolent en drapés somptueux depuis le plafond cathédrale jusqu'au sol. On dirait une sorte de chapiteau dont la cime enchevêtrée dans les poutres du plafond retombe en un lustre de cristal d'une dimension impressionnante. Pile au centre de la salle, juste en dessous, se dresse un sapin gigantesque qui déploie des branches chargées de boules et de guirlandes rutilantes. Tout autour de ce totem sacré de Noël, des tables rondes nappées de blancs, de rouge et d'or occupent le reste de la pièce. Et partout, où que mon œil se pose, des guirlandes distillant de minuscules touches de lumière dorée, comme autant de lucioles magiques.

J'ai le souffle coupé, mes jambes tremblent. Des dizaines de personnes vont et viennent en déposant des fleurs sur les tables et d'immenses bouquets de lys roses. Les larmes coulent le long de mes joues. J'avance lentement et avec prudence, on dirait que j'ai peur que le charme se rompe et que Cendrillon se retrouve en guenilles. Tout est parfait, tellement mieux que ce que j'avais demandé à Mauricio. Quelqu'un a pénétré mon âme et l'a scannée pour en extraire l'image d'un rêve que j'avais dû faire et dont je n'avais plus conscience.

Au détour d'un bouquet de fleurs, je croise un visage familier.

Alistair…

Il converse avec un homme. Toujours aussi inexpressif, il ne montre guère de surprise quand il m'aperçoit. Soudain, les informations s'emboîtent les unes dans les autres et le plan d'ensemble se forme dans mon esprit.

Mélie… L'appel qu'elle a passé ! Serait-ce…

Je décide d'en avoir le cœur net et me dirige à sa rencontre d'un pas décidé. L'homme avec qui il s'entretient me salue avec révérence et disparaît discrètement. Mon expérience professionnelle des hôtels de luxe m'indique qu'il travaille dans le milieu.

— Est-ce que… non. C'est à vous que je dois tout ça, n'est-ce pas ?

— Cela est-il conforme à ce que vous aviez à l'esprit ? demande-t-il avec ce que j'identifie comme de l'appréhension.

— Non ! C'est… c'est tellement plus beau que ce que j'avais en tête. Je n'ai pas eu assez d'imagination pour penser à tout ça. C'est tout simplement grandiose. Comment ? Comment avez-vous réussi ce miracle en si peu de temps ?

— Mon père et moi possédons quelques hôtels. J'ai donc à disposition une armée de personnes extrêmement compétentes qui ont l'habitude de réaliser l'impossible en un temps record.

— C'est vous que Mélie a appelé avant-hier ? Elle vous a demandé de m'aider. C'est… c'est beaucoup trop ! Pourquoi avoir fait tout ça ? Vous n'y étiez pas obligé.

— Ça me fait plaisir, élude-t-il, un brin gêné.

Sous les dorures et les scintillements lumineux, son visage ne m'apparaît plus si austère et désagréable. J'y lis même un peu de douceur, mêlée d'un soupçon de tristesse dont je connais l'origine. Je souris avec toute la bienveillance dont je dispose parce que je sais. J'ai compris.

— Vous l'avez fait pour elle, n'est-ce pas ? Parce qu'elle vous l'a demandé.

Je sens que je fais mouche. Après une brève hésitation, il se confie à voix basse :

— Je suis né avec quelques atouts utiles, mais sans réelle imagination. Cela rend mon quotidien froid et prévisible. Votre sœur, elle, est faite d'une autre matière. Pour un homme tel que moi, elle brille, à l'image de ces illuminations. J'ai assez peu d'espoir qu'elle me voie comme moi je la vois, mais si je ne peux partager un peu de sa lumière, je me satisferai d'être son ombre.

Ses propos me touchent. Je me surprends à aimer ce qu'il dit de Mélie, il a compris son originalité, mieux il semble apprécier.

— En tout cas, je suis ravi que tout ceci vous plaise, reprend-il. Il y a quelques ajustements à faire, mais d'ici la fin d'après-midi, tout sera prêt.

— Ça l'est déjà. Merci, merci du fond du cœur.

Je regarde à nouveau l'immense sapin de Noël comme on ne peut en voir que dans les parcs d'attractions ou les films de fin d'année. Même ma mère, de l'autre côté de la salle, est bouche bée au point de ne pas oser toucher un seul bouquet. Je me sens de trop au milieu de cette incroyable ruche bourdonnante. Je m'apprête à partir mais quelque chose me retient et je me tourne spontanément vers Alistair.

— Vous voulez que je vous confie quelque chose sur ma sœur ?

Bien qu'il reste silencieux, je vois que je pique sa curiosité.

— Mélie n'a jamais demandé d'aide à personne. *Jamais.* Même quand elle était toute petite et qu'elle ne réussissait pas à faire ce qu'elle voulait, même à l'hôpital après son accident, même quand notre père nous a quittées. C'est contre sa nature. Elle ne demande jamais d'aide. Sauf une fois. À vous. Je ne sais pas trop ce que vous ferez de cette information, mais à votre place, j'agirais.

Il me sourit et murmure un merci.

— De rien. Un cadeau pour un autre cadeau.

Je m'éloigne pour rejoindre ma mère.

— Alors ?

— C'est… ce n'est pas mal du tout, répond-elle les yeux aussi étincelants que ses boucles d'oreilles incrustées de cristaux.

— C'est ça !

— Je crois que nous n'avons plus rien à faire ici. Je pense même qu'on les gêne. Quand même, vous vous êtes ruinés pour ce mariage, c'est de la folie.

— Ne t'inquiète pas, maman.

— On dirait ta sœur, et ça ne me rassure pas.

— Tu parles, tu lui fais toujours confiance.

— Parce que je sais que tu es derrière elle. Tu es derrière nous, quoiqu'il arrive.

Une partie de mon cœur se liquéfie soudain. Je toussote pour faire diversion et dissimule mon émotion en lui embrassant le front.

— Oh, voilà ta future belle-mère, annonce ma mère en pointant l'entrée de la salle.

— Elle doit vouloir s'assurer que ses invités ne vont pas débarquer dans une fête à neuneu.

— Je regrette presque que la déco soit aussi réussie. Cette femme aurait bien besoin d'une petite perte de contrôle, ça la rendrait beaucoup plus sympathique.

— Je ne suis pas sûre que ce soit dans ses gênes. Allez, je vais remplir mon devoir de future belle-fille.

— C'est bon pour ton karma, tu te réincarneras en chirurgien.

Ma mère a toujours rêvé d'avoir un médecin dans la famille. Allez savoir pourquoi… À une époque, je voulais être astronaute, c'était autrement plus classe. Alors que je m'avance vers Lena, je me pare de mon plus beau sourire commercial auquel elle répond exactement de la même façon.

— Eh bien, Scarlett, c'est une magnifique décoration. Quand le mariage sera fini, il faudra me donner les coordonnées de l'entreprise qui s'est occupée de tout ça.

En voilà un sacré compliment !

— Avec plaisir. Est-ce que vous vouliez voir William ?

— Non, non, je venais voir si vous aviez besoin d'aide. D'ailleurs, il me semble que le fourgon qui apporte le gâteau est arrivé.

— Oh quel soulagement ! Je vais les accueillir.

Pourvu qu'il ait une forme homologuée et que je ne me retrouve pas avec une génoise en forme de pénis…

À l'extérieur, je reconnais le logo de la pâtisserie dans laquelle Thomas nous a emmenés. Lena est sur mes talons, j'en conclus qu'elle s'ennuie ferme dans sa grande maison.

Pourvu que ça ne soit pas un pénis…

Deux hommes, un grand maigre et un moustachu court sur pattes, qu'on dirait sorti du jeu vidéo Mario Bros, sortent du véhicule et me saluent.

— Bonjour ma petite dame, commence le moustachu sur un ton enjoué, vous attendez bien un gros gâteau ?

Si ce n'est pas un pénis…

— Tout à fait.

— Eh bien le voilà !

Ils ouvrent les deux portières arrière pour dévoiler l'énorme pâtisserie.

Ce n'est pas un pénis.

C'est un immense totem de choux à la crème.

À bien y réfléchir, je ne sais pas ce qui est le pire.

Chapitre 18

Samedi 24 décembre

— Vous dites que ce n'est pas la bonne commande ? Vous êtes sûre ? s'inquiète le petit moustachu.

— Il s'agit de mon gâteau de mariage, je sais encore à quoi il doit ressembler ! En plus, ce sont des choux, et je hais les choux.

— Merde, résume le livreur.

— Tout le monde aime les choux à la crème, intervient le grand tout sec que je plierais bien en deux.

Je commence à faire des allers-retours devant la fourgonnette en répétant « C'est pas vrai » comme en pleine crise de toc.

— Donc, vous n'êtes pas madame Nash ? insiste-t-il.

— Non ! Personne ici ne s'appelle comme ça. Ici, on s'appelle Hill ou Archer ou ce que vous voulez, mais pas Nash.

— Merde, répète-t-il.

— Comme vous dites !

Rien ne me sera épargné pour cette cérémonie. Et sans vouloir faire de mauvais esprit – bien que la circonstance pourrait l'excuser – la catastrophe vient encore d'un contact de Thomas.

Je vais probablement le tuer.

— Appelez les autres livreurs afin de savoir où la livraison du mariage Hill a été faite, ordonne soudain Lena d'un ton militaire.

— Quoi ? Ah mais en fait, nous, on n'a pas leur numéro, répond le petit homme, une étincelle de panique dans les yeux.

— Vous réalisez, bien entendu, que je ne vous laisserai pas partir sans avoir de solution ?

La voix de Lena est plus froide que la température de l'air. Ma future belle-mère a dû être parrain de mafia dans une vie antérieure. Je l'imagine avec ses lieutenants autour d'une table, je la vois les scruter d'un regard de glace, et à la première faille, sortir une batte de base-ball pour défoncer le crâne du malheureux. Mon imagination a toujours été trop visuelle. Beaucoup trop. Un bras de fer silencieux se joue entre Lena et les livreurs. C'est tellement tendu que j'ai du mal à respirer. Que pourrais-je faire de plus ?

Le grand tout sec lève la main à la manière d'un écolier.

— Je crois que je sais comment on peut faire, M'dame.

— Souhaitons pour tout le monde que ce soit une vraie bonne idée, rétorque-t-elle avec tout le mépris dont elle peut faire preuve.

— On n'a qu'à joindre Suzanne, indique-t-il à son acolyte.

— Pourquoi tu veux appeler Suzanne ?

— C'est quoi… c'est qui Suzanne ? demandé-je, à la fois agacée et pleine d'espoir.

— C'est une opératrice de la boîte, répond le plus grand.

— Elle n'a pas les feuilles de route de tous les livreurs, précise l'autre.

— Non, mais… enfin, elle est super proche d'eux.

— Je vois pas ce que… Ah ! dit l'autre. Oui, proche comme ça !

Mon impatience me fait piétiner autant que le froid.

— Excusez-moi ?

— En fait, Suzanne, elle aime beaucoup les chauffeurs, elle sort avec, quoi, donc peut-être qu'elle saura où ils sont quand même.

— Écoutez, nous nous fichons que votre opératrice se soit amourachée d'un livreur, ce que nous voulons, c'est une adresse. Maintenant ! ordonne Lena.

L'un des hommes dégaine son téléphone sans plus attendre, et s'éloigne de quelques pas pour passer son appel. L'autre nous dévisage, un sourire mi-niais mi-gêné tordant ses traits creusés, ce qui est fort agaçant. Après quelques minutes, son compagnon revient vers nous et son expression de triomphe me rassure un peu.

— Alors vous, vous avez de la chance…

Tellement, jusque-là…

— … il n'y a que deux livreurs qui ont sorti des pièces aussi grosses, ce matin. Et je suis un des deux !

— Et donc ? le presse Lena.

— Donc, le deuxième devait livrer pas très loin d'ici, à Westcott. Suzanne n'a pas son numéro de portable, mais d'après elle, il est parti vingt minutes après nous. Dans le feu de l'action, les pâtissiers ont dû inverser les commandes. Du coup, nous, on va y aller, et on leur expliquera qu'ils doivent revenir ici.

— Hors de question ! s'exclame Lena. Outre le fait que vous êtes une bande d'incapables, avez-vous une idée de l'état des routes en pleine campagne ? Vous allez mettre une éternité à vous rendre là-bas, et si ça se trouve, ils seront retournés à Londres après avoir réalisé qu'ils s'étaient trompés. Mon 4x4 est équipé de pneus neige et j'ai l'habitude de conduire par ce temps. Nous irons bien plus vite que vous.

— Heu je ne sais pas si… vous êtes sûre ?

Elle l'ignore et se tourne vers moi.

— Scarlett, vous venez ?

Je sursaute. Lena est presque déjà dans le 4x4. Sans trop réfléchir, je me précipite dans le véhicule, en plantant les deux livreurs et l'immense totem de choux à la crème.

— Vous êtes sûre que c'est une bonne idée ?

— Westcott est encore plus petit que Shere, je ne doute pas que nous repérerons assez vite ce genre de fourgonnette. D'autant qu'une pareille commande doit forcément correspondre à une grande fête. Il n'y a pas beaucoup d'endroits là-bas pouvant accueillir autant de convives. D'ailleurs, il me semble sans trop m'avancer qu'il ne s'agit pas vraiment d'un totem, n'est-ce pas ?

— Non, il ne s'agit pas vraiment d'un totem.

— Dois-je m'inquiéter pour la forme de la pièce montée ?

— Normalement, non.

Je sens son regard scrutateur se poser sur moi et je prends bien garde de fixer un point sur la route, droit devant moi. Il recommence à neiger. Coincée dans une voiture avec ma future belle-mère, j'ai assez peu d'espoir que les prochaines minutes soient agréables. Je prends donc sur moi, comme je le fais depuis maintenant deux ans, dès que je me trouve en sa compagnie. À peine avais-je rencontré William que je me frottais déjà à cette reine des glaces. À la suite des intempéries qui avaient paralysé les principaux aéroports européens, Mélie et moi avions passé le réveillon chez William, un parfait inconnu pour nous, qui avait eu la gentillesse de ne pas nous laisser affronter seules les premières fêtes de Noël juste après la mort de notre père. Sauf qu'à peine avions-nous passé la porte de sa maison, que quasi toute sa famille débarquait, chassée de la demeure de Primerose Hill par une gigantesque inondation. Autant dire que la lutte des classes s'était fait sentir dès l'instant où Lena avait franchi le pas de la porte. Les personnes très attachées à la hiérarchie sociale ont une sorte de détecteur. En quelques échanges, quelques coups d'œil, elles sont capables de savoir si vous faites partie de leur milieu ou non. Mes parents ont toujours mis un point d'honneur à m'éduquer pour que je puisse évoluer dans n'importe quelle sphère ; j'ai fait de hautes études, je me suis spécialisée dans l'architecture monumentale, je côtoie et négocie avec des fortunes mondiales, et pourtant, pour ma belle-mère, c'est comme si je portais une marque rouge au milieu du front. La marque des classes laborieuses, la marque de ceux qui doivent choisir entre une nouvelle paire de chaussures et le plein de la voiture. Ou qui doivent économiser six mois à l'avance pour que le repas de Noël soit garni des mets raffinés qu'on nous propose à cette période. Un milieu dans lequel les sorties et les vacances ne peuvent jamais être décidées sur un coup de tête.

Lena est de celles qui détectent cette marque de naissance et qui, quoi que vous fassiez, ne vous le pardonnent pas. Ce n'est pas tant du dégoût que sa profonde certitude de l'incompatibilité des castes. Avec le recul, j'ai toujours pensé que, à cette époque, William s'était servi des sentiments qu'il avait pour moi afin de régler des comptes qu'il n'avait pu régler lors de son premier mariage. J'étais le premier feu de l'apocalypse annoncée des Hill, et la rupture ne s'est pas fait attendre. Ce Noël-là, Lena a perdu le confort de l'hypocrisie de ses fils et a été confrontée aux reproches de l'un et à l'homosexualité de l'autre. Et moi, j'étais pile dans l'œil du cyclone, nourrissant malgré moi les vents violents.

Le choc passé, s'en est suivie une guerre froide à laquelle je n'étais absolument pas préparée. Dans ma famille, aucune guerre n'a jamais été froide. Les disputes sont épiques, elles sont bruyantes, accessoirisées parfois d'objets qui volent, et de théâtralité, de beaucoup de théâtralité. Chez les Hill, on continue de se voir, de se parler, on mime une sorte de normalité pour mieux dissimuler la rancœur et les reproches. Et quand le camp adverse ne s'y attend pas, quand il baisse sa garde, alors un jet haineux perce le coton d'hypocrisie certain de ne pas rater sa cible. On ne sait pas quand ni qui va asséner le prochain coup, et encore moins qui il va viser. La seule chose dont on soit certain, c'est qu'à chaque fois, il fait mouche.

J'ai bien essayé d'en appeler à plus de franchise pour assainir les relations, mais sur le sujet, William et Thomas ont toujours opposé un refus catégorique. Mélie dit que, souvent, dans l'histoire des familles, il y a des problèmes qui remontent à trop loin, qui sont trop encrassés par la poussière pour pouvoir être nettoyés. Alors on les porte, on les cache et on accepte que, de temps en temps, on en jette un bout à la figure de l'autre. Qui suis-je pour savoir quelle est la meilleure attitude ? Toutes les familles fonctionnent à leur façon, elles aiment, elles détestent, et elles parlent dans une langue qui leur est propre.

— N'aviez-vous vraiment pas d'autre choix que ce traiteur ?

— Entre l'épidémie de gastro et la période des fêtes, c'est déjà un miracle que nous ayons pu en trouver un disponible.

Lena laisse traîner un silence avant de reprendre :

— Pourquoi ne m'avez-vous pas demandé de l'aide ? Ma famille est implantée dans la région depuis de nombreuses années, nous avons des relations.

Nous y voilà ! Pourquoi William n'est-il pas dans cette fichue voiture ? Je l'ai choisi, lui, pas sa mère.

— Heu… eh bien… parce que… je… ne voulais pas…

Bien, Scarlett, bon début, très clair.

— Parce que vous ne m'aimez pas, résume-t-elle fort lucidement.

— Il me semble que c'est assez réciproque.

— Je pense que vous me prêtez plus d'inimitié qu'il n'en existe réellement.

— Et moi, je crois que lorsque vous rêviez de vos futures belles-filles, elles étaient à l'opposé de ce que je suis. Et je ne vous en fais pas le reproche, nous avons tous des espoirs, et quand la réalité est autre, je conçois qu'on soit déçu. C'est juste que… Nous sommes, vous et moi et je le souhaite pour très longtemps, liées. Il va donc falloir que nous nous y fassions.

— Je vous assure que je m'y suis faite.

Je lâche un couinement d'amertume.

— C'est pourquoi vous m'imposez cette Abigail avec laquelle vous vous entendez si bien, et qui bat si fort des cils devant William qu'elle pourrait s'envoler…

L'expression de Lena vire à la surprise. Si elle feinte, elle devrait envisager une carrière sur les planches.

— Vous avez cru que j'espérais que William se laisserait séduire par Abigail ?

— Ça m'a effectivement traversé l'esprit.

Elle pousse un soupir dont je n'identifie pas la tonalité. Triste, fatigué, dépité ? Ou tout à la fois.

— Tout le monde pense que du haut de ma tour d'ivoire, je ne vois pas les gens assez distinctement pour les connaître.

Non, en fait, on pense que tu ne vas même pas à la fenêtre les regarder.

— Je connais mes fils. Abigail n'aurait jamais pu intéresser William. (Elle marque une pause avant de reprendre, la voix légèrement tremblante.) Elle me ressemble trop.

Est-ce de la peine que je sens poindre en moi ?

— À l'époque où il a rencontré Sarah, William avait déjà éconduit Abigail. C'est la raison pour laquelle elle a fui aux États-Unis. Bien sûr, ce n'est pas la raison officielle. Les personnes comme elle et moi ont toujours deux versions à donner au monde.

— Alors, pourquoi vouloir l'imposer à notre mariage ?

— Ce n'est pas elle que j'ai voulu vous imposer, c'est sa famille. De l'extérieur, nous passons pour avoir réussi et pour posséder de l'argent autant qu'un grand nom qui a une réputation dans le milieu des affaires. Et c'est vrai. Seulement, personne ne sait que dans ce milieu le réseau compte plus que les moyens. Tout est question de services, et de renvoi d'ascenseur pour les jours moins fastes dans un marché imprévisible. Croyez-moi quand je vous dis que le père d'Abigail a rendu de très nombreux services à mon époux, et il en rendra assurément à William.

— Mais enfin, pourquoi ne pas me l'avoir dit de cette façon ? Ce n'est pas parce que je suis née dans une famille qui n'a pas eu à s'inquiéter du réseautage que je suis incapable de comprendre le concept

— Vous avez raison, j'aurais dû vous le dire.

— Mais vous ne m'appréciez guère.

— Je dirais plutôt que j'ai du mal à adopter le bon comportement avec vous.

— Lena, le bon comportement, c'est juste celui de la sincérité. Soyez comme vous êtes et je ferai avec.

Elle a un sourire fataliste.

— Là d'où je viens, ce n'est pas si facile.

— Écoutez, vous et moi, nous sommes parties du mauvais pied. J'ai débarqué dans la vie de votre fils, de vos fils en fait, et dès cet instant, il y a eu des tensions. Je peux comprendre que vous pensiez que la dégradation de vos relations à tous vient de moi, mais je vous assure que je n'y suis pour rien. J'ai vraiment essayé de dire à William d'être moins distant avec vous. J'ai perdu mon père, je connais l'importance de la famille.

— Je sais que ce n'est pas votre faute. C'est la mienne et celle de ma mère.

— Lizzie ? Pourquoi ?

— Les gens ne voient que son côté excentrique, chaleureux et drôle. Mais au quotidien, une mère est censée posséder d'autres qualités, comme avoir le sens des responsabilités, être capable de prendre des décisions et dire non quand il faut. Maman a toujours laissé ce qu'elle considère comme des choses ennuyeuses, à d'autres. Et il s'avère que c'est tombé sur moi. Je ne suis peut-être pas drôle ni excentrique, ou chaleureuse, toutefois j'ai fait ce qui devait être fait alors que ce n'était pas mon rôle.

Découpée dans la grisaille floconneuse de la vitre côté conducteur, Lena m'apparaît soudain fragile et frêle. J'essaye de visualiser Lizzie en mère, et, brusquement, je me mets à éprouver de l'empathie pour

Lena. Si à plus de soixante-dix ans, elle refile des *space cakes* à son petit-fils, je l'imagine assez mal préparer un goûter équilibré à ses enfants.

— Je… je suis désolée d'entendre ça.

— Ne le soyez pas, j'aurais pu inverser la tendance. Peut-être. Hélas, je me suis mariée à un homme qui est fou de moi et qui, pour éviter de me contrarier, a préféré s'effacer. J'ai été trop dure avec mes fils, je le sais. J'aurais juste aimé que quelqu'un me le dise avant qu'il ne soit trop tard.

— Tant qu'on est en vie, rien n'est jamais trop tard, Lena.

Ma belle-mère me décoche un sourire que je trouve exceptionnellement doux. Elle a dû être magnifique, jeune.

— Alors, est-ce que vous avez réussi à remplacer tous les fournisseurs pour le mariage ?

— Oui, excepté le coiffeur, mais entre votre tiare et le voile, une simple queue-de-cheval devrait passer inaperçue.

Mes yeux se perdent dans la campagne dont il devient difficile de distinguer les contours sur l'horizon monochrome. La voiture file à vive allure et la conduite de Lena pourrait rivaliser avec n'importe quel pilote de course. Par réflexe, je m'accroche à la poignée intérieure.

— Lena ?

— Oui ?

— Je me disais… Peut-être que vous devriez ralentir. Et aussi, William et moi avions prévu de lancer la première danse. Je pense qu'il vaudrait mieux que ce soit vous qui ouvriez le bal avec votre fils.

La nervosité de Lena parvient jusqu'à moi.

— Je… je ne crois pas que…

— Ce serait un merveilleux cadeau pour lui. Je sais bien que nous ne sommes pas proches, mais là, je vous demande de me faire confiance.

Elle acquiesce et puis :

— Oh regardez, le logo de la pâtisserie !

Garé à une vingtaine de mètres, devant ce qui ressemble à une salle des fêtes, l'utilitaire réfrigéré a l'air nous attendre bien gentiment. Lena opère un virage à angle droit qui manque de me fracasser la tête contre la vitre. Elle pile si près du véhicule qu'un homme – sans doute l'un des livreurs – fait un bond sur le côté.

Nous descendons du 4x4 et fondons sur le pauvre individu. Enfin, surtout Lena, car après avoir glissé sur le sol enneigé, je me retrouve les fesses par terre.

— Ouvrez votre fourgon ! ordonne-t-elle comme si elle s'adressait à des sujets.

— Pardon ? hoquette l'homme.

Je marche dans leur direction en massant mon postérieur.

— Vous avez notre gâteau !

— Oh, c'est vous les Hill ? lâche-t-il. Une grosse pièce montée de mariage ?

— Vous vous êtes aperçu de votre erreur ?

— Hey, pas de *notre* erreur. Moi, je livre où on me dit de livrer, mais je demande rien sur le chargement.

Pourquoi ça sonne comme une réplique de film de gangsters ?

Il ouvre la double portière arrière et tandis que j'entends presque les trompettes célestes retentir dans le ciel, une magnifique pièce montée de cinq gâteaux se révèle à nous. Pas de décoration que j'aurais à interdire au moins de dix-huit ans et un parfait équilibre entre fioritures compliquées et sobriété élégante. La composition est tout simplement grandiose.

— C'est lui ! C'est mon gâteau !

Lena s'avance pour mieux regarder.

— Il est impeccable. Bien, vous remballez tout ça et vous nous suivez.

— Quoi, maintenant ?

— Bien sûr que non, c'est une pièce montée que nous comptons déguster à Pâques.

J'étouffe un ricanement. Lena a donc un peu d'humour.

Le livreur lui ne rigole pas du tout. Il a croisé le regard de ma belle-mère et avec lui, un avant-goût de l'enfer. Il obtempère illico et disparaît en un clin d'œil dans le véhicule. Nous remontons dans le nôtre. Lena fait ronfler le moteur de sa grosse voiture en insultant au passage toute idée d'écologie et opère un demi-tour aussi périlleux que patinant. Au premier virage, cependant, elle est obligée de ralentir. Le fourgon de livraison ne peut rivaliser avec les qualités d'un énorme 4x4 juché sur des pneus neige.

Et surtout, il a ma pièce montée.

Chapitre 19

Je crois n'avoir recommencé à respirer qu'une fois que le gâteau a été récupéré par le personnel d'Alistair et placé en sûreté dans le frigo de la salle de réception.

À cet instant précis, quand la porte en inox claque et scelle la pièce réfrigérée, je prends une profonde respiration.

Ce n'est qu'une grosse pâtisserie Scarlett, détends-toi…

Les choses n'ont en fait jamais d'importance, ce sont les symboles qu'on y attache qui comptent. Ce n'est peut-être qu'un mélange savant et talentueux d'œufs, de farine, de sucre et de fruits, n'empêche qu'il résume le rituel de mon mariage. S'il venait à s'effondrer, ou pencher d'un côté, je sais que j'y mettrais un tout autre sens que celui d'une simple conséquence de rupture de la chaîne de froid.

Chasse cette idée de ta tête.

— Je vous remercie, Lena. J'avais grand besoin d'aide.

Ma future belle-mère aurait pu jubiler et envoyer valdinguer toute notion de triomphe modeste. Pourtant, elle n'en fait rien. Il me semble même lire dans le sourire discret qu'elle dévoile une réelle reconnaissance.

Tandis que j'erre comme une âme en peine dans l'ancienne abbaye, je commence à me rendre compte que je n'ai plus rien à faire ici. D'ailleurs, les visages des serveurs me renvoient une question. Je les gêne. Je me gêne moi-même. Alors je récupère ma mère – laquelle les gêne depuis notre arrivée – et nous rentrons à la maison. Mélie nous attend de pied ferme, car ma mère et elle doivent encore faire quelques courses de dernière minute. C'est au moment où elles partent que je m'aperçois que je suis seule chez moi. Totalement seule. Depuis quand cela n'est-il pas arrivé ? Comme j'ai du mal à y croire, je fais le tour de la demeure. Personne, à part Rhett qui ronfle sur le lit de ma mère et HMS Titanic qui fait des bulles. Quelqu'un a allumé le sapin ainsi que les guirlandes, sans doute Mélie, et à mesure que j'approche du salon, le crépitement des bûches dans l'âtre parvient à mes oreilles. Quand j'ai visité cette maison, il y a presque deux ans maintenant, je me disais qu'elle devait être magique à Noël. Dès le début, j'avais la vision de ce qu'elle donnerait, parée de décorations vertes, or et rouges, lovée au milieu d'une campagne que j'espérais enneigée au moins quelques jours par an. Je n'en ai parlé à personne, de peur de passer pour une cinglée, mais je savais que j'aimerais encore plus cette demeure en hiver qu'en été. Je ne m'étais pas trompée.

Bon… et maintenant, qu'est-ce que je fais ?

L'heure m'indique que j'ai un peu de temps avant que la maquilleuse vienne tenter un miracle. Je tourne sur moi-même dans le hall d'entrée, le silence me déstabilise. Une vague impression irrationnelle de vide post-apocalypse m'envahit. J'ai l'intuition que quelque chose cloche. Pourtant, tout va bien.

Pour la première fois depuis plusieurs jours, je n'ai aucune catastrophe à gérer. Tout le monde se trouve là où il doit être et il n'y a rien pour quoi je doive m'angoisser. Sensation très bizarre. Je vais me préparer un chocolat chaud et, après une hésitation étonnamment brève, je m'accorde une folie : un morceau d'un des nombreux gâteaux faits par ma mère. Un plaid et d'énormes chaussettes à clochettes plus tard, je me transforme en rouleau de printemps dans ma véranda, bercée par les quelques flocons qui volettent dans l'air sans urgence de se poser au sol. Je resterais bien ainsi plusieurs jours d'affilée. William et moi avons opté pour un voyage de noces à Bali, cependant nous n'avons pas prévu de le faire avant quelques mois. Quand la cérémonie aura eu lieu, nous profiterons donc simplement de quelques jours de congé que nous passerons à Shere. J'ai hâte. Hâte de me retrouver dans ce cocon avec l'homme que j'ai choisi pour partager le reste de ma vie. Ce ne sera guère différent des semaines précédant le mariage, c'est vrai, et pourtant, nous aurons vécu un rituel que l'être humain pratique depuis des décennies. Ça prouve bien que ça compte. Ça prouve bien que ce symbole marque une vie, distingue le passage d'un état à un autre.

Depuis deux ans, je me demande si papa aurait approuvé, s'il aurait aimé William. Au fond de moi, je sais bien que oui, seulement, je ne pourrai jamais en avoir la confirmation. Voilà toute la cruauté de ceux qui partent, ils nous condamnent aux interrogations sans fin. Et les vivants s'entêtent, ils posent des questions et font des choses dans l'espoir que le défunt y trouve un sens. Et c'est bien le problème, les défunts ne voient rien et n'entendent rien. Et il y a des moments au cours de l'existence, où ce silence sournois est plus douloureux qu'un autre.

Et la vie s'en fout bien de tout ça, elle continue sa course et accélère sans se retourner sur ceux qu'elle laisse immobiles sur le bas-côté. J'en ai fait du chemin depuis deux ans, et les deux Noëls sans papa ont chacun marqué un tournant dans ma vie. Ma rencontre avec William, sa demande en mariage et puis, maintenant, la noce.

Ils sont tous pour toi ces Noëls, papa.

La sonnette interrompt mes réflexions. Je n'ai pas le temps de me libérer de mon plaid que j'entends la porte qui s'ouvre et se referme. Mon entourage n'a aucun sens du savoir-vivre. Je me rassois et m'écrie :

— Par ici ! Dans la véranda !

C'est Thomas. Je scrute l'expression de son visage à la recherche d'un indice sur son état d'esprit par rapport à William. Se sont-ils rabibochés ? Sont-ils encore fâchés ? Je sais mieux qu'eux qu'ils ont besoin l'un de l'autre, comme j'ai besoin de Mélie. Les fratries soudées autour d'une épreuve venue bouleverser leur enfance deviennent une sorte d'entité qui ne fonctionne que si elle est complète.

Je suis devenue ma sœur quand elle est tombée de cet arbre et qu'on l'a crue plus morte que vive pendant des mois. Nous avons inventé un langage pour communiquer alors que son esprit prenait la fuite par des interstices que personne ne voyait. Et lorsque Thomas a eu son accident, qu'il a perdu une partie de la vue et que William en a assumé la responsabilité, ils ont signé un pacte que rien ne pourra défaire, pas même eux. C'est ainsi que se font les promesses éternelles, elles naissent avant l'âge adulte, dans un monde où tout est blanc ou noir, où tout reste encore à créer, et où on se croit toujours immortels. Aucun serment n'est aussi fort quand on devient grand.

— Salut, lance-t-il avec moins de superbe que d'ordinaire.

— Salut, il y a du gâteau et du thé si tu veux sers-toi.

Il décline de la main et prend place sur le siège en face de moi. Je lui trouve un air de petit garçon, un peu gêné, et surtout, vulnérable. Thomas est le genre de personne qui ne conçoit le quotidien que s'il flamboie. Si ce n'est pas spectaculaire, ça n'existe pas. C'est la raison pour laquelle il est aussi doué pour organiser des fêtes et des vernissages, et catastrophique dès qu'il s'agit de tâches bassement matérielles. J'ai toujours pensé qu'il avait développé ce comportement pour accaparer l'attention de Lena, et soulager la pression qu'elle faisait subir à William. Il s'agitait pour faire diversion et laisser l'ombre reposante à son frère. Je décide de lui faciliter la tâche.

— Ça va ?

Il hausse les épaules avant de répondre :

— Est-ce que je suis vraiment quelqu'un de si égoïste et horrible que ça ?

— Qui t'a dit ça ?

— William, et à peu près tout le monde.

— Ce n'est pas tout à fait ce qu'il t'a dit.

— Comment le sais-tu ?

— Généralement, je m'arrange pour vous espionner.

— Finalement, je veux bien quelque chose à grignoter.

Thomas fait l'aller-retour dans la cuisine. Après quelques minutes de gêne, il se lance :

— Je ne suis pas quelqu'un de méchant, c'est juste que la plupart du temps, j'ai… j'ai la trouille.

— De quoi ?

— D'à peu près tout. Je ne sais pas d'où ça vient, mais j'ai toujours peur. Enfin, maintenant, je ne m'en rends plus trop compte parce que c'est tellement ancré en moi, depuis si longtemps, qu'à force, je ne sais plus ce que ça fait de ne pas avoir la frousse. Je flippe de perdre les gens que j'aime, je flippe de les décevoir, de ne plus être aimé, de ne plus avoir de travail, de ne pas savoir quoi faire de ma vie, de finir seul… Ça ne s'arrête jamais.

Je le vois se tasser sur le siège – il paraît tout petit – puis il soupire avant de poursuivre.

— Will a raison. Il m'énerve, il a toujours raison sur tout. Comment il fait pour être parfait ?

— Il ne l'est pas, Thomas, et c'est bien ce qui coince entre vous. Tu projettes tes angoisses sur lui, en pensant que tu ne seras jamais à sa hauteur. Imagine un peu la pression que tu lui mets en considérant que dans votre relation, il doit continuer d'être parfait quand, toi, tu peux commettre des erreurs.

— Parce qu'il n'en fait jamais ! Il a toujours une solution pour tout.

— Peut-être parce qu'il n'a pas eu le choix ? Lena et toi, vous vous attendez à ce qu'il en trouve une. Et je pense que pendant longtemps, il a aimé être ce héros. Sauf que personne ne peut tenir ce rôle indéfiniment sans se perdre. Et aujourd'hui, lui comme toi, vous devez reprendre vos places.

— Mais quelle est la mienne ?

— Tu vaux bien mieux que le personnage que tu joues, Thomas, et William n'est pas le saint que tu crois. Vous devriez parler à cœur ouvert.

— C'est que… je ne veux pas vous perdre, tu comprends ? Mélie, toi, William, vous êtes ma vraie famille. Sans vous, je ne sais pas ce que je ferais. Je serais totalement paumé. Je ne peux pas supporter l'idée que ça pourrait arriver. Je ne suis pas prêt à me débrouiller seul.

Je me penche vers lui et lui prends les mains que je serre aussi fort que je peux.

— Thomas, ce n'est pas parce que William ne bosse plus avec toi qu'il va t'abandonner. Nos liens se nourrissent d'autres choses que d'un lieu de travail. C'est ça qui te pose problème avec le nouveau boulot de William ?

— Oui…

— Alors, rassure-toi, tu fais partie de l'ADN de William, rien ne changera ça. Il ne quitte que la galerie, il ne te quitte pas toi.

— J'avais l'impression que c'était un peu parce qu'il ne me supportait plus.

— Ce n'est pas ce que j'ai compris quand j'ai épié votre conversation. Moi, j'ai entendu que William n'en pouvait plus des humeurs des artistes et de dépenser autant d'énergie et de temps pour une affaire qui périclite.

Je me sens tellement triste pour eux. Il faut que je trouve le moyen de les pousser à se parler et à sortir de leurs silences et de leurs malentendus.

— Thomas, William a besoin de toi. Il a besoin d'un frère qui le soutienne dans ses choix de carrière. Je le connais, je sais qu'il a peur de prendre la mauvaise décision et d'emprunter une voie qui n'est pas la bonne. Il doit en plus gérer l'échec de la galerie. Et il est tout seul. Lui aussi craint la façon dont ses proches vont le juger. Il faut que tu l'aides et que tu sois là pour lui comme il a été là pour toi.

Thomas étouffe un ricanement chargé d'amertume.

— Je ne suis pas sûr d'être le mieux placé pour ça. J'ai plutôt l'impression que dès que j'essaye d'arranger les choses, je les fous en l'air. Regarde Orlando.

— Orlando est un grand garçon, tu ne l'as obligé à rien. C'était sa décision, et on est tous responsables de nos actes.

Je me lève de mon siège en manquant de trébucher sur mon immense plaid.

— Bon, ça suffit maintenant, Thomas Hill. Tu vas reprendre le dessus et faire la seule chose à faire : dis à ton frère que tu l'aimes, que tu l'as toujours aimé, et que tu vas être là pour lui !

Il me dévisage, effaré.

— Un poil trop français pour moi, ça…

— Je ne te demande pas ton avis.

— Si je lui dis ça, il va faire un arrêt cardiaque et moi aussi. On ne rigole pas avec les codes.

— Vous me faites chier avec votre pudeur à la con. C'est quelle heure ?

— Heu… pas loin de midi.

— Bon, il devrait bientôt arriver, alors dès qu'il passe cette porte, tu te lances. Sinon, je t'envoie chez ma mère pendant un mois.

— D'accord ! Pas la peine de sortir l'artillerie lourde.

Parfois, il faut se montrer ferme. Comme la maquilleuse ne va pas tarder non plus et que j'ai un peu honte de mes cernes, je laisse Thomas et je monte appliquer un masque censé me faire perdre cinq années de stress et de fatigue.

— Tu sais que si tu veux que ce soit efficace, me dit Thomas lorsque je reviens dans le salon, il te faut une aiguille, du botox et un bon dermato.

— Va te faire foutre.

— Je voudrais bien, mais Orlando est en ville pour s'acheter un costume que sa mère n'aura pas choisi.

J'entends la porte d'entrée s'ouvrir.

— C'est moi ! lance William. Tout va bien à la maison ? Je dois appeler les flics, un vétérinaire, les pompiers ? Frappe deux fois contre un mur si tu es en danger.

— Non ça va ! m'écrié-je du salon.

— Sérieux ?

Tout en retirant le masque de mon visage à l'aide d'une dizaine de cotons démaquillants, je regarde mon futur mari. Il sort tout juste de chez son barbier et il est particulièrement à son avantage. Cette sensation me cueille à chaque fois, le souvenir de l'émotion que j'ai ressentie lorsque j'ai croisé son reflet la première fois : ce frisson brûlant instantané, comme après une piqûre. Quelque chose d'inexplicable qui ne s'appuie sur rien, si ce n'est un sourire, un regard, un détail physique d'un inconnu dont on ne sait rien.

— William, il faut que je te parle, déclare Thomas sur un ton plus brusque qu'il n'aurait sans doute souhaité.

— D'accord..., répond William avec un peu de méfiance.

— Je... je voulais te dire que je t'aime, et qu'à partir de maintenant, tu allais pouvoir compter sur moi.

Will me décoche un regard interrogatif.

— Y'a plein de choses que tu dois savoir et que j'aurais dû te dire depuis un moment, continue Thomas, incapable à présent de s'arrêter de parler.

— Bon ben moi, je vous laisse !

Et je me dépêche de filer à la cuisine en refermant derrière moi.

Pour une fois, je ne veux pas être mêlée à ça, ce moment n'appartient qu'à eux, mais j'espère qu'ils parviendront à se voir tels que moi je les vois, et non pas comme ils pensent qu'on doit les voir. Les minutes s'allongent, pas d'éclats de voix, pas de porte qui claque. Soit ils sont effectivement morts d'une attaque cardiaque, soit ils ont trouvé un terrain d'entente. Je m'empare de mon téléphone et appelle Mélie.

— Allô ?

— Maman ?

— Ne sois pas si surprise, je suis avec ta sœur, je te signale.

Justement, pourquoi l'empêches-tu de parler ?

— Pourquoi elle ne répond pas ?

— Elle discute avec cet homme lugubre, tu sais, celui qui était à la salle de réception.

— Alistair ?

— Peut-être. Un grand qui fait un peu peur.

— Alistair. Qu'est-ce qu'il fait avec vous ?

— En allant faire des courses, la voiture a patiné. Trop de neige. J'ai appelé William, mais comme il ne répondait pas, j'ai contacté ton beau-père.

— Tu as le numéro de mon beau-père ?

— Bien sûr, il me l'a donné il y a un an.

— Parce qu'il te parle ?

— Quand je lui pose une question, oui. Mais ne m'embrouille pas, tu m'embrouilles toujours. Donc, je lui ai demandé de venir nous aider et il est arrivé avec l'oncle de William et son fils.

— Et vous en avez pour longtemps ?

— Avec trois hommes et un problème de voiture, tout peut arriver. Enfin, ça les occupe, c'est bien d'occuper les hommes. Tu n'avais pas prévu assez d'activités pour les occuper, c'est une erreur.

— D'accord, mais tout va bien ?

— Évidemment, on boit un très bon chocolat, le véhicule a un peu bougé et Mélie est en train d'expliquer à cet homme lugubre…

— Alistair.

— … pourquoi il ne faut pas couper les arbres.

— Parce que les arbres parlent entre eux ?

— Oui. D'ailleurs, tu vois comme il est bizarre : il l'écoute avec attention. Et toi de ton côté, tout va bien ?

— Je… en fait, je crois que oui.

Quelqu'un sonne à la porte.

— Il faut que je te laisse, maman, la maquilleuse est là.

— Dis-lui bien que tu veux ressembler à Grace Kelly, pas à Sophia Lauren.

— D'accord, je ne suis pas sûre qu'elle possède la référence, mais je vais essayer d'actualiser.

Je raccroche et me dirige vers le hall. Sur le pas de la porte se trouve une minuscule jeune femme, toute frêle, portant un ensemble en motif lézard, des extensions de cheveux noirs jusqu'aux fesses et des ongles qui, quelque part dans le monde, doivent être considérés comme des armes blanches.

— Bonjour, mademoiselle, je vous en prie entrez.

— Merci, je… oh bah, merde ! s'exclame-t-elle en me dévisageant.

— Quoi ?

— Y'a un sacré boulot ! J'ai peut-être pas pris assez de matériel…

Laissons tomber le thé et le chocolat, je vais me servir un whisky.

Chapitre 20

Wendy – ma maquilleuse – a vingt-trois ans. Elle est entre deux histoires, bientôt une troisième, si le cousin de son meilleur ami répond à ses avances, ce qui est selon ses statistiques personnelles toujours le cas. Elle est intolérante au lactose, a peur des gros et pense qu'à partir de trente ans, il faut démarrer la chirurgie esthétique, sinon, après c'est trop tard. J'ai d'ailleurs bien senti toute son inquiétude lorsque j'ai confessé n'avoir encore rien fait pour mon visage. Ce qui explique qu'elle va mettre une heure de plus pour me maquiller. Wendy est très bavarde, je me demande de quel coin de la Grande-Bretagne elle peut venir.

— Vous êtes originaire d'où ?

— Oh, un petit bled d'Irlande.

Tout s'explique.

— Mais quand ma mère a foutu le camp du domicile conjugal, ma sœur et moi sous le bras, elle a voulu mettre de la distance entre mon abruti d'alcoolo de père et nous.

— Ça se comprend.

— Arrêtez de parler, pendant que le peeling agit. Clignez des yeux, j'ai l'habitude de comprendre les gens quand ils ne peuvent pas parler. Dites donc, votre maison, elle est drôlement chouette et hyper bien décorée. Nous, on fête pas Noël.

Je cligne à mort.

— Ouais, je sais, mais y'a un Noël, mon abruti d'alcoolo de père, il a coursé ma mère avec un couteau de cuisine. Elle avait fait trop cuire la purée, du coup, elle est un peu allergique à cette période. Ça finira par lui passer. Attention, je vais tirer sur le nez pour enlever les points noirs.

En fait, Wendy me tire le nez et le décroche. Je me demande ce que vont donner les photos de mariage avec une mariée sans nez… J'ai bien fait de choisir un voile.

La jeune fille pousse un petit cri dégoûté en regardant le patch qu'elle a arraché à ma peau, et qui est censé avoir emporté toutes les imperfections avec lui.

— Ben c'était pas du luxe. Vous n'êtes pas moche, faut pas vous laisser aller, sinon votre mari va ficher le camp avec une fille comme moi. On aime les hommes mariés.

— Dites, est-ce qu'on peut avoir une anesthésie avant de remettre ce truc sur la figure ?

Trop tard.

— Alors, comme ça, vous êtes française ? dit-elle en me recollant un patch sur le nez. Les Français, c'est des bombes au pieu.

— Je… je ne sais pas trop, je n'ai pas assez de recul pour que l'étude de cas soit probante.

— Non, mais moi je vous le dis. Je me suis tapé plein de gars de plein de nationalités différentes, et franchement, le savoir-faire français, c'est quelque chose.

William entre dans la salle de bains dans laquelle Wendy me torture depuis déjà vingt minutes.

— Je ne regarde pas ! s'exclame-t-il en cherchant la boîte de ses boutonnières laissée près du lavabo.

— C'est la robe de mariée qu'il ne fallait pas voir, chéri, les points noirs, ça tu peux.

— Ouais, et y'en a ! atteste Wendy en tendant le patch sous le regard interloqué de mon futur mari.

— Est-ce que ça va, avec Thomas ?

— Je crois, bien que je ne sois pas complètement sûr… Il me dit qu'il m'aime, qu'il va me soutenir et que j'ai raison de laisser tomber la galerie. Il paraît que je mérite mieux. Je ne te cache pas qu'il me fait peur. Est-ce que tu sais si Mélie lui a parlé ?

Je souris intérieurement, mais n'en laisse rien paraître.

— Je ne crois pas. Mélie est très occupée depuis hier. Je pense que ça faisait tellement longtemps que tu attendais qu'il te dise tout ça que tu ne veux pas y croire. Et puis je te connais, tu es comme un chat. Tu grimaces quand on est trop démonstratif, mais en vrai, tu adores ça.

William ne répond pas, toutefois, dans ses yeux noirs pétillent une drôle d'étincelle. Il est heureux, pleinement heureux, comme lorsque nous nous sommes embrassés la première fois, comme lorsque nous nous sommes réveillés côte à côte la première fois. Je *sais* qu'il est heureux.

— Est-ce que tu as encore besoin de moi, ou je peux aller me préparer chez mon père ?

— Normalement, plus rien ne peut arriver, nous avons déjà remporté le grand chelem de la catastrophe.

— Tu es sûre qu'il ne va pas y avoir un petit match retour ?

— File.

Il se penche au-dessus de moi et dépose un baiser sur mon front, le seul espace qui n'est pas recouvert d'huile ou de crème. Dès qu'il a passé la porte de la chambre, Wendy lâche un sifflement strident.

— Ben dis donc, c'est ça, votre futur mari ?

— Oui.

— C'est un sacré canon !

— En effet.

— Vissez-le à votre lit, celui-ci, parce qu'on va vouloir vous le piquer.

Et toi, tu ne remettras plus jamais les pieds chez moi.

— J'ai commandé des menottes.

— Ouais, c'est un truc de français.

Deux heures plus tard, Wendy considère que sa mission est accomplie. Elle m'a tellement saoulée de paroles durant l'opération que je sais à peine comment je m'appelle. Je vérifie l'étendue du miracle devant ma psyché. Ce serait faire preuve de la plus grande mauvaise foi que de ne pas reconnaître son talent. Mes cernes ont disparu, j'ai un teint de pêche et des yeux de biche. Et si on me regarde de loin, ça pourrait presque passer pour naturel. Bref, je crois bien que je me trouve jolie. Je pourrais presque envisager qu'elle couche avec William juste pour qu'elle m'embellisse de la sorte au quotidien.

— Wendy, vous avez des doigts de fée.

— Ouais, je sais, mes petits copains arrêtent pas de me le dire. Ce serait cool que vous chialez pas trop pendant la cérémonie, j'ai fixé, mais quand même. En plus, vous avez la peau grasse, c'est les plus merdiques.

Je la pousse gentiment mais résolument vers la sortie, après l'avoir réglée en liquide en ajoutant un petit extra pour le miracle qu'elle a accompli.

— Si vous avez encore besoin, surtout n'hésitez pas, je vous donne ma carte. Ah et puis aussi celle d'un chirurgien que je connais. Il est génial, il fait de super tarifs. J'envoie toutes mes copines chez lui, elles sont ravies. Elles sont plus jeunes que vous, mais bon, c'est un pro.

— Chirurgien ?

— Ouais, pour votre nez, c'est un vrai artiste. Et si vous faites une lipo en même temps, y'a une ristourne.

Rends-moi mon pourboire !

Elle sort enfin, et, tandis que, sur le perron, je la suis des yeux pour m'assurer qu'elle part *vraiment*, je vois l'énorme 4x4 de Lena se garer dans ma cour. Elle n'était pas censée venir. J'aimerais pouvoir réagir sereinement, mais les derniers jours m'ont rendue un poil paranoïaque. J'imagine donc le pire. Lena et Wendy se croisent, autant dire deux planètes de deux systèmes solaires, de quoi distendre une fraction de seconde le continuum espace-temps. Elles se jettent un bref coup d'œil et je donnerais cher pour savoir ce que l'une pense de l'autre.

— Oh, très jolie, juge ma belle-mère en scrutant mon visage.

— Le mérite en revient à Wendy, dis-je en désignant la jeune fille qui trottine de façon improbable sur des bottes à talons de dix centimètres. Qu'y a-t-il ?

— Je viens pour vous coiffer, puisque vous n'avez pu régler ce problème.

Je reste bouche bée. J'ai du mal à formuler une réponse appropriée.

— Je pense faire aussi bien que cette…

— Wendy.

Nous pénétrons à l'intérieur, et c'est seulement à ce moment-là que je remarque la petite valise cabine qu'elle tire derrière elle.

— Lena, j'apprécie le geste, mais vous êtes certaine que vous voulez le faire ? Vous aurez le temps de vous préparer, ensuite ?

— Bien sûr, cela ne me prendra pas longtemps.

Évidemment, puisque tu es déjà parfaite.

Nous montons à l'étage et nous voilà à nouveau dans la salle de bains. J'aimerais être naturelle et détendue avec elle, mais quelque chose m'en empêche, et je n'arrive pas à mettre le doigt dessus. Je crois que son mode de fonctionnement est tellement à l'opposé du mien, que c'est comme si je ne savais pas comment introduire la clé dans la serrure. Nous sommes si différentes sur presque tous les points, de quelle façon pouvons-nous tisser un lien ? Pourtant, il faut bien que je déniche un sujet de conversation, sinon les minutes vont me paraître une éternité. Insupportable.

— Avez-vous une photo de la coiffure que vous aviez en tête ?

— Vous savez, faites comme vous pouvez, ce sera de toute façon plus réussi que ce que j'aurais fait.

— Comment trouvez-vous ma coiffure, en général ? Soyez franche.

— Eh bien, parfaite. Et pour être franche, comme vous dites, je crois que vous avez vendu votre âme à Satan pour que vos boucles tiennent aussi bien.

— De la technique et beaucoup de pratique, rien à voir avec le diable. Montrez-moi la photo.

Je dégaine mon téléphone portable et m'exécute.

— Très bon choix, ce sera joli avec la tiare.

— Je… je ne sais pas trop quoi dire, c'est très gentil de prendre le temps de m'aider.

Elle s'attelle à la tâche ingrate de démêler mes cheveux. Ces gestes sont précis et plus doux que ce que j'aurais cru. Dans le miroir de la salle de bains, je l'observe attentivement, mais impossible de savoir ce qu'elle peut bien penser. Cette femme est impénétrable. Je commence à comprendre d'où William tient certains traits de son caractère. Au bout d'un moment qui me paraît assez long, il me semble distinguer un léger sourire sur ses lèvres.

— J'ai toujours voulu une fille, me confie-t-elle un peu brutalement.

— Je l'ignorais.

— Personne ne le sait. Quand on attend un enfant, on évite de dire qu'on a une préférence. On se contente de demander qu'il soit en bonne santé.

Alors, non, pas toujours : ma mère a menacé mon père et son gynécologue de tout plaquer, si jamais elle accouchait d'un garçon. Heureusement, Mélie est arrivée.

— En fait…, poursuit-elle plus bas, j'ai eu une fille, mais j'ai fait une fausse couche.

Pourquoi me raconte-t-elle ça maintenant ?

— Je suis désolée d'apprendre ça.

— C'était avant William, avant ma rencontre avec son père. J'étais jeune. Je pense que c'est la meilleure chose que la nature pouvait prévoir pour moi, à ce moment-là.

Je fouille dans mes souvenirs. Il me semble que Lizzie m'a raconté que Lena avait connu un immense chagrin d'amour quand elle était très jeune. Apparemment, l'homme l'a abandonnée, lui brisant le cœur. Le père de William est arrivé juste après, et aux dires de Lizzie, Lena s'est laissé courtiser plus par rationalité que par réelle passion. D'après elle, c'est ce qui explique que sa fille se montre si froide avec tout le monde. Comment un cœur fissuré pourrait-il fonctionner autrement que mal ? J'aimerais la prendre dans mes bras, mais je sais qu'elle n'y trouverait probablement aucun réconfort.

— Je suppose que l'on ne se remet jamais vraiment de ce genre de deuil. Cela dit, vous avez une belle famille et j'espère qu'elle vous aide à combler l'absence.

— J'apprécie votre détour pour me demander si je suis heureuse dans mon mariage, dit-elle avec un sourire.

— La diplomatie n'est pas une spécialité des Archer, mais merci de noter l'effort.

— Vous apprendrez que les familles sont heureuses chacune à leur façon. Le bonheur, comme aime à le penser ma mère, n'est pas toujours fait de passion et de folie. Parfois, il naît du simple fait d'être convaincue d'avoir fait les bons choix, et d'être là où l'on a décidé d'être.

Je suppose que l'essentiel est de trouver celui qui correspond à notre caractère. À mesure que les minutes défilent, la coiffure prend forme et je dois admettre qu'elle se débrouille plutôt bien. Un chignon émerge de ma masse capillaire, et j'imagine le rendu final, une fois la tiare et le voile posés. Elle met un terme à son œuvre une heure après avoir commencé.

— Lena, c'est magnifique ! Je ne sais pas comment vous remercier…

Je m'admire sous toutes les coutures devant le miroir.

— Vous épousez mon fils. Disons que nous sommes quittes, conclut-elle avec la même expression mutine que William.

Je n'avais jamais remarqué à quel point tous les deux pouvaient se ressembler. Tout à coup, nous entendons un éclat de voix fort reconnaissable monter du rez-de-chaussée.

— On est de retour ! hurle ma mère.

— En haut !

Quelques instants plus tard, ma famille au complet, soit deux membres, pénètre dans la salle de bains qu'on aurait dû agrandir. Ma mère se fige. Silence. Elle ne bouge toujours pas d'un cil.

— Maman ?

Son visage s'est crispé en une drôle d'expression, comme si son moteur interne venait de caler.

Manquerait plus que j'aie cassé celle qui m'a élevée.

— Maman !

— Elle est submergée par l'émotion parce que tu es magnifique, traduit Mélie.

— Je… oui… d'habitude, tu ne ressembles tellement pas à… C'est un sacré choc.

Je m'écrie à nouveau :

— Maman !

— Non, évidemment, tu es belle au naturel, ce que je veux dire, c'est que là, tu es resplendissante. Je… oh, si ton père pouvait te voir, il serait si heureux.

— C'est Lena qui a réalisé la coiffure.

— Eh bien, vous savez manier un peigne.

— Je vais prendre ça comme un compliment, répond ma belle-mère.

— Il… il faut la robe ! s'exclame ma mère. Mélie, où est la robe ?

— Je vais la chercher.

— Bien, je vais vous laisser, dit Lena en sortant de la salle de bains.

— Mais non, voyons, vous devez rester pour nous aider à l'habiller, et surtout, valider l'ensemble. Je… j'ai un goût très sûr, cependant je crois que comme elle se marie en Grande-Bretagne, ce serait bien qu'une Anglaise soit là pour, disons, juger du résultat.

Je rêve où nous assistons à un début de traité de paix entre les deux nations ? Je n'ai pas le temps de digérer l'information – elles non plus – que Mélie a déjà apporté la robe. Mon excitation monte, je ne l'ai enfilée que trois fois en tout, et pas plus de quelques minutes. À présent, elle est mienne, et je vais vibrer, danser et tournoyer avec, jusqu'au bout de la nuit. Je retire mes vêtements, passe les dessous choisis pour l'occasion, puis me place au centre de ma chambre. Face à moi, ma mère et ma sœur tiennent le bustier et l'énorme jupon.

— Bon allez, plonge droit dans le trou, ordonne maman.

— Attendez, interrompt Lena avant de poser délicatement un t-shirt sur ma tête pour éviter que je ne transfère du fond de teint sur le tissu.

Je *plonge* donc au milieu des couches de tulle fin et aérien. Quand ma tête ressort, je sens un écrasement brutal au niveau de mes cotes. Ma mère s'occupe du laçage de mon corset, je vais souffrir, comme de nombreuses femmes avant moi au cours de l'histoire. Lena pose la tiare sur ma tête et fixe le voile. Puis Mélie m'attache le ras-de-cou en diamant que je tiens de ma grand-mère, ainsi que des boucles d'oreilles en forme de fines gouttes en or. Mes trois habilleuses s'écartent et observent le rendu final. Mon cœur bat à tout rompre.

— Alors ? demandé-je d'une voix fébrile.

Ma mère désigne la psyché. Je m'exécute et me place juste devant. Mon sourire est instantané. La coupe de ma robe est assez sobre. Un bustier et un énorme jupon composé d'une succession de couches de tulle. Toute l'originalité se trouve dans le tissu du bustier qui est couvert de cristaux de Swarovski. Les pierres donnent à mon haut un aspect dur comme une armure, tandis que le jupon, au contraire, paraît d'autant plus aérien et féerique. Je voulais une robe qui rappelle les tenues de ballet russe de *Casse-Noisettes*. Un rêve de petite fille.

J'entends soudain renifler dans mon dos. Ma mère retient difficilement un sanglot.

— J'ai des mouchoirs, déclare Lena en plongeant le nez dans son sac.

Tandis qu'elle les lui tend, je suis presque certaine d'avoir vu une larme pointer au coin de ses yeux à elle aussi. Mélie seule demeure égale à elle-même, ni tout à fait là ni tout à fait ailleurs. Elle s'approche de moi et me serre dans ses bras, puis au moment de s'écarter, je remarque qu'elle tient quelque chose dans le creux de la main. C'est un des boutons de manchettes préférés de papa. Ceux qu'il mettait pour les cérémonies officielles. Nous n'avons jamais eu beaucoup de moyens, mais papa était coquet et possédait quelques trésors. Mélie plonge son regard dans le mien et coince le bouton de manchette dans mon décolleté. Tout contre mon cœur, invisible aux yeux de tous, uniquement partagé par elle et moi.

Notre petit secret.

Chapitre 21

Voilà, nous y sommes. La voiture prêtée par Winnie m'attend en bas dans la cour où volettent les flocons. Je n'ai pas souhaité que William m'accompagne. Il a déjà vu ma tenue, certes, mais je veux que la prochaine fois, ce soit devant l'autel. Ça peut paraître idiot, mais qui décide de ce qui est idiot et de ce qui ne l'est pas ? Je veux mon effet « wow », et je mise beaucoup sur les talents de Wendy et de Lena pour y parvenir. Après tout, qu'est-ce que le sens de la robe sinon de certifier à toutes les femmes, qu'au moins une fois, elles peuvent s'autoriser à se sentir la reine des festivités ? Donc je veux un « wow ».

Mélie et ma mère sont parties en avance afin d'accueillir les invités. Je n'ose imaginer l'émotion de maman quand elle verra ses deux filles remonter la fameuse allée, bras dessus, bras dessous. Sans doute aura-t-elle, comme nous, bien du mal à faire le tri entre le chagrin de l'absence de celui qui aurait dû me conduire à l'autel, et la joie de constater que nous sommes toutes les trois encore là, toujours unies.

J'entends Winnie baragouiner au rez-de-chaussée. Mon chauffeur s'impatiente. Je descends l'escalier aidée par Orlando. Mon amie de Londres, Emma, à qui j'ai fait faire du baby-sitting de tantes, m'attend aussi dans le hall. Winnie ouvre la bouche, mais aucun son ne sort. Enfin, je le laisse sans voix. J'avoue profiter de cette petite victoire.

— Tu es magnifique, déclare Emma avec chaleur.

— Merci.

Winnie finit par grommeler quelque chose qu'étonnamment, je comprends sans problème. Je n'avais absolument pas mesuré la complexité de faire entrer un énorme volume de tulle dans une voiture aussi exiguë. Il a raison, je vais perdre toute dignité à essayer de rentrer dans le véhicule, et encore plus à en sortir. Comme je refuse de perdre la face, je réplique avec aplomb :

— Si je vais réussir à rentrer.

— Nan, soupire-t-il, très embêté.

— Si. Ouvrez-moi cette fichue portière.

Il hausse les épaules et sort en direction de son Aston Martin. Orlando et Emma soulèvent mon énorme jupon pour qu'il ne touche pas le sol trempé par la neige. Comme je ne vois rien de ce qu'il se passe en dessous de ma ceinture, je prie très fort pour que mes escarpins ne glissent pas. Heureusement, Winnie a garé la voiture très près de ma porte d'entrée, mes deux acolytes et moi-même n'avons pas longtemps à paniquer. Une fois face à la banquette arrière, nous sommes tous les trois pris d'un léger flottement.

— Rentre pas, répète Winnie en reniflant.

Il m'énerve.

— Bon, ça risque de ne pas être très élégant, mais je crois que le mieux, c'est de plonger en avant puis de te retourner sur le dos ensuite, analyse Orlando. À mon avis, il faut que tu restes allongée sur la banquette.

— OK, je plonge et je pivote.

— Pfff, commente Winnie.

Je lève les bras au-dessus de ma tête comme si je m'apprêtais à sauter d'un plongeoir perché à plusieurs mètres, je sens qu'on soulève si haut mon énorme jupon qu'un courant d'air glacé frappe mes fesses. Dieu merci, personne de ma famille proche n'est là pour admirer le triste spectacle. Je me laisse glisser le long de la banquette arrière où je manque de m'assommer contre l'intérieur de la portière opposée.

— Tu es dedans ? demande Orlando derrière la tonne de tulle.

— Ça dépend ce que tu entends par *dedans*, mais je crois que oui. Je pivote… merde, j'ai un sein qui vient de se faire la malle.

— On ne regarde pas, précise Emma.

Je ne veux pas savoir ce que grogne Winnie. Par miracle, je finis par me retrouver sur le dos les jambes repliées sur elles-mêmes et le jupon remonté presque jusqu'au-dessus de la tête. Sortir de là va être compliqué, quand bien même je ravalerais le peu de dignité qu'il me reste. Tant pis, je savoure mon triomphe.

— Je vous l'avais bien dit que ça rentrerait !

La voiture se met lentement en route, même si compte tenu des amortisseurs du modèle, j'ai l'impression qu'on me traîne au sol attachée au pot d'échappement. Je tiens ma tiare d'une main tandis que l'autre s'accroche à la poignée intérieure, et je compte les secondes qui me séparent de la fin de mon calvaire. À chaque arrêt, je risque un « on est arrivé ? » qui pendant longtemps ne trouve aucune réponse satisfaisante. Jusqu'à…

— Ça y est, c'est bon ! lance Orlando.

— Super… maintenant, il s'agit juste de sortir sans perdre toute estime de moi-même.

C'était bien la peine d'avoir un super carrosse, si je dois le planquer pour ramper à l'extérieur !

Winnie vomit sa bouillie verbale habituelle et je comprends qu'il s'est garé à l'arrière de l'ancienne abbaye, afin que je ne puisse apparaître devant les invités qu'au moment de ma remontée vers l'officier d'état civil qui nous unira. Grâce à d'habiles contorsions que je dois à Sven, mon professeur de yoga, de spiritualité, de développement personnel et de cartomancie, je parviens à me remettre sur mes jambes.

— Ne me laissez jamais m'asseoir.

— T'inquiète, j'ai tout prévu, même au cas où tu voudrais faire pipi debout, précise Emma.

— Quoi, tu caches un pénis amovible dans ton sac ?

— Mais non, maintenant, il existe des alternatives.

— Ça s'appelle un vagin.

— Arrête de faire ta maligne et file dedans avant d'attraper la mort.

J'accueille avec bonheur la chaleur du bâtiment. Je me faufile au premier étage où ont été aménagées des salles de conférences ainsi que quelques chambres. Je prends place dans l'une d'elles et j'attends que Mélie vienne me chercher pour rejoindre la salle de réception. Ma mère qui se trouvait déjà là, m'offre ses bras grands ouverts à peine je franchis le pas de la porte. Orlando et Emma me quittent pour rejoindre les invités.

— Bon, ben, on dirait qu'on y est, lâche maman avec autant de nervosité qu'une jeune fille à son premier rencard.

— On dirait bien.

— Tu sais, quand on a des enfants, on se doute bien que ce moment va arriver, mais en fait, on n'est jamais prêts. Ça fait toujours bizarre de voir l'un de ses bébés se marier.

— Tu réalises que je ne suis plus une enfant depuis un moment.

— Ne contrarie pas ta mère, surtout quand elle est bouleversée. Bien sûr que si, tu seras toujours mon bébé, d'accord ?

— D'accord.

Never feed the Kraken. Never.

— Même si… (elle étouffe un sanglot) même si tu es forte.

Je tique.

— Tu es si forte, ma chérie. Si Mélie et moi ne t'avions pas, je ne sais pas comment on aurait surmonté, tu sais… l'absence de ton père.

Je passe mes bras autour de ses épaules, elle tremble comme une feuille.

Tu vois papa, je m'occupe bien d'elles, comme je te l'ai promis.

— Ça va aller maman. Tout va aller de mieux en mieux.

— Je sais. C'est juste qu'il y a des jours où il me manque plus que d'autres. Il t'aurait accompagnée jusqu'à l'autel avec tant de fierté. Enfin, il a toujours été fier. Je lui disais souvent de ne pas trop te le montrer parce que tu allais attraper la grosse tête.

Ma mère et ses craintes irrationnelles.

— Et voilà, maintenant tu es sur le point de te marier et de fonder ta propre famille. Ici, dans cette maudite île humide à des milliers de kilomètres de la maison.

— Tu me rassures, à un moment, j'ai cru que tu allais réagir de façon calme et posée.

— J'ai des raisons de me lamenter.

— Maman, on se voyait moins quand je travaillais à Paris. Ici, Mélie et toi venez tous les mois.

— N'empêche, tu es chez eux. Enfin, si jamais tu veux fuir, tu sais que tu seras toujours la bienvenue à la maison. Même avec William, je ne lui refuserai pas l'asile.

— Il sera soulagé de l'apprendre.

Quelqu'un frappe à la porte. Maman se mouche fort avant d'aller ouvrir. Lizzie, l'ingérable grand-mère de Will, apparaît dans l'embrasure. Elle se glisse dans la pièce avant de refermer juste derrière elle. Son regard malicieux qui fomente sans nul doute de futurs méfaits, me scanne de la tête aux pieds.

— Je ne pouvais pas attendre pour te voir. Comme je suis âgée, personne n'a essayé de m'empêcher de monter. J'adore être vieille.

Je ne suis pas certaine qu'un jour quelqu'un ait pu lui refuser l'un de ses caprices.

— Ce que tu es belle dans cette robe. Tiens, je t'ai amené quelque chose.

Elle sort de son sac un étui à bijoux dans lequel se trouve un magnifique bracelet en diamants.

— Un cadeau de la personne que j'ai le plus aimée. Mon bien le plus précieux.

— C'est somptueux ! Votre mari avait un goût remarquable, s'extasie ma mère.

— Mon mari ? Cette tête de mule avare n'aurait pas su faire la différence entre un morceau de pain rassis et une pierre précieuse. Non, ça vient de Mary, mon amante, l'amour de ma vie.

— Je… heu…

Je fais signe à ma mère de ne surtout pas essayer de raccrocher les wagons avec Lizzie.

— Merci, c'est magnifique, je vais en prendre grand soin durant la cérémonie.

— Je te le donne. Ce genre de pierres sied mieux à une peau lisse qu'à un vieux parchemin plissé.

— Lizzie, c'est beaucoup trop, je ne peux pas accepter…

— Je suis certaine que tu sais que je me fiche des « non » qu'on m'oppose.

— Vous êtes sûre que, enfin, ne vaudrait-il pas mieux l'offrir à Lena ?

— Je ne crois pas que ma fille aurait voulu porter un cadeau de la femme avec laquelle j'ai trompé son père pendant des années. Cependant, je lui ai quand même demandé si elle acceptait que je te le donne, et elle est d'accord.

On frappe à nouveau à la porte. Sans attendre de réponse, Emma passe une tête.

— Tout le monde est en place, il faut y aller. Mélie t'attend en bas.

Ma mère et Lizzie m'adressent un dernier coup d'œil rempli de tendresse et disparaissent dans le couloir. Je prends une profonde inspiration et je m'accorde une seconde pour réfléchir au chemin parcouru depuis deux ans. La vie, et son mouvement. La vie et sa course.

Je saisis le bouquet qu'on a déposé à mon attention dans la pièce, une cascade de lys blancs, puis je me dirige vers les escaliers que je descends avec beaucoup de précaution. Définitivement, l'énorme jupon, c'est beau sur le mannequin en plastique dans la vitrine, mais ça n'est pas praticable dans la vraie vie. Mon cœur s'arrête et je m'immobilise soudain. En face de moi, quelques marches plus bas, ma sœur m'attend pour me donner le bras. Elle ne porte pas la belle robe en voile couleur bleu nuit.

Mélie…

Elle a fait retoucher le costume préféré de papa. Je ne sais même pas quand elle l'a fait. Un ensemble trois pièces, gris foncé, avec de très fines rayures blanches. Il ne le mettait que pour les occasions importantes de peur de l'user prématurément. Nous le lui avions offert pour ses soixante ans, un vêtement de grand couturier. Il était si fier de le porter. L'ajustement est parfait, on dirait que le costume a été fait pour elle. Et pourtant, c'est bien celui de papa. Ma gorge se noue et les larmes noient mes yeux. Elle me tend la main. Je marche, je flotte vers elle.

— Voilà, maintenant nous sommes tous au complet, chuchote-t-elle.

Se rend-elle compte qu'elle me fait le plus beau des cadeaux ? J'aimerais pouvoir lui dire, mais rien ne sort de ma bouche.

— Je sais, répond-elle comme toujours.

Bien sûr, qu'elle sait.

La musique démarre, une vieille ballade de Frank Sinatra, aussi mélancolique que chargée de magie. Tous les visages se tournent vers moi, leur regard familier me découvre. Chacun d'eux raconte un bout d'histoire qui fait la mienne. Et à mesure que je remonte l'allée, je me dis que ce n'est pas si mal. *Ce n'est pas si mal…*

Au bout de la salle, l'officier qui va célébrer notre mariage, et à sa droite, Thomas et William. Mes lèvres s'étirent immédiatement en un immense sourire lorsque nos regards se croisent. Ses yeux sombres brûlent d'un feu ardent. Et je me souviens de ce qu'il m'avait dit juste avant de demander ma main : « Tu es mon étincelle ». Me savoir à l'origine de son brasier intérieur me remplit de joie. Et puis, je distingue une légère rougeur piquant ses pommettes. Les miennes doivent être bien rouges aussi, car je sens qu'elles chauffent. Nous sommes comme deux adolescents surpris de s'être trouvés. L'officier d'état civil commence à parler, mais je n'écoute pas vraiment. William et moi n'avons pas souhaité faire de discours parce que notre amour, son intimité et sa force n'appartiennent qu'à nous. Nous ne voulons personne d'autre dans notre bulle. Ce que nous avons à nous promettre sera dévoilé dans le secret de nos étreintes. Nulle part ailleurs.

Au moment où je vois ses lèvres fines former des mots, je sursaute en réalisant qu'il vient de dire « Je le veux ». Je n'ai rien entendu, comme si le temps s'était figé entre William et moi, entre ma respiration et la sienne. Je tourne la tête vers l'officier afin de rester concentrée. Il me pose la fameuse question, celle qui résume l'essence de ce rituel : est-ce que je veux passer le reste de ma vie à chérir et prendre soin de la même personne ? Dans le drame, dans la joie, dans tous les états de l'existence, à toutes les époques ? Là, se trouve cette fameuse magie du rituel, qui fait que, même après des millénaires, on sente encore son cœur battre à tout rompre lorsqu'on prononce le « Oui, je le veux » solennel. Ce sont les applaudissements de la salle qui m'indiquent que nous venons d'officialiser notre union, que dorénavant et aux yeux de la loi, nous sommes liés, et qu'il est vertigineux de rêver l'être jusqu'à la mort.

L'officier d'état civil demande si nous avons des alliances à échanger. L'inconscient… La réponse est évidente, si j'ai subi des mois de préparatifs, deux tantes cinglées, un *wedding planner* en carton-pâte et ma mère, c'est bien pour avoir la totale : la robe de princesse et l'alliance en diamant qui va avec. William et moi nous tournons vers Thomas qui s'essuie les yeux en même temps qu'il fouille dans la poche intérieure de son smoking pour sortir l'écrin qui abrite nos bagues. C'est si touchant de le voir trembler d'émotion. Il fait un pas vers nous et par une malédiction dont seul Satan et Thomas ont le secret, il trébuche – après son assassinat, l'autopsie devra dire sur quoi – et laisse échapper l'écrin. L'assemblée émet un hoquet de stupeur. William et lui se précipitent à terre, mais je vois bien que mon alliance n'est plus dans la boîte.

— Sainte Marie mère de Dieu, souffle ma mère au bord de l'évanouissement.

J'ai deux mots à dire à Dieu, ça tombe bien qu'elle le convoque.

— Je ne la trouve pas, murmure William avec désolation.

— Bon, ce n'est pas grave, elle a dû glisser sous un siège. Embrayons !

Mélie tape sur mon épaule et me tend la bague de fiancée de notre grand-mère dont elle a hérité. Quand je mettrai le feu à cette assemblée, je n'épargnerai qu'elle. William et moi pouvons enfin échanger nos alliances et clore le protocole par notre premier baiser d'époux et d'épouse. Et quel baiser ! Autant chargés d'amour que de soulagement, nous nous délectons de cette étreinte jusqu'à ce que Thomas, encore en vie pour quelques instants, nous dise que c'est un peu trop long pour le sol britannique.

Tandis que les témoins signent le registre d'état civil, ma mère et Lizzie ont figé la scène de crime et passent le sol au crible. J'essaye de ne rien laisser paraître afin d'éviter de me demander dans dix ans pourquoi je faisais cette drôle de grimace sur les photos officielles. Les minutes s'allongent, et je me dis que ma belle alliance a disparu pour toujours dans ce fameux monde parallèle des objets qu'on ne retrouve jamais, quand tout à coup, une silhouette sombre, plus grande que les autres, lève une main au bout de laquelle scintillent les pierres précieuses.

Alistair…

Tous les convives lâchent un soupir de soulagement. Excepté Mélie.

Parce qu'elle savait que, lui, la trouverait.

Chapitre 22

À peine avons-nous fini de signer le registre que l'immense sapin trônant au milieu de salle s'illumine. Les lumières se reflètent en cadence sur les visages. Et cela me fait penser à ce que répète toujours ma sœur : en vérité, il n'existe aucun adulte sur terre, juste des enfants grandis trop vite. Les voilages clairs renvoient l'étincelle chaude de l'éclairage et tout – humains et choses – me paraît poudré d'or. Comme la coutume le veut, et pour une fois je suis d'accord avec elle, je trinque avec tous les convives. Je suis étonnée de constater que parmi les premiers à venir à moi, pleins de félicitations sincères, se trouve mon désormais beau-père officiel.

— Je suis ravi que vous fassiez enfin partie de la famille. Mon fils a beaucoup de chance de vous avoir rencontrée.

L'ai-je déjà entendu prononcer autant de mots ? Le son de sa voix me perturbe tellement que je me mets à bafouiller :

— Je… merci.

— Et pour être franc, je dois dire que vous me comblez aussi. Après Thomas, j'aurais aimé essayer d'avoir une fille. Malheureusement, Lena y était opposée. Je vous remercie de me le permettre finalement.

J'ouvre la bouche, mais rien ne sort. Donc, je souris bêtement. Il pose sa main sur mon avant-bras et le presse légèrement. J'imagine qu'il est au bout de ce qu'il peut endurer sur le plan des rapprochements humains. Quel couple singulier il forme avec Lena. Mariés sur des non-dits, des silences et des incompréhensions. Et pourtant, par un miracle auquel j'ai du mal à croire, ils sont toujours ensemble.

Je sens bien qu'il a dû faire un gros effort alors je le libère en m'éloignant de lui. Les invités rient et boivent, je veux graver chaque expression de leur visage dans ma mémoire. Je veux me souvenir de cette explosion de bien-être et de joie qui emplit toute la salle. Le temps s'accélère, et je souhaiterais tant le retenir entre mes doigts, l'étirer moi-même aussi loin que je peux.

Et puis la musique démarre. J'ignore qui supervise l'organisation du mariage, mais je décide de m'en ficher, c'est parfait. Au milieu des convives, je repère des yeux noirs. Ceux que j'aime tant. William marche droit sur moi et m'attire dans ses bras pour la première danse de la soirée. Frank entonne les premières notes de *Fly Me to the Moon*, ma chanson préférée entre toutes. Ma joue contre la sienne, mes mains dans les siennes sous les lumières dorées, plus rien d'autre ne compte.

— Mon petit miracle, murmure-t-il à mon oreille.

— Tu le penses ?

— Tu n'aurais pas dû pouvoir entrer dans ma vie, j'avais tout fermé et tout verrouillé. Mais tu m'as parlé, tu m'as regardé et tout a cédé. Tu te souviens de ce que je t'ai confié quand je t'ai rattrapée à l'aéroport ?

— Bien sûr. Tu m'as dit : tentons de voir où ça nous mène.

— Maintenant, je peux t'avouer que je me fiche complètement de savoir où ça nous mène. Devant, derrière, à droite ou à gauche, on sera toujours ensemble.

— Toujours.

Il me serre plus fort contre lui, au point que mes pieds touchent à peine le sol. Je cale mon visage dans la chaleur de son cou, et poursuis :

— Merci de rendre tous mes Noëls magnifiques.

— Je suis heureux que tu aies remarqué que tout était planifié dans les moindres détails.

— Prétentieux.

— Juste assez pour rester sexy.

Il me fait tourner plusieurs fois sur moi-même, je manque de perdre l'équilibre. En rentrant à la maison, je jetterai ces chaussures. Les couples commencent à se former autour de nous, et j'aperçois Lena qui se dirige droit vers nous. Je souris, se pourrait-il qu'elle m'ait écoutée ? Je m'écarte de William. Il a l'air étonné mais je lui fais signe de se retourner. Il se retrouve face à sa mère, je le sens surpris et un peu sur la défensive. Lena invite son fils en ouvrant les bras. Une légère maladresse ressort de ses gestes d'habitude si fluides et gracieux. William hésite et je l'encourage silencieusement. Il cède et les voilà qui dansent tous les deux. Je m'éloigne d'eux, même si je donnerais cher pour savoir ce qu'ils vont se dire.

Ils ne se diront probablement rien…

Derrière moi, Mélie se tient debout et immobile au bord de la piste. Je n'ai jamais vu quelqu'un d'aussi hermétique à la danse ou la musique. Je m'approche d'elle et lui attrape les mains pour lui faire faire quelques pas. On dirait que j'actionne une poupée désarticulée tellement elle n'a pas le sens du rythme. J'éclate de rire.

— Tu es magnifique dans le costume de papa. Merci pour ça.

— Je mettrai la robe bleue pour le mariage de Thomas et d'Orlando.

— Heu… tu ne crois pas que c'est un peu prématuré ?

— Non.

Je la dévisage.

— Quoi, t'es sérieuse ?

— Ne t'inquiète pas, tu auras le temps de trouver une jolie robe.

Je roule des yeux.

— Eh bien, on n'en a pas fini avec la famille ! Sinon, tant qu'on en est aux prédictions, tu n'as rien d'autre à m'annoncer ?

— Non.

— D'accord. Tu me le dirais si tu avais quelque chose à partager en rapport avec ton chevalier noir ?

— Oui.

Je ne tirerai rien de plus de ma sœur. Elle s'ouvre et se referme quand bon lui semble. C'est sa règle du jeu.

La fête se poursuit tard dans la nuit. Nous alternons les danses et les moments à table. Bien sûr, ni William ni moi n'échappons aux nombreux discours que nous ont préparés nos amis et qui nous encensent autant qu'ils nous égratignent. C'est de bonne guerre, après tout, je les ai privés de choux à la crème…

Vers cinq heures du matin, il n'y a pas une partie de mon corps qui ne me fasse pas mal. Les invités sont toujours pleins d'énergie, mais moi, je n'ai qu'une envie : desserrer ce corset et vérifier que mes organes fonctionnent encore. William a dû capter mon expression de détresse, car il vient me demander si je veux m'éclipser.

— Mon héros !

— Et je n'ai même pas mis ma cape, répondit-il en souriant.

Nous annonçons à tout le monde que nous allons nous enfuir. Le dernier à quitter la salle éteindra la lumière. Nous quittons l'abbaye sous les applaudissements autant que sous les moqueries.

C'est Winnie qui nous sert à nouveau de chauffeur, toujours fidèle au poste, imperturbable malgré la musique et la fête. Mon plongeon, auquel je suis maintenant rodée, arrache un éclat de rire sans retenue de William. Je râle.

— J'aimerais vraiment t'y voir.

— Je n'ai pas ton talent, mon amour.

Une fois calée entre William et la portière, Winnie démarre. Il a cessé de neiger, dans moins de deux heures, l'aube fera scintiller la nature givrée, je m'endormirai dans les bras de l'homme que j'aime, et quand je rouvrirai les yeux, je déballerai mes cadeaux avec toute ma famille.

Brusquement, je sens les roues du véhicule patiner. Le visage de William se crispe.

— Winnie ? demande-t-il, inquiet.

La voiture ralentit et se déporte sur la gauche, tandis que Winnie tente de contrebraquer. En vain, nous assistons au ralenti à notre déportation sur le bas-côté. La voiture penche légèrement jusqu'à se planter tranquillement dans le dénivelé qui sépare la route du champ.

— Oups, grogne notre chauffeur.

— Winnie, tu ne serais pas en train de nous dire qu'on est coincés ? demande William.

— Ch'ffage, baragouine-t-il.

William et moi échangeons un regard, puis éclatons de rire. Mon tout nouveau mari appelle une dépanneuse, pendant que j'envoie un message à Thomas afin qu'il trouve une bonne âme pour nous ramener à la maison.

— Chérie, je pense que nous devrions prendre les décisions qui s'imposent, déclare Will avec le plus grand sérieux.

— Entièrement d'accord. D'abord, ne nous marions plus jamais en hiver, ensuite, nous devrions réfléchir à deux fois avant de partir à l'autre bout de la planète pour notre lune de miel.

William rit de plus belle avant de me serrer contre lui avec force. Ses lèvres collées à mon oreille, il susurre :

— Joyeux Noël, mon amour.

Il ne pourrait pas être plus parfait.

Dimanche 25 décembre

FIN

Retrouvez Lucie Castel sur son site :
luciecastel.fr
et sur Instagram
@luciecastelauteur

Toutes les informations sur son actualité,
ses différents posts, ses livres, ses dédicaces,
son univers et bien plus encore !

À très vite !

Cet ouvrage est composé de matériaux issus de forêts gérées durablement certifiées PEFC™.
Le Programme de reconnaissance des certifications forestières (PEFC™) est le plus grand organisme mondial indépendant de contrôle pour une gestion durable des forêts.
Pour en savoir plus, consultez le site www.pefc-france.org

PEFC PEFC/14-38-00277

Achevé d'imprimer en septembre 2021
par Novoprint
Dépôt légal : octobre 2021
Imprimé en Slovaquie